工业和信息产业职业教育教学指导委员会"十二五"规划教材
全国高等职业教育计算机系列规划教材

Dreamweaver CS5 动态网站设计与实现案例教程

丛书编委会

电子工业出版社
Publishing House of Electronics Industry
北京·BEIJING

内 容 简 介

本书采用全新的"项目导入、任务驱动"的编排模式，以 Dreamweaver CS5 为平台，介绍了动态网站设计与实现的过程。全书由 9 个项目 21 个工作任务组成：项目 1 介绍了设置和管理 Web 站点的相关知识；项目 2 介绍了表格与框架的相关知识，并对如何利用表格与框架来布局网页做了相关的介绍；项目 3 介绍了 Dreamweaver CS5 的基本操作方法；项目 4 介绍了 CSS 和 Div 的相关知识；项目 5 介绍了表单使用的相关知识；项目 6 介绍了 Spry 布局控件和 Spry 验证控件的相关知识及具体应用；项目 7 介绍了 Web 开发中数据库的基础知识，对数据库连接及 ADO.NET 与数据库的访问做了介绍；项目 8 介绍了使用 C#语言编码的基础知识和基本方法；项目 9 综合运用本书介绍的知识制作一个完整的动态文章发布系统的网站。

本书内容丰富，结构清晰，通过完整的实例对网站的构建进行了透彻的介绍。本书不仅适用于高职高专教学的需要，而且还适用于各类职业学校、各类培训班的相关专业教材。

图书在版编目（CIP）数据

Dreamweaver CS5 动态网站设计与实现案例教程/《全国高等职业教育计算机系列规划教材》丛书编委会编.
—北京：电子工业出版社，2012.1

（工业和信息产业职业教育教学指导委员会"十二五"规划教材. 全国高等职业教育计算机系列规划教材）

ISBN 978-7-121-14954-2

Ⅰ．①V… Ⅱ．①全… Ⅲ．①网页制作工具，Dreamweaver CS5－高等职业教育－教材 Ⅳ．①TP393.092

中国版本图书馆 CIP 数据核字（2011）第 222580 号

策划编辑：左 雅
责任编辑：左 雅 特约编辑：王鹤扬
印 刷：北京丰源印刷厂
装 订：三河市鹏成印业有限公司
出版发行：电子工业出版社
　　　　　北京市海淀区万寿路 173 信箱 邮编：100036
开 本：787×1 092 1/16 印张：17 字数：435 千字
印 次：2012 年 1 月第 1 次印刷
印 数：3000 册 定价：31.00 元

凡所购买电子工业出版社图书有缺损问题，请向购买书店调换。若书店售缺，请与本社发行部联系，联系及邮购电话：(010)88254888。

质量投诉请发邮件至 zlts@phei.com.cn，盗版侵权举报请发邮件至 dbqq@phei.com.cn。

服务热线：(010)88258888。

丛书编委会

主　　任　郝黎明　逄积仁

副主任　左　雅　方一新　崔　炜　姜广坤　范海波　敖广武　徐云晴　李华勇

委　　员（按拼音排序）

本书编委会

主　　编　祖晓东

副主编　刘金鑫　刘淼

丛书编委会院校名单

（按拼音排序）

保定职业技术学院	山东省潍坊商业学校
渤海大学	山东司法警官职业学院
常州信息职业技术学院	山东信息职业技术学院
大连工业大学职业技术学院	沈阳师范大学职业技术学院
大连水产学院职业技术学院	石家庄信息工程职业学院
东营职业学院	石家庄职业技术学院
河北建材职业技术学院	苏州工业职业技术学院
河北科技师范学院数学与信息技术学院	苏州托普信息职业技术学院
河南省信息管理学校	天津轻工职业技术学院
黑龙江工商职业技术学院	天津市河东区职工大学
吉林省经济管理干部学院	天津天狮学院
嘉兴职业技术学院	天津铁道职业技术学院
交通运输部管理干部学院	潍坊职业学院
辽宁科技大学高等职业技术学院	温州职业技术学院
辽宁科技学院	无锡旅游商贸高等职业技术学校
南京铁道职业技术学院苏州校区	浙江工商职业技术学院
山东滨州职业学院	浙江同济科技职业学院
山东经贸职业学院	

前　　言

《国家高等职业教育发展规划（2010—2015 年）》提出构建校企共同育人的人才培养模式，继续推行任务驱动、项目导向等"教学做一体"的教学模式改革，这为我国职业教育的发展指明了方向。

本书采用"工学结合"的思路，在编写上打破传统的章节编排方式，改以任务实做为主，由浅入深，先基础后专业，先实做后理论。全书采用"项目－工作任务"2 级结构，对应每个工作任务，以学习目标、引导案例、相关知识、任务实施、总结与回顾、拓展知识、思考与训练依次展开，围绕工作任务，先进行具体的实做操作，再进行理论的升华，然后进行拓展和提高，最后是思考与训练。在内容上力求实用、全面、简单、生动，本着"以用为本、学以致用、综合应用"的宗旨，不仅化解了知识的难点，而且学生成为了学习的主体，边学边做，边做边学。学生在完成一个项目任务后会获得成功的愉悦和满足感，不但提高了学生的学习兴趣和积极性，同时也培养了学生自主学习的能力。

本书围绕网站设计、开发的各个环节精心组织了 9 个项目共 21 个工作任务，将各个知识要点转换为要完成的任务，融"教、学、练、思"于一体，将知识讲解、技能训练和能力提高有机结合，内容遵循循序渐进的原则，逐步深入，注重项目的实践。

项目 1 设置和管理 Web 站点，主要介绍了设置和管理 Web 站点的相关知识，并对管理、维护、推广网站做了相关的介绍。其中，工作任务 1 介绍了 IIS 的安装与配置，工作任务 2 介绍在 Dreamweaver CS5 软件中新建和管理站点。

项目 2 表格与框架，主要介绍了表格与框架的相关知识，以及如何利用表格与框架来布局网页。其中，工作任务 1 介绍表格的应用，工作任务 2 介绍在 Dreamweaver CS5 软件中如何使用框架来对网页进行布局。

项目 3 Dreamweaver CS5 的基本操作，主要介绍了 Dreamweaver CS5 的基本操作方法，并就网页文本的编辑和美化、图像的添加和处理、多媒体元素的添加和处理、页面链接的设置方法等做了详细的介绍。

项目 4 CSS 和 Div 的使用主要介绍了 CSS 和 Div 的相关知识。其中，工作任务 1 介绍 CSS 格式设置规则，引入样式表的方式，样式规则选择器及样式表的属性；工作任务 2 介绍 Div 的常用属性，并通过与 CSS 结合完成博客网页的布局。

项目 5 表单的使用，主要介绍了表单使用的相关知识和 Div+CSS 美化表单的方法。

项目 6 Spry 控件及行为的使用，主要介绍了 Spry 布局控件和 Spry 验证控件的相关知识及具体应用。其中，工作任务 1 介绍了 Spry 菜单栏、Spry 选项卡面板、Spry 折叠面板、Spry 可折叠面板的具体应用；工作任务 2 介绍了 Spry 各种验证控件，完成了注册页面的验证操作；工作任务 3 介绍了行为的使用，对各种行为尤其是 Spry 效果进行了详细的介绍。

项目 7 Web 数据库基础，主要介绍了 Web 开发中的数据库基础知识，数据库连接及 ADO.NET 与数据库的访问。其中，工作任务 1 介绍了在 Access 2003 中创建、管理数据库和数据表，以及如何在 Web 程序中连接 Access2003 数据库；工作任务 2 介绍如何在 SQL

Server 2005 中创建、管理数据库和数据表，以及如何在 Web 程序中连接 SQL Server 2005 数据库；工作任务 3 介绍 ADO.NET 的内置对象以及使用 ADO.NET 对象访问数据的方法。

项目 8 C#基本语法，主要介绍了使用 C#语言编码的基础知识和基本方法。其中，工作任务 1 介绍使用 Dreamweaver CS5 完成程序调试、运行等任务，工作任务 2 介绍了 C#的基本语法，工作任务 3 介绍了 C#语言的选择结构和循环结构的用法。

项目 9 动态文章发布系统，主要介绍综合运用前面介绍的知识制作一个完整的动态文章发布系统的网站。其中，工作任务 1 完成任务分析的工作以及站点的建立和配置，工作任务 2 完成模板的设计，工作任务 3 根据系统分析的结果完成相应的功能。

本书由祖晓东主编，刘金鑫、刘淼副主编，李立功、唐振刚、孟庆菊、张建武、赵学术、张革华、阚戈等老师参加编写和审校工作。由于作者水平有限，时间仓促，错漏之处在所难免，网站的设计、建设是一个复杂的过程，在内容编排选取等诸多方面难免有挂一漏万之处，敬请各位师生批评指正。联系方式：xiaodongzu@163.com。

编 者

目　　录

Dreamweaver CS5 动态网站设计与实现案例教程

项目 1
设置和管理 Web 站点

教学导航◎————————————————————————————————

本项目主要介绍了设置和管理 Web 站点的相关知识，并对管理、维护、推广网站做了相关的介绍。Web 站点的规划与设计是整个网站建设的重要基础，对网站的管理与维护有非常重要的作用。

本项目共分 2 个工作任务，工作任务 1 主要介绍了 IIS 的安装与配置，在 Windows Server 2003 系统中安装与配置 IIS，并建立和设置 Web 站点及 FTP 站点。工作任务 2 主要介绍在 Dreamweaver CS5 软件中新建和管理站点，并在拓展知识中对在 Windows XP 系统中设置和创建 Web 站点、对网站的管理及推广进行了简单的介绍。

通过本项目的学习，应达到以下的目标：

★ 了解 IIS 的相关知识；

★ 掌握 IIS 的安装；

★ 掌握在 IIS 中配置和创建 Web 站点及 FTP 站点；

★ 掌握一机多站的配置方法；

★ 掌握在 Dreamweaver CS5 中使用站点向导、站点面板创建本地站点的方法；

★ 掌握在 Dreamweaver CS5 中通过不同的途径管理站点（编辑、删除站点、复制、导入、导出站点）的方法；

★ 了解在 Windows XP 系统中安装、配置 Web 站点及 FTP 站点；

★ 了解网站建成后的管理、维护及推广的相关知识。

工作任务 1 IIS 的安装与配置

IIS（互联网信息服务）是图形化界面管理工具，提供 WWW、FTP、SMTP 等多种服务，主要用于发布信息、传输文件、支持用户通信和更新这些服务所依赖的数据存储。默认安装的 Windows Server 2003 操作系统没有安装、配置 IIS 服务，建立虚拟网站或 FTP 服务站点时需要安装和配置 IIS 服务。本工作任务主要介绍 IIS 的安装、配置和管理。

学习目标

通过本工作任务的学习，应该达到：

1．知识目标

- 了解博客的相关知识；
- 了解 IIS 的相关知识；
- 理解主目录、端口、IP 地址、主机头的作用。

2．能力目标

- 能在 Windows Server 2003 平台下安装 IIS6.0；
- 掌握配置博客 Web 站点的方法；
- 掌握在一台服务器上配置多个 Web 站点的方法；
- 掌握安装和配置 FTP 站点的方法。

引导案例

1．工作任务名称

博客站点的建立。

2．工作任务背景

小博从各种媒体上、朋友中经常听到"博客"一词，也非常想拥有自己的博客，通过一段时间网上的学习，小博在网易上创建了自己的博客，拥有博客的小博经常在上面发表自己的文章、心得及学习方法。但小博经常想，博客是如何制作的？我能自己建立一个博客吗？

3．工作任务分析

博客（Blog）是一种通常由个人管理、不定期张贴新文章的网站。博客上的文章通常根据张贴时间，以倒序方式由新到旧排列。许多博客专注在特定的课题上提供评论，或是自己工作生活的心得感悟，或做为个人日记，内容不限，形式各异。典型的博客通常结合文字、图像、其他博客或网站的链接以及与主题相关的媒体，并能够让浏览者以互动的方式留下建议或评论。大部分的博客内容以文字为主，也有一些博客专注在摄影、视频、音乐、播客等各种主题。博客作为社会媒体网络的一部分，有较深的涵义："博"为"广博"；"客"不单是"blogger"更有"好客"之意，浏览 Blog 的人都是"客"。

博客作为个人自由表达和出版、知识过滤与积累及深度交流沟通的网络新方式，越来越受到广大网友的喜爱。通常博客的建立有以下几种方式：

托管博客：无须自己注册域名、租用空间和编制网页，只要去免费注册申请即可拥有自己的 Blog 空间，是最"多快好省"的方式，小博在网易上申请的博客即属于此类。

自建独立网站的 Blogger：有自己的域名、空间和页面风格，需要一定的条件。如不仅要懂得网络知识，还要学会网页制作，当然，此类博客更自由，管理更加方便。

附属 Blogger：将自己的 Blog 作为某网站的一部分，如一个栏目、一个频道或一个地址。这三类之间可以演变，甚至可以兼得，一人可以拥有多种博客网站。

第二种和第三种属于独立博客，独立博客一般指有独立的域名和网络主机的博客，即在空间、域名和内容上相对独立的博客。独立博客相当于一个独立的网站，相对于 BSP（博客服务托管商）下的博客，独立博客更自由、灵活，不受限制。

因此，要想拥有独立博客，就需要建立网站。本工作任务以建立一个虚拟的博客站点为例，介绍如何在 Windows Server 2003 系统中安装 IIS 及配置博客站点，以便用户对程序进行开发、调试、维护。

4．条件准备

Windows Server 2003、IIS 6.0。

 相关知识

Windows Server 2003 在系统的安装过程中 IIS 默认是不安装的，在系统安装完毕后可以通过添加删除程序安装 IIS。

IIS 是微软推出的架设 Web、FTP、SMTP 服务器的一套整合系统组件，Web 网站的开发需要安装并配置 IIS，通过 IIS，开发人员可以更方便地设计和发布网站。

FTP 是 File Transfer Protocol（文件传输协议）的缩写，用来在计算机之间互相传送文件，解决了由于操作系统不同共享大文件的难题。

任务实施

1.1.1　安装与配置 IIS

1．安装 IIS

（1）将 Windows Server 2003 操作系统安装盘放入计算机的光盘驱动器中，依次在操作系统中选择"开始|控制面板|添加或删除程序"选项，此时系统会弹出"添加或删除程序"对话框。

（2）单击"添加或删除程序"对话框左侧的"添加/删除 Windows 组件"选项，系统将打开"Windows 组件向导"对话框，如图 1.1 所示。

（3）在"Windows 组件向导"对话框中将"应用程序服务器"复选框选中后，单击"详细信息"按钮，打开"应用程序服务器"对话框，如图 1.2 所示。

（4）在"应用程序服务器"对话框中，选中"Internet 信息服务（IIS）"复选框，单击"详细信息"按钮，打开"Internet 信息服务（IIS）"，安装"FrontPage 2002 Server Extensions"和"Internet 信息服务管理器"组件，如图 1.3 所示。

（5）选中安装组件前的复选框，单击"确定"按钮，再单击"下一步"按钮，开始安装 Internet 信息服务（IIS）。

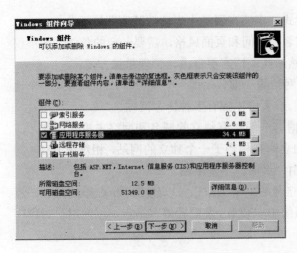
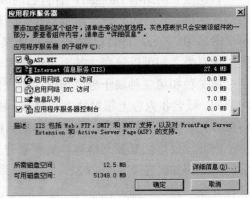

图 1.1　"Windows 组件向导"对话框　　　　　图 1.2　"应用程序服务器"对话框

（6）单击"完成"按钮，完成"Internet 信息服务（IIS）"的安装。

（7）Internet 信息服务（IIS）安装完成后，可以选择"开始|程序|管理工具|Internet 信息服务"打开。如果想要停止 IIS 服务，可以依次选择"开始｜程序｜管理工具｜服务"选项，在弹出的"服务"窗口中右击名称为"IIS Admin Service"的服务，选择"停止"，即可停止该服务，如图 1.4 所示，至此，Internet 信息服务（IIS）安装过程全部完成。

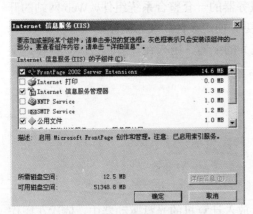
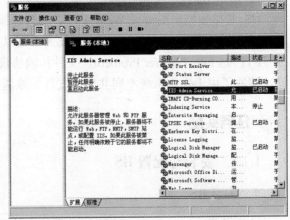

图 1.3　"Internet 信息服务（IIS）"对话框　　　图 1.4　Internet 信息服务（IIS）管理器

2. 配置 IIS 建立 Web 站点

在安装完 Internet 信息服务（IIS）后，可以按以下步骤配置 Internet 信息服务（IIS）。

（1）依次选择"开始｜程序｜管理工具｜Internet 信息服务（IIS）管理器"选项，弹出"Internet 信息服务（IIS）管理器"窗口，如图 1.5 所示。

（2）右击右侧窗口"网站"，选择"新建｜网站"，打开"网站创建向导"对话框，单击"下一步"按钮，输入网站描述，如图 1.6 所示。

（3）单击"下一步"按钮，打开"IP 地址和端口设置"窗口，输入网站的 IP 地址和端口号，在此输入本机的 IP 地址 172.16.17.15，端口号为 8028，如图 1.7 所示。

本机 IP 地址可通过调用 DOS 窗口输入"IpConfig/all"命令获得。

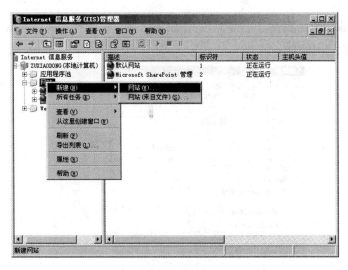

图 1.5　Internet 信息服务（IIS）管理器

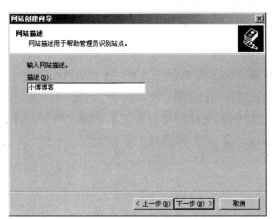

图 1.6　输入网站描述

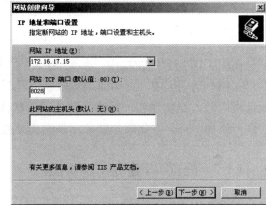

图 1.7　设置 IP 地址和端口设置

（4）单击"下一步"按钮，单击"浏览"按钮，输入"网站主目录"路径，如图 1.8 所示。

（5）单击"下一步"按钮，设置此网站的访问权限，选中"读取"、"运行脚本"、"执行"复选框，如图 1.9 所示。

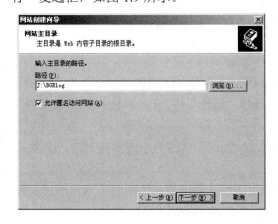

图 1.8　设置网站主目录

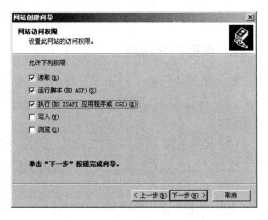

图 1.9　设置网站访问权限

至此网站设置完成，右击"小博博客"，在快捷菜单中选择"属性"选项，可以查看此网站的属性，如图 1.10 所示。

图 1.10 "小博博客"属性

在图 1.10 所示的窗口中，在"ASP.NET"选项卡，选择"ASP.NET 版本"为 2.0.50727。在"文档"选项卡中，选中"启用默认文档"复选框，这样当运行 Web 程序后，不需要在地址栏中输入此文件名，系统会默认读取默认文档中的文件。如没有，请选择"添加"按钮进行添加即可，在此添加默认文档名为 default.aspx，并上移到最上面。

1.1.2　配置 IIS 建立 FTP 站点

服务器在架设 FTP 网站时，对于仅仅作为共享文件这种服务而没有其他特殊要求的，首先需要 IIS 中安装 FTP 服务后，再对 FTP 站点进行设置。具体操作步骤如下：

1．IIS 安装 FTP 服务

（1）选择"开始|控制面板|添加/删除程序"选项，打开"添加/删除程序"对话框，单击"添加/删除 Windows 组件"。

（2）选择"Internet 信息服务（IIS）"，查看其详细信息，选中"文件传输协议（FTP）服务"复选框后，单击"确定"按钮，接下来按照向导至安装完成，如图 1.11 所示。

2．配置 FTP 站点

（1）选择"开始|程序|管理工具|Internet 信息服务"，打开 IIS。

（2）右击"默认 FTP 站点"，在快捷菜单中选择"属性"，打开"默认 FTP 站点属性"对话框。

（3）在"FTP 站点"选项卡中，输入"FTP 站点标识"描述为小博博客 FTP，IP 地址为 172.16.17.15，TCP 端口为 21，如图 1.12 所示。

（4）在"安全账户"选项卡中选中"允许匿名连接"复选框，如果对于客户端登录时需要进行身份验证，则可通过"浏览"来选中服务器的 Windows 用户。

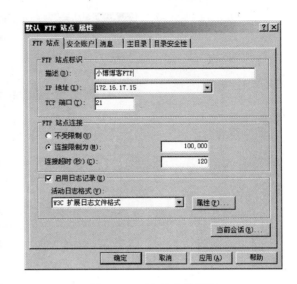

图 1.11　选择"文件传输协议（FTP）服务器"项　　　　图 1.12　FTP 站点的设置

（5）在"消息"选项卡中输入浏览 FTP 服务器时 FTP 站点的标题、欢迎信息和退出信息，如图 1.13 所示。

（6）在"主目录"选项卡中选择 FTP 服务器向外提供服务的主目录，选择"此资源的内容来源"为"此计算机上的目录"，单击"浏览"按钮进行选择 FTP 站点目录的本地路径。或选择"另一台计算机上的目录"，这时 FTP 服务器向外提供服务的主目录就在其他主机上，格式为"\\{服务器}\{共享名}"，可以对 FTP 站点目录进行权限配置，共有"读取"、"写入"、"日志访问"三种权限。为了安全建议分配"读取"而不分配"写入"，如图 1.14 所示。

图 1.13　FTP 站点属性"消息"选项卡

图 1.14　FTP 站点属性"主目录"选项卡

（7）在"目录安全性"选项卡中对 FTP 服务器的访问控制权限进行分配，可通过此处将 FTP 服务器的访问权限授权给某部分 IP 用户或者拒绝来自某些 IP 用户的访问。注意当选择了"授权访问"后，在下表中的 IP 地址将被授权访问，如选择"拒绝访问"，下表中的 IP 地址用户将被拒绝，如图 1.15 所示。

图 1.15　FTP 站点属性"目录安全性"选项卡

（8）至此，FTP 服务器架设成功。

3．测试 FTP 服务器

（1）选择"开始|运行"，输入"cmd"命令，打开 DOS 窗口，在光标处输入"ftp 172.16.17.15"，如图 1.16 所示。

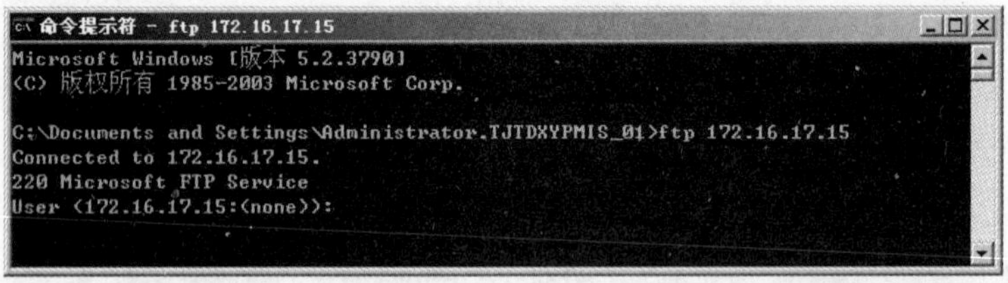

图 1.16　测试 FTP 服务器

（2）输入匿名账户 anonymous，密码为自己的邮件地址，这时可通过 FTP 的命令对 FTP 服务器进行操作，如图 1.17 所示。

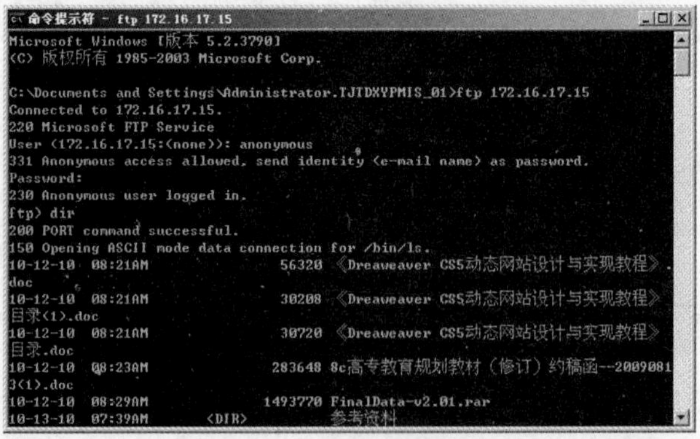

图 1.17　FTP 测试结果

也可以通过 IE 来验证或者获取 FTP 服务，在 IE 的地址栏中输入 ftp://172.16.17.15/，即可浏览 FTP 站点文件或文件夹的内容，如图 1.18 所示。

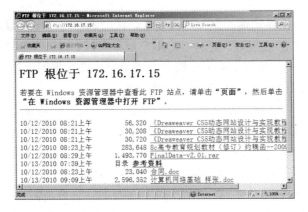

图 1.18　通过 IE 浏览 FTP

✎ 总结与回顾

　　通过本工作任务的学习应熟练掌握 IIS 6.0 的安装及 Web 服务器和 FTP 服务器的安装配置方法，在操作过程中，需要注意以下几方面内容。

　　（1）在安装 IIS 过程中，在"应用程序服务器"对话框中，选中"Internet 信息服务（IIS）"复选框后，单击"详细信息"按钮，在"Internet 信息服务（IIS）"窗口中，选择需要安装的组件，其中 FrontPage 2002 Server Extensions 选项一定要选中，另外可以根据需要选择其他 Web 服务及 FTP 服务。

　　（2）在 IIS 安装和配置过程中，涉及以下一些配置：

　　① TCP 端口：TCP 端口是各种网络协议使用的，如 http 使用 80 端口，ftp 使用 21 端口等。端口是可以自己重新定向的，如有些情况下，http 使用 8080 端口等。使用默认的端口号时，不用在网址填入端口号，更改过端口号的，则要在网址中填入相应的端口号才能访问网站。可以修改为任意一个 TCP 端口号，前提是客户必须事先知道该端口号，否则无法连接到该 Web 服务器。当采用默认值"80"时，用户只须通过 IP 地址，即可实现对网站的访问；如果端口号不是"80"，则必须在浏览器中同时输入 IP 地址和端口号，才可以实现对网站的访问。如上面建立的博客网站，在浏览器的地址栏中输入 http://172.16.17.15:8028/deault.aspx 即可访问。

　　② IP 地址：IP 地址为 Web 服务器的 IP 地址。

　　③ 本地路径："主目录"选项卡中的本地路径为所要浏览的网站文件夹，主目录是指网页保存在计算机里的位置；

　　④ ASP.NET 版本："ASP.NET"选项卡中的 ASP.NET 版本 2.0.50727。

　　⑤ 默认文档："文档"选项卡中的默认文档选项中，一定要有用户所要浏览网站的主页面地址。

　　默认文档是首页的名称，常用的有 index.htm、default.htm、index.aspx 或 default.aspx 等。设置了默认文档，不用输入文件名就可以访问网站，如果没有设置的话，那就必须填入完整路径才能打开网站的首页。

　　（3）FTP 服务器的工作方式：FTP 协议有两种工作方式：PORT 方式和 PASV 方式，中文意思为主动式和被动式。其中 PORT（主动）方式的连接过程是：客户端向服务器的 FTP 端口（默认是 21）发送连接请求，服务器接受连接，建立一条命令链路。当需要传送数据时，服务器从 21 端口向客户端的空闲端口发送连接请求，建立一条数据链路来传送数据。而 PASV（被动）方式的连接过程是：客户端向服务器的 FTP 端口（默认是 21）发送连接请求，服务器接受连接，建立一条命令链路。当需要传送数据时，客户端向服务器的空闲端口发送连接请求，建立一条数据链路来传送数据。

FTP 服务器可以以两种方式登录，一种是匿名登录，另一种是使用授权账号与密码登录。其中，一般匿名登录只能下载 FTP 服务器的文件，且传输速度相对要慢一些。对这类用户需要在 FTP 服务器上进行设置并加以限制，不宜开启过高的权限，在带宽方面也尽可能地小。对于授权账号与密码登录，需要管理员将账号与密码告诉网友，管理员对这些账号进行设置，如能访问到哪些资源，下载与上传速度等，管理员需要对此类账号进行限制，并尽可能地把权限调低，如果没十分必要，一定不要赋予账号有管理员的权限。

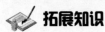
拓展知识

1.1.3 Windows XP 下安装和配置 IIS5.0

1．Windows XP 下安装 IIS5.0

Windows XP 默认安装时不安装 IIS 组件，需要手工添加安装。进入控制面板，找到"添加|删除程序"，打开后选择"添加|删除 Windows 组件"，在弹出的"Windows 组件向导"窗口中，将"Internet 信息服务（IIS）"项选中，再单击右下角的"详细信息"，在弹出的"Internet 信息服务（IIS）"窗口中，找到"文件传输协议（FTP）服务"，选中后确定插入系统盘即可安装。

2．在 Windows XP 中配置 IIS5.0

（1）默认网站。打开"控制面板|管理工具|Internet 信息服务"，打开"IIS 管理器"界面。依次展开"网站|默认网站"，对它进行相应的设置，如主目录，默认文档和 TCP 端口等，然后在 IE 浏览器里输入 IP 地址，即可浏览网页。

（2）虚拟目录。随着网站内容的增加，就要增加相应的频道了。如各大门户网站里的各种频道。要实现这些功能，再增加一台服务器肯定是不明智的想法，那么要怎样实现呢？这就需要在 IIS 里增加虚拟目录，这也是与在 Windows Server 2003 架设 Web 服务器的不同之处。

依次展开"网站|默认网站"，在"默认网站"中单击右键，选择"新建|虚拟目录"。并填入相应的名称、路径及相应的读取权限等，这样就建立好一个虚拟目录。

虚拟目录与默认网站一样，也有默认文档的设置。当这些设置完成后，就可以在浏览器中访问它。

1.1.4 一机多站的配置

在实际的使用过程中，常常需要在一台服务器上放置多个站点，这样可以提高服务器的使用效率，不仅节约资源而且方便管理。实现一机多站的方法有多种：

（1）IP 地址法：如果一台服务器有多个网卡或一个网卡有多个 IP 地址的话，每个 IP 地址对应一个 Web 站点；

（2）TCP 端口法：Web 站点的默认端口一般为 80，如果改变不同的端口，就能实现在同一服务器上新增站点的目的。

（3）主机头法：在实际使用过程中不希望通过修改 IP 地址或端口号的形式来访问站点，但又想通过相同的端口来实现（如都用 80 端口），就需要使用主机头功能了。

例如，在同一台服务器上发布两个不同的网站，而这两个网站都使用 80 端口，而且访问时通过不同主目录完成。需要分别建立这两个站点，具体步骤如下：

① 在 Windows 2003 中启动 IIS 组件，右击"网站"选项，在快捷菜单中选择"新建|网站"选项，在网站描述处填写"Blog"来区分另一个网站名称，单击"下一步"按钮。

② 在"网站 IP 地址处"信息保持默认的"全部未分配"，端口是默认的 80，最下面的"此网站的主机头"输入一个域名，当然如果真的要对 Internet 发布自己的网站，这个域名是要输入真实的已经注册的，在此输入 www.XBBlog.com 作为此网站域名，如图 1.19 所示。

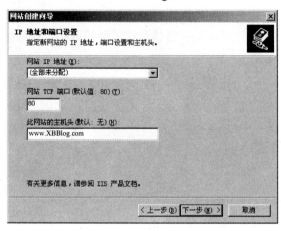

图 1.19　IP 地址、端口及主机头设置

③ 选择网站发布的主目录，通过"浏览"按钮定位站点文件夹。之后设置问权限，根据实际需要设置即可。

④ 建立第二个站点，同上第一步，不同处在网站描述处输入不同的描述以示区别。

⑤ 设置第二个网站的主机头信息，填写 www.Blog.com 地址作为此站点的主机头，其他两项保持默认不变。

⑥ 选择网站发布的主目录，通过"浏览"按钮定位站点文件夹。至此完成第二个网站的创建。

这时就会发现这个站点和之前的第一个站点都可以使用 80 端口进行发布。只是通过不同的主机头（域名）来实现浏览不同的网站，这仅仅用于本机测试，如实际应用还需要完成 DNS 解析等工作。

思考与训练

1．简答题

（1）在 Windows XP 与 Windows Server 2003 系统中安装 IIS 有何不同？

（2）IIS 中主机头、端口号的作用分别是什么？

（3）如何在一台服务器上配置多个 FTP 站点？

2. 实做题

（1）分别在 Windows XP 与 Windows Server 2003 系统中安装 IIS。
（2）利用 IIS 配置博客 Web 站点和 FTP 站点。
（3）在 IIS 中配置多个 Web 站点。

工作任务 2　在 Dreamweaver 中配置 Web 站点

2010 年 4 月 12 日备受关注的 Adobe 新一代产品 Creative Suite 5（CS5）正式发布了，其中包括新的 Dreamweaver CS5。Dreamweaver CS5 是一款出众的可视 HTML 编辑器和代码编辑器。Adobe Dreamweaver CS5 软件使设计人员和开发人员能充满自信地构建基于标准的网站。作为新一代的网页排版制作软件，除了绝佳的 DHTML 编辑功能和高度的兼容性以外，还提供了强大的网站管理功能，包括自动更新超链接、模板和库的使用、内建 FTP 等功能。

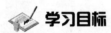 学习目标

通过本工作任务的学习，应该达到：

1. 知识目标

- 了解网页配色原则；
- 了解网页的宽度和高度的设置参考建议；
- 了解网站管理、维护和推广的方法；
- 理解绝对路径和相对路径的区别；
- 掌握基本的 HTML 语言。

2. 能力目标

- 能使用站点向导、站点面板创建本地站点；
- 能编辑站点；
- 能管理站点文件及文件夹；
- 能创建一个简单的静态网页和动态网页。

引导案例

1. 工作任务名称

在 Dreamweaver CS5 中配置博客 Web 站点。

2. 工作任务背景

通过前面的学习，小博已经在 IIS 中成功配置了博客 Web 站点和 FTP 站点，并且在计算机上安装了 Dreamweaver CS5，面对 Dreamweaver 中的友好漂亮的界面，小博要从哪里开始起步呢？

3. 工作任务分析

通常在 IIS 中建立站点以后，就开始了真正的网站中网页的制作过程。网站不同于单个网页，通常会包括许许多多网页、图片、音乐、动画以及 Flash 影片等，这些资源以一定的方式进行组织，相互关联，而大家经常说的网页，其实只是进入 Web 站点中的一组网页和其他文件的初始网页等。

由于网站中各项资源内容很多，需要经常管理，如修改文件名称、更改目录层次等，这时就需要利用 Dreamweaver 的站点管理功能来帮助大家减轻低级重复性的劳动，从而高效地完成站点的管理工作。Dreamweaver CS5 提供了创建和管理站点的工具，使用它不仅可以创建单独的文档，还可以创建完整的 Web 站点，用以管理 Web 站点中的所有文件和资源。

4. 条件准备

Windows Server 2003、IIS 6.0、Dreamweaver CS5。

 **相关知识**

在网站建设中，经常会遇到做好的网页在自己计算机上可以正常浏览，而把页面迁移到其他计算机上经常出现看不到图片、CSS 样式表失效等错误。这种情况多半是由于使用了错误的路径，在应该使用相对路径的地方使用了绝对路径，导致浏览器无法在指定的位置打开指定的文件。因此，在开发网站之初，先了解一下绝对路径和相对路径的区别是非常必要的。

绝对路径是主页上的文件或目录在硬盘上真正的路径，一般是从盘符开始的路径，如小博的博客网站首页绝对路径是 J:\Blog\index.aspx。而相对路径是从当前路径开始的路径，例如小博的博客网站首页的当前路径是 J:\Blog，要描述上述路径只须输入"./index.aspx"即可，其中"./"表示当前路径，"../"表示上一级目录，"../../"表示上上级的目录，以此类推。在网站建设中通常使用相对路径来管理文件夹和文件。

为了避免在制作网页时出现路径错误，在 Dreamweaver 中通常使用站点进行管理。在新建站点并定义站点主目录之后，使用站点来管理文件夹或文件，它自动将绝对路径转化为相对路径，当在站点中移动文件时，与这些文件关联的连接路径都会自动更改，非常方便。

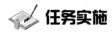 **任务实施**

1.2.1 新建站点

在 IIS 中建立完博客站点后，需要在 Dreamweaver CS5 建立新的站点，用于管理博客网站中的资源，具体操作步骤如下：

（1）选择"站点 | 管理站点"或单击"窗口 | 文件"，打开文件面板，选择下拉列表框中的"管理站点"。

（2）单击"新建"用来设置新站点。

（3）在"站点设置"对话框中，选择"站点"类别，输入站点的名称（中英文均可）和本地站点文件夹，如图 1.20 所示。

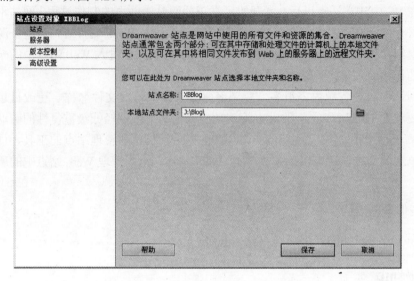

图 1.20 "站点设置"对话框中类别

（4）选择"服务器"类别，单击"添加新服务器"按钮，添加一个新服务器，如图 1.21 所示。在"服务器名称"文本框中，指定新服务器的名称。该名称可以是所选择的任何名称。从"连接方法"下拉列表框中，选择"本地/网络"。单击"服务器文件夹"文本框旁边的文件夹图标，浏览并选择存储站点文件的文件夹。在"Web URL"文本框中，输入 Web 站点的 URL（例如，http://localhost）。Dreamweaver 使用 Web URL 创建站点根目录相对链接，并在使用链接检查器时验证这些链接。

（5）单击"高级"选项卡，选择测试服务器中服务器模型"ASP.NET C#"，单击"保存"按钮完成服务器的设置。如果选择一个现有的服务器，然后单击"编辑现有服务器"按钮即可对现有服务器进行编辑，如图 1.22 所示。

图 1.21 "添加新服务器"对话框

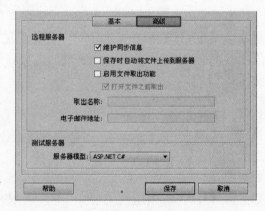

图 1.22 服务器"高级"选项卡

（6）单击"保存"按钮，指定刚添加或编辑的服务器为远程服务器、测试服务器或同时为这两种服务器，如图 1.23 所示。

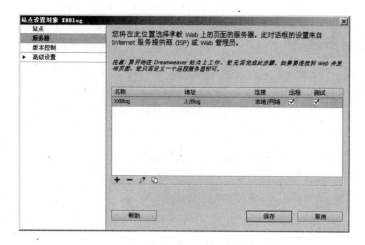

图 1.23 "服务器"类别对话框

1.2.2 管理站点

1. 编辑站点

（1）选择"站点 | 管理站点"或单击"窗口 | 文件"，打开文件面板，选择下拉列表框中的"管理站点"；

（2）选择想要编辑的站点，单击"编辑"按钮用来编辑现有的站点，可以修改站点的名称、本地文件夹，服务器类别中的参数，如图 1.24 所示。

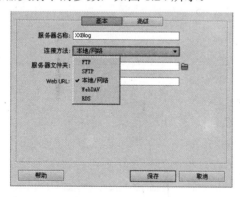

图 1.24 服务器连接方法

"服务器"类别允许您指定远程服务器和测试服务器。连接方法所支持的连接类型包括 FTP、SFTP、WebDav 和 RDS。其中，对于托管站点，需要远程上传时，必须从托管服务商的系统管理员处获取 FTP 地址、用户名和密码信息。SFTP 是安全 FTP，SFTP 使用加密密钥和共用密钥来保证指向测试服务器的连接的安全。如果使用基于 Web 的分布式创作和版本控制（WebDAV）协议连接到 Web 服务器，使用 WebDAV 连接的选项设置。如果使用远程开发服务（RDS）连接到 Web 服务器，使用 RDS 连接的选项设置。

（3）在站点设置中的"版本控制"类别中，可以使用 Subversion 获取和存回文件。Dreamweaver 可以连接到使用 Subversion （SVN）的服务器，Subversion 是一种版本控制系统，它使用户能够协作编辑和管理远程 Web 服务器上的文件。Dreamweaver 不是一个完整的 SVN 客户端，但却可使用户获取文件的最新版本、更改和提交文件。

（4）在站点设置中的"高级设置"类别中，本地/信息中的"默认图像文件夹"希望在其中存储站点的图像的文件夹。输入文件夹的路径或单击文件夹图标浏览到该文件夹。将图像添加到文档时，Dreamweaver 将使用该文件夹路径。"链接相对于"在站点中创建指向其他资源或页面的链接时，指定 Dreamweaver 创建的链接类型。Dreamweaver 可以创建两种类型的链接：文档相对链接和站点根目录相对链接。默认情况下，Dreamweaver 创建文档相对链接。

"区分大小写的链接检查"在 Dreamweaver 检查链接时，将检查链接的大小写与文件名的大小写是否相匹配。此选项用于文件名区分大小写的 UNIX 系统。

"启用缓存"指定是否创建本地缓存以提高链接和站点管理任务的速度。如果不选择此选项，Dreamweaver 在创建站点前将再次询问是否希望创建缓存。最好选择此选项，因为只有在创建缓存后"资源"面板（在"文件"面板组中）才有效，如图 1.25 所示。

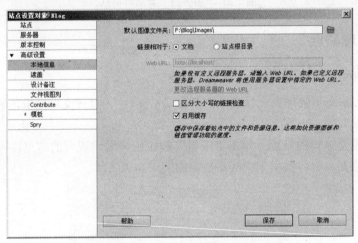

图 1.25 "高级设置"对话框

2．复制、删除站点

（1）如果想创建所选站点的副本，在管理站点窗口中单击"复制"按钮即可完成。

（2）如果想删除所选站点，单击"删除"按钮后，单击"是"按钮确认，即可从列表中删除所选站点。此操作无法撤销。从站点列表中删除 Dreamweaver 站点及其所有设置信息并不会将站点文件从计算机中删除。

3．导出、导入站点

导出可以将站点设置导出为 XML 文件（*.ste），而导入过程则相反，是将 XML 文件（*.ste）导入到 Dreamweaver 中。可以选择一个或多个站点进行导出或选择一个文件导入一个或多个站点，主要用于网站的迁移。

4．管理文件及文件夹

图 1.26 右键单击网站快捷菜单（部分）

在文件面板中，右键单击刚创建的网站，弹出快捷菜单如图 1.26 所示，选择"新建文件"可以创建一个新文件，选择"新建文件夹"，创建一个新文件夹，选择"编辑"可以剪切、粘贴、删除、复制及重命名操作。

16

1.2.3　创建一个简单的网页

1．创建一个静态网页

（1）单击"文件｜新建"菜单，弹出新建文档窗口，如图 1.27 所示。从图中可以看出，Dreamweaver 为处理各种 Web 文档提供了灵活的环境。除了 HTML 文档以外，还可以创建和打开各种基于文本的文档，如 ColdFusion 标记语言 （CFML）、ASP、JavaScript 和层叠样式表 （CSS）。还支持源代码文件，如 Visual Basic、.NET、C# 和 Java。

（2）在此选择页面类型选择"HTML"，布局选择"无"，单击"创建"按钮，即可创建一个简单的网页。

（3）单击"文件｜保存"菜单，存储在 Blog 文件夹下，名称为 default.html 即可；

（4）单击"预览"图标或按 F12 键，即可进行预览。

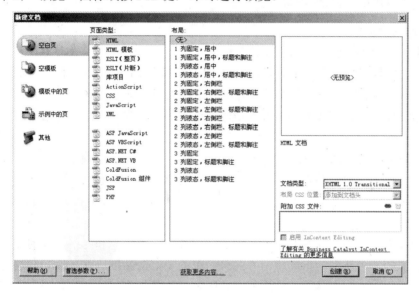

图 1.27　新建文档窗口

2．创建一个动态网页

（1）单击"文件｜新建"菜单，弹出新建文档窗口，在"页面类型"选择"ASP.NET C#"，布局选择"无"，单击"创建"按钮，即可创建一个简单的动态网页。

（2）单击"文件｜保存"菜单，存储在 Blog 文件夹下，名称为 default.aspx 即可；

（3）单击"预览"图标或按 F12 键，即可进行预览。

📝 总结与回顾

本工作任务主要介绍了站点的新建与管理、简单网页的创建方法。站点的管理在网站建设中非常重要，对网站的后期建设起着至关重要的作用。

通过站点的创建与管理，可以理解绝对路径和相对路径的区别。在网站建设过程中，如何建设一个布局合理、色彩搭配协调、创意新颖的网站，需要从第一步做起，下面将介绍网站设计、建设、推广、管理与维护的一些相关知识。

 **拓展知识**

1. 网页宽度和高度设置参考建议

经过对国内外大型门户网站（首页）以及目前显示分辨率的设置情况的了解，几乎所有的大型网站都是采用比较保守的网页宽度设计，宽度设置的主流标准仍然是 950/960/980 像素（px）宽度，分辨率已不再考虑 800×600px 的用户的全屏浏览问题，虽然 980px 在 1024×768px 上也不会出现水平滚动条，但屏幕太满（1024px 屏幕-15px 垂直滚动条=1009px，1009px-980px=29px，29px÷2 大约一个汉字的宽度，所以 980px 几乎占满了水平分辨率为 1024px 的屏幕），因此建议网页的宽度设置为 950/960px。而网页的高度设置没有限制，但大部分用户对第一面内容关注度最大，因此建议网页的高度不好太长。

2. 网站的管理、维护和推广

1）网站的维护

网站维护是为了让您的网站能够长期稳定地运行在 Internet 上，及时地调整和更新您的网站内容，不断地吸引更多的浏览者，增加访问量。网站维护包括以下几个方面的内容：

（1）服务器及相关软硬件的维护，对可能出现的问题进行评估，制定响应时间；

（2）数据库维护，有效地利用数据是网站维护的重要内容，因此数据库的维护要受到重视；

（3）内容的更新、调整等；

（4）制定相关网站维护的规定，将网站维护制度化、规范化；

（5）做好网站安全管理，防范黑客入侵网站，检查网站各个功能，链接是否有错。

2）网站推广

网站推广就是以国际互联网络为基础，利用数字化的信息和网络媒体的交互性来辅助营销目标实现的一种新型的市场营销方式。简单的说，网站推广就是以互联网为主要手段进行的，为达到一定营销目的的推广活动。网站推广是指将网站推广到国内各大知名网站和搜索引擎。

网站推广包括免费推广和付费推广两种方式。

免费推广方式有：SEO 中文搜索引擎优化、博客营销、微博营销、论坛社区营销、邮件营销、病毒营销。

付费推广方式有：搜索引擎竞价排名、B2B 平台、综合门户网站、行业门户网站、招商加盟、广告联盟。

3. 网页配色原则

1）色彩搭配原则

在选择网页色彩时，除了考虑网站本身的特点外还要遵循一定的艺术规律，才能设计出精美的网页。

（1）色彩的鲜明性。如果一个网站的色彩鲜明，很容易引人注意，会给浏览者耳目一新的感觉。

（2）色彩的独特性。要有与众不同色彩，网页的用色必须要有自己独特的风格，这样才能给浏览者留下深刻的印象。

（3）色彩的艺术性。网站设计是一种艺术活动，因此必须遵循艺术规律。按照内容决定形式的原则，在考虑网站本身特点的同时，大胆进行艺术创新，设计出既符合网站要求，又具有一定艺术特色的网站。

（4）色彩搭配的合理性。色彩要根据主题来确定，不同的主题选用不同的色彩。例如，用蓝色体现科技型网站的专业，用粉红色体现女性的柔情等。

2）网页色彩搭配方法

网页配色很重要，网页颜色搭配是否合理会直接影响到访问者的情绪。好的色彩搭配会给访问者带来很强的视觉冲击力，不恰当的色彩搭配则会让访问者浮躁不安。

（1）同种色彩搭配。同种色彩搭配是指首先选定一种色彩，然后调整其透明度和饱和度，将色彩变淡或加深，而产生新的色彩，这样的页面看起来色彩统一，具有层次感。

（2）邻近色彩搭配。邻近色是指在色环上相邻的颜色，如绿色和蓝色、红色和黄色即互为邻近色。采用邻近色搭配可以使网页避免色彩杂乱，易于达到页面和谐统一的效果。

（3）对比色彩搭配。一般来说，色彩的三原色（红、黄、蓝）最能体现色彩间的差异。色彩的强烈对比具有视觉诱惑力，能够起到集中视线的作用。对比色可以突出重点，产生强烈的视觉效果。通过合理使用对比色，能够使网站特色鲜明、重点突出。在设计时，通常以一种颜色为主色调，其对比色作为点缀，以起到画龙点睛的作用。

（4）暖色色彩搭配。暖色色彩搭配是指使用红色橙色黄色集合色等色彩的搭配。这种色调的运用可为网页营造出稳性、和谐和热情的氛围。

（5）冷色色彩搭配。冷色色彩搭配是指使用绿色、蓝色及紫色等色彩的搭配，这种色彩搭配可为网页营造出宁静、清凉和高雅的氛围。冷色点色彩与白色搭配一般会获得较好的视觉效果。

（6）有主色的混合色彩搭配。有主色的混合色彩搭配是指以一种颜色作为主要颜色，同色辅以其他色彩混合搭配，形成缤纷而不杂乱的搭配效果。

（7）文字与网页的背景色对比要突出。文字内容的颜色与网页的背景色对比要突出，底色深，文字的颜色就应浅，以深色的背景衬托浅色的内容（文字或图片）；反之，底色淡，文字的颜色就要深些，以浅色的背景衬托深色的内容（文字或图片）。

4．HTML 语言

在上面刚创建的的网页中，打开"代码"视图，可以看到以下代码：

```
<!DOCTYPE    html    PUBLIC    "-//W3C//DTD    XHTML    1.0    Transitional//EN"
"http://www.w3.org/TR/xhtml1/DTD/xhtml1-transitional.dtd">
<html xmlns="http://www.w3.org/1999/xhtml">
<head>
<meta http-equiv="Content-Type" content="text/html; charset=utf-8" />
<title>无标题文档</title>
</head>
<body>
</body>
</html>
```

<head>和</head>构成 HTML 文档的开头部分，在此标签对之间可以使用<title></title>

等标签对，这些标签对都是描述 HTML 文档相关信息的标签对，<head></head>标签对之间的内容是不会在浏览器的框内显示出来的。

<head>和</head>分别放在它起作用的文档两边。起始标签与结束标签非常相似，只是结束标签在"＞"号前多了一个斜杠"／"。

某些 HTML 文档只有起始标签而没有相应的结束标签，例如换行标签，由于不包括相应的内容，所以只使用
就可以了，这称为单侧标签。

还有一些标签对中的结束标签是可以省略的，如分段结束标签</p>、列表项结束标签</LI>、词语结束标签</DT>和定义结束标签</DD>等。

标签名不区分大小写，但是一般建议使用大写字母，这样标签可以更容易从文本中分辨出来。

 思考与训练

1．简答题

（1）绝对路径和相对路径有什么区别？

（2）网页色彩搭配有什么方法？

2．实做题

（1）在 Dreamweaver CS5 中创建并配置小博博客站点。

（2）设计小博博客站点，创建首页并管理相关文件夹。

项目 2

表格与框架

教学导航

本项目主要讲述了表格与框架的相关知识，并对如何利用表格与框架来布局网页做了相关的介绍。在网页制作中，表格与框架是非常重要的概念，是网页布局的两种重要的手段。

本项目共分 2 个工作任务，工作任务 1 主要介绍表格的应用，在 Dreamweaver CS5 软件中如何创建、删除表格，以及设置表格和单元格的属性等知识。工作任务 2 主要介绍在 Dreamweaver CS5 软件中如何使用框架来对网页进行布局，并在拓展知识中对"层"的概念进行了简单的介绍。

通过本项目的学习，应达到以下的目标：

★　了解表格、框架、框架集的基本概念；

★　学会创建、删除表格与框架网页；

★　掌握如何设置表格和单元格的属性；

★　掌握在表格中添加删除行、列以及合并与拆分单元的方法；

★　掌握如何设置框架与框架集的属性；

★　掌握创建嵌套框架的方法；

★　了解如何创建导航条。

工作任务 1　表格的应用

表格在网页设计中是一种用途非常广泛的工具，这不仅表现在它可以有序地排列数据，还表现在它可以精确地定位文本、图像及网页中的其他元素，使这些元素的水平位置、垂直位置发生细小变化，这在网页版面布局方面是非常重要的。对于网页的排版布局来说，表格是不可或缺的工具。作为一名网站设计人员，表格运用得熟练与否直接影响作品外观的好坏，因此掌握网页表格是十分重要的。

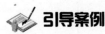 学习目标

通过本工作任务的学习，应该达到：

1．知识目标

- 了解表格的相关知识；
- 理解在网页中创建表格及设置表格属性；
- 掌握在表格中添加、删除行与列；
- 掌握在表格中合并与拆分单元格。

2．能力目标

- 能在网页中创建表格及设置表格属性；
- 能在表格中对行、列、单元格进行基本操作；
- 能制作网页细线表格、网页圆角表格。

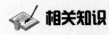 引导案例

1．工作任务名称

用表格布局博客网站中的网页顶部文件，如图 2.1 所示。

图 2.1　博客网页顶部布局

2．工作任务背景

经过上一个项目的介绍，小博已经学会了如何配置 IIS 以及管理站点了，下面该进行网页制作过程了。网页制作首先得考虑网页的整体布局，而表格恰好是对网页进行布局的常用手段，也是非常重要的方法。

3．工作任务分析

小博在准备建立博客网站时，广泛学习了其他优秀网站的风格及布局，发现为了美化网页，网页制作人员常常把表格边框的拐角处做成圆角，这样能避免直接使用表格直角的生硬，使得网页整体更加美观。

4．条件准备

Dreamweaver CS5，Photoshop CS5。

相关知识

1．表格的基本概念

表格是由若干行和列组成，行列交叉的区域为单元格，数据、文字、图像都可以放在

单元格中，也可以行和列为单位来修改性质相同的单元格。表格的边框有粗有细，还可以不显示。使用表格进行页面布局的最大好处是，即使浏览者改变计算机的分辨率也不会影响网页的浏览效果。

表格可以用来规划版面，使一些内容在指定位置显示。若表格的高度和宽度设为"百分比"形式，内容位置可随浏览器窗口大小改变，是内容的相对定位。若设为"固定大小"，内容在页面上的位置不随浏览器窗口大小改变，是内容的绝对定位。

2．设置表格属性

表格的"属性"面板如图 2.2 所示，其各选项的作用如下：

图 2.2　设置表格属性

"表格"选项：用于标志表格，即表格 ID 号，一般可不输入。

"行、列"选项：用于设置表格行数、列数。

"宽"选项：设置表格的宽度，有百分比和像素值两种单位可选。

"填充"选项：填充栏用于设置单元格内部和表格线的距离，单位是像素。

"间距"选项：用于设置单元格之间的距离，单位是像素。

"对齐"选项：设置表格在页面中相对于同一段落其他元素的对齐方式，有左对齐、居中对齐、右对齐，默认方式为左对齐。

"边框"选项：设置边框的宽度，单位是像素。

"类"选项：用于为表格设置一个 CSS 中定义的类（见有关 CSS 项目）。

列宽控制、行高控制按钮组（如图 2.2 画圈处所示）：上行包含有清除表格宽度、将宽度转换为像素值、将宽度转换为百分比三个按钮。下行包含有清除表格行高按钮。

3．设置单元格属性

单元格的"属性"面板如图 2.3 所示，其各选项的作用如下：

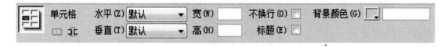

图 2.3　设置单元格属性

"合并所选单元格，使用跨度"按钮：用于将选定的多个单元格合并成一个单元格。

"拆分单元格为行或列"按钮：将选定的一个单元格拆分成多个单元格。一次只能对一个单元格进行拆分，若选择多个单元格，此按钮禁用。

"水平"选项：设置单元格内的水平对齐方式（默认、左对齐、居中对齐、右对齐），默认为左对齐。

"垂直"选项：设置单元格内的垂直对齐方式（默认、顶端、居中、底部、基线），默认为居中对齐。

"宽、高"选项：设置单元格的宽度和高度，单位可以为像素或者百分比。

"不换行"选项：设置单元格文本是否换行。如果启用"不换行"选项，当输入的数据超出单元格的宽度时，会自动增加单元格的宽度来容纳数据。

"标题"选项：设置是否将行或列的每个单元格的格式设置为表格标题单元格的格式。

"背景颜色"选项：设置所选单元格的背景颜色。

4．增加和删除表格的行和列

（1）插入行。

方法一：选择"修改｜表格｜插入行"命令，在插入点的上面插入一行。

方法二：选择"插入｜表格对象｜在上面插入行"命令，在插入点的上面插入一行。同理，选择"在下面插入行"命令，即可在插入点的下面插入一行。

（2）删除行。

方法一：选中需要删除的行，按键盘 Del 键，即可删除此行。

方法二：选择"修改｜表格｜删除行"命令，即可删除选择区域所在的行。

（3）插入列。

方法一：选择"修改｜表格｜插入列"命令，在插入点的左侧插入一行。

方法二：选择"插入｜表格对象｜在左面插入列"命令，在插入点的左侧插入一列。同理，选择"在右面插入列"命令，即可在插入点的右面插入一列。

（4）删除列。

方法一：选中需要删除的列，按键盘 Del 键，即可删除此列。

方法二：选择"修改｜表格｜删除列"命令，即可删除选择区域所在的列。

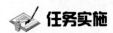 任务实施

2.1.1　创建表格

（1）使用菜单"插入｜表格"命令，或常用工具栏的"表格"工具。

（2）弹出"表格"对话框，如图 2.4 所示。

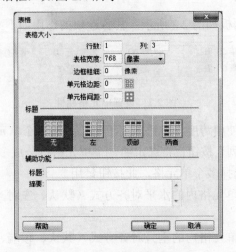

图 2.4　"表格"对话框

（3）输入相应的值之后，单击"确定"按钮即可完成一个表格的创建工作，如图2.5所示。

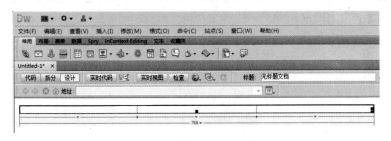

图2.5　插入表格示例

（4）将鼠标放在中间那个单元格内，选择菜单"插入|表格"命令，行数设为"1"，列数设为"3"，表格宽度设为"718"，单击"确定"按钮，完成了一个嵌套表格，如图2.6所示。

图2.6　插入嵌套表格

（5）将鼠标放在刚刚新建完的表格左面那个单元格内，选择菜单"插入|表格"命令，行数设为"3"，列数设为"3"，表格宽度设为"200"，单击"确定"按钮，完成了在嵌套表格中再嵌套一个表格的工作，最终结果如图2.7所示。

图2.7　插入双层嵌套表格

2.1.2　在单元格中插入图像

（1）将光标放在第一个表的最左面的单元格内，选择"插入|图像"命令，然后在弹出的窗口中选择已经做好的背景图，如图2.8所示。

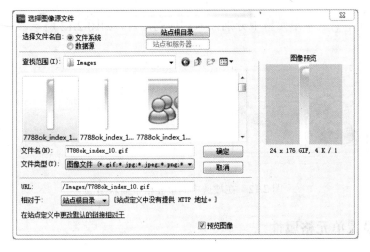

图2.8　选择图像路径

（2）将光标放在第一个表的最右面的单元格内，选择"插入｜图像"命令，然后在弹出的窗口中选择已经做好的背景图，方法如步骤1。单击"确定"按钮后，表格的两个单元格中就有图像了，如图 2.9 所示。

图 2.9　在单元格中插入图像

2.1.3　合并单元格

（1）用鼠标左键拖选如图 2.10 所示的三个单元格，然后选择"属性"工具条中的"合并所选单元格，使用跨度"按钮。

图 2.10　选中三个单元格

（2）按上述方法再将最右边的三个单元格合并，效果如图 2.11 所示。

图 2.11　合并单元格

（3）在被选中的五个单元格中分别插入相应的图片，如图·2.12 所示，方法与 2.1.2 节所讲相同。

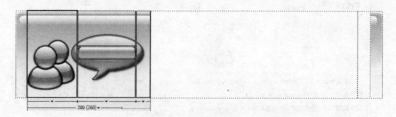

图 2.12　在被选中的单元格中插入图像

2.1.4　设置单元格属性

经过上面的操作，所有单元格中基本上都已经插入了背景图，还有一个单元格未做处理，我们将用设置单元格背景的方法来完成，具体方法如下。

（1）将光标移至没有填充图片的单元格处，切换"代码"视图，如图2.13所示。

图2.13　"代码"视图窗口

（2）在所选单元格的 HTML 标签里，加入 background 属性，即在<TD>后输入"background=images/7788ok_index_11.gif"，如图2.14所示。

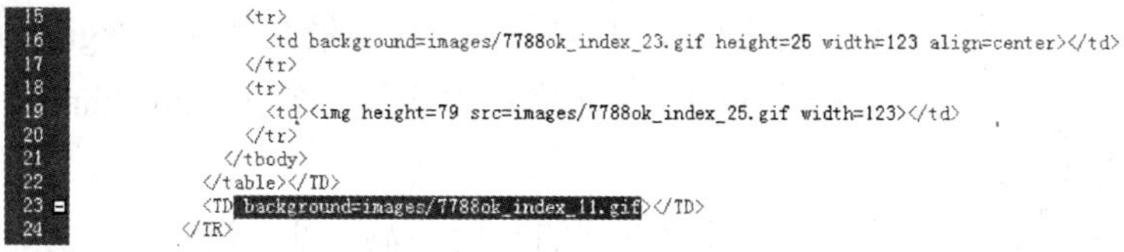

图2.14　插入表格背景图像

（3）返回到"设计"视图窗口，就完成了本次任务，最终的效果如图2.15所示。

图2.15　完成表格布局

总结与回顾

本工作任务主要介绍了 Dreamweaver CS5 中使用表格来进行网页布局的基本方法，在实践中可能会有更多方法和表格单元格属性需要小博来学习。在制作表格过程中，小博还发现了下面几个注意事项。

（1）在"表格"对话框中，当"边框粗细"选项设置为 0 时，在窗口中也会显示出虚框，若要不显示，可以选择"查看 | 可视化助理 | 表格边框"命令。

（2）在合并单元格操作中，合并前的多个单元格中的内容将会被合并到一个单元格中，不相邻的单元格不能合并，并应保证其为矩形的单元格区域。

（3）在表格的最后一个单元格中按 Tab 键，将会自动在表格的下方新添一行。

（4）嵌套表格是指在一个表格的某个单元格中的表格。这个技术在网页制作中会经常使用，可以像对单独的表格那样设置嵌套表格的格式，但其宽度会受它所在的单元格的宽度的限制。

（5）在 Dreamweaver CS5 的表格中添加内容的方法与在 Word 等办公软件的表格中添加内容的方法基本相同，既可以添加各种字符对象，也可以添加图像和多媒体对象。

（6）若想在 Dreamweaver CS5 中用图片作为单元格的背景，需要切换到"代码"视图下，然后在单元格定义属性上加入代码"background="<图片路径和文件名>""。

拓展知识

1．表格元素的 HTML 标签

虽然 Dreamweaver CS5 允许用户在"设计"视图中直接操作行、列和单元格，但对于复杂的表格，可能无法通过鼠标选择用户所需要的对象，所以对于网站设计者来说，必须了解表格元素的 HTML 标签的基本内容。

表格元素所对应的 HTML 标签如下：

<table> </table>：标志表格的开始和结束。通过设置它的常用参数，可以指定表格的高度（height）、宽度（width）、边框的宽度（border）、背景图像（background）、背景颜色（backcolor）、单元格间距（cellspacing）、单元格和内容的距离（cellpadding）以及表格相对页面的对齐方法（align）等。

<tr> </tr>：标志表格的行。通过设置它的常用参数，可以指定行的背景图像、行的背景颜色、行的对齐方式等。

<td> </td>：标志单元格内的数据。通过设置它的常用参数，可以指定单元格的对齐方式、背景图像、背景颜色、单元格的宽度、单元格内容的对齐方式以及此单元格可横跨的行数（rowspan）等。

<caption> </caption>：标志表格的标题。

<th> </th>：标志表格内的表头单元格。

2．用可视化助理布局网页

在 Dreamweaver CS5 中含有标尺、辅助线和网格可视化助理等工作，利用这些工具可以对页面进行简单的布局并精确地定位各种网页元素，从而在设计网页时能粗略估算出文档在浏览器中的外观。

1）使用标尺

标尺主要用于辅助测量、组织和规划网页布局。选择"查看｜标尺｜显示"命令在文档中显示出标尺后，标尺将会出现在页面的顶部和左侧，如图 2.16 所示。

显示出标尺时，在文档窗口中移动鼠标时，将分别在水平标尺和垂直标尺上显示当前光标位置。比如，要放置一张图片，便可以通过标尺来定位图像的大小和位置，如图 2.17 所示。

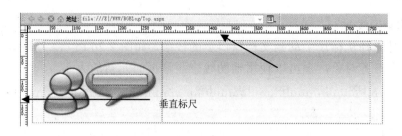

图 2.16　使用标尺

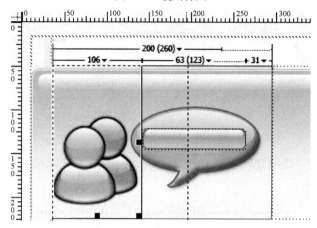

图 2.17　通过标尺来定位图像的大小和位置

标尺常用的操作如下：

（1）显示/隐藏标尺：要显示或隐藏标尺，只需要选择"查看丨标尺丨显示"命令。

（2）更改标尺原点：只需将文档窗口的"设计"视图左上角的标尺原点图标更改到页面上的任意位置即可，如图 2.18 所示。要将原点恢复到默认位置，只需双击标尺原点图标。

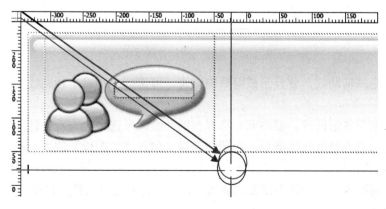

图 2.18　更改标尺原点

（3）更改标尺度量单位：标尺可以用像素、英寸或厘米为单位来标记。要更改度量单位，只需选择"查看丨标尺"命令，然后从图 2.19 所示的子菜单中选择"像素"、"英寸"或"厘米"选项即可。

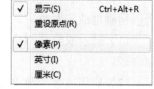

图 2.19　更改标尺度量单位

2）使用辅助线

辅助线是一种从标尺手动到文档窗口上的线条，如图 2.20 所示。使用辅助线，可以准确地放置和对齐对象，也可以使用辅助线来测量页面元素的大小。

图 2.20　辅助线（绿色线）

（1）创建辅助线。要创建辅助线，只需在水平标尺或垂直标尺上向文档区中拖动鼠标即可，如图 2.21 所示。

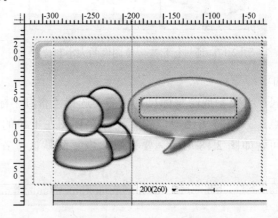

图 2.21　用拖动法创建辅助线

（2）显示隐藏辅助线。要显示或隐藏辅助线，可选择"查看｜辅助线｜显示辅助线"命令。

（3）将元素靠齐辅助线。要将元素靠齐到辅助线，可选择"查看｜辅助线｜靠齐辅助线"命令。启用靠齐辅助线功能后，在调整元素（如表格和图像）的大小时，所调整的元素会自动靠齐辅助线。

（4）删除辅助线。要删除不需要的辅助线，只需将其拖离文档窗口即可。

3）使用网格

网格是一种在文档窗口中显示的一系列水平线和垂直线，如图 2.22 所示。使用网格，可以精确地放置对象。

（1）显示或隐藏网格。要显示或隐藏网格，只需要选择"查看｜网格设置｜显示网格"命令。

（2）启用或禁用靠齐功能。选择"查看｜网格设置｜靠齐到网格"命令，将启用或禁用靠齐功能。启用靠齐功能后，在调整页面元素（如表格、图像）的大小时，所调整的元素会自动靠齐网格。

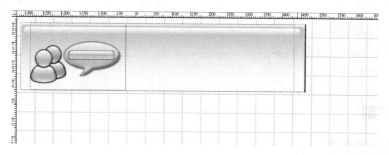

图 2.22　显示了网格的文档窗口

 **思考与训练**

1. 简答题

（1）怎样选定表格、行、列或单元格？试举例说明。

（2）如何新建表格？如何创建嵌套表格？

（3）如何在表格中添加内容？

（4）对表格的常用编辑操作有哪些？

2. 实做题

制作网页细线表格。

工作任务 2　在 Dreamweaver CS5 中使用框架

在 Dreamweaver CS5 中使用框架技术，可以将浏览器窗口划分成几部分，每个部分是一个框架，它显示一个独立的网页文档内容，但每个部分又能很好地融为一个整体。框架的出现大大地丰富了网页的布局手段以及页面之间的组织形式。浏览者可以通过框架很方便地在不同的页面之间跳转及操作，访问者的浏览器不需要为每个页面重新加载与导航相关的图形。现在很多 BBS 论坛页面以及网站中邮箱的操作页面等都是通过框架来实现的。

学习目标

通过本工作任务的学习，应该达到：

1. 知识目标

● 理解框架与框架集的概念；

● 熟悉框架与框架集的属性设置。

2. 能力目标

- 能创建框架网页；
- 能利用框架创建导航条；
- 能保存框架网页。

1. 工作任务名称

用框架来布局博客的管理页面。

2. 工作任务背景

小博在设计后台管理页面过程中，发现几个功能项目的基本布局相同，只不过是管理内容有所不同。有什么方法可以让这些页面布局统一、美观呢？

3. 工作任务分析

在 Dreamweaver CS5 中提供了对框架技术的支持，可以轻松地解决小博的这个问题。

1. 框架与框架集的基本概念

将一个页面分为几个部分，每个部分都是独立的页面，却互相又有关联，用户在对其中某一部分进行操作时，其他页面会保持不变，这样的页面就被称为框架结构的页面。

使用框架最主要的目的就是创建链接的结构，最常见的框架结构就是将网站的导航条作为一个单独的框架窗口，当用户查看具体的内容时，导航条窗口保持不变，这就为用户的浏览提供了方便。

框架主要包含两个部分：框架集和具体的框架文件。

框架集就是存放框架结构的文件，也是访问框架文件的入口文件。

框架是页面中定义的每一个显示区域，一个窗口就是一个框架。

如果网页由左右两个框架组成，那么除了左右两个网页文件夹之外，还有一个总的框架集文件。

2. 使用预设方式创建框架网页

在 Dreamweaver CS5 中，可以利用可视化工具方便地创建框架集。用户既可以通过菜单命令实现，又可以通过"插入"面板"布局"选项卡中的"框架"按钮██实现。

方法一：通过"新建"命令建立框架集。

（1）选择"文件 | 新建"命令，在弹出的"新建文档"对话框中选择"示例中的页"。

（2）在"示例文件夹"选项中选择"框架页"选项，在右侧"示例页"选项框中选择一个框架集，如图 2.23 所示。

（3）单击"创建"按钮完成设置。当框架集出现在文档窗口中，将弹出"框架标签辅助功能属性"对话框，如图 2.24 所示。

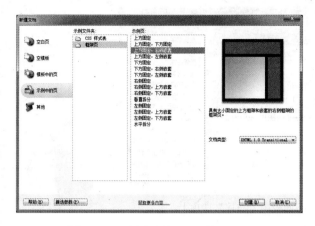

图 2.23 "新建文档"对话框（1）　　　　图 2.24 "框架标签辅助功能属性"对话框

（4）在对话框中可以为每个框架指定一个标题，然后单击"确定"按钮。

方法二：通过"框架"按钮建立框架集。

（1）选择"文件｜新建"命令，在弹出的"新建文档"对话框中选择"空白页"，单击"创建"按钮，新建一个 HTML 文档，如图 2.25 所示。

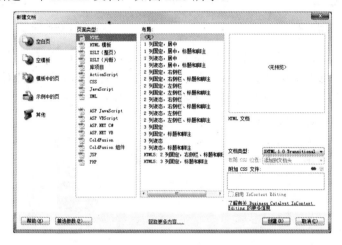

图 2.25 "新建文档"对话框（2）

（2）将插入点放置在文档窗口中，单击"插入"面板"布局"选项卡中的"框架"按钮□右侧的黑色箭头，弹出 13 个框架集选项，在其中选择一个框架集，如图 2.26 所示。

3．保存框架网页

在保存框架网页时，分两步进行，先保存框架集，再保存框架。初学者在保存文档时很容易糊涂，明明认为保存的是框架，但实际上保存的是框架集；明明认为保存的是某个框架，但实际上保存成框架集或其他框架。因此，在保存框架前，用户需要先选择"窗口｜属性"命令和"窗口｜框架"命令，启用"框架"面板和"属性"控制面板，如图 2.27、图 2.28 所示。然后，在"框架"控制面板中选择一个框架，在"属性"面板的"源文件"选项中查看此框架的文件名。用户查看框架的名称后，在保存文件时就可以根据"保存"对话框中的文件名信息，知道保存的是框架集还是某框架了。

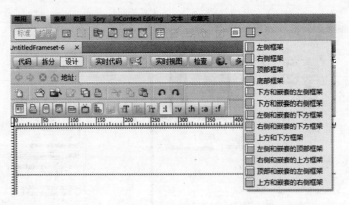

图 2.26 "插入"面板中"布局"选项卡

图 2.27 框架面板

图 2.28 属性面板

（1）保存框架集。选择"文件｜保存全部"命令，弹出的"另存为"对话框是用于保存框架集的，此时框架集边框显示选择线，如图 2.29 所示，在保存文件对话框的文件名处提供了临时文件名，用户也可以根据自己的需要修改保存文件的名字，单击"保存"按钮即可（完成之后仅仅是完成了对框架集的保存）。

图 2.29 "另存为"窗口

（2）保存框架。首先将插入点放到所要保存的框架中，然后保存框架文件，有以下两种方法。

方法一：选择"文件｜保存框架"命令；

方法二：选择"文件｜框架另存为"命令。

4．框架与框架集的属性面板

（1）框架属性。先选中要查看属性的框架，选择"窗口｜属性"命令，启用"属性"面板，如图 2.30 所示。

图 2.30　框架属性面板

框架属性的各项作用如下：

"框架名称"选项：引用框架时所使用的名称。框架名称必须是单个单词；允许使用下画线（_），但不允许使用连字符（-）、句点（.）和空格。框架名称必须以字母开头（而不能以数字开头）。框架名称区分大小写，不要使用 JavaScript 中的保留字（例如 top 或 navigator）作为框架名称。

"源文件"选项：指定在框架中显示的源文档的文件名称及路径。单击文件夹图标可以浏览到一个文件并选择一个文件。

"滚动"选项：指定在框架中是否显示滚动条。将此选项设置为"默认"将不设置相应属性的值，从而使各个浏览器使用其默认值。大多数浏览器默认为"自动"，这意味着只有在浏览器窗口中没有足够空间来显示当前框架的完整内容时才显示滚动条。

"不能调整大小"选项：这使访问者无法通过拖动框架边框在浏览器中调整框架大小，而且始终可以在 Dreamweaver 中调整框架大小；该选项仅适用于在浏览器中查看框架的访问者。

"边框"选项：在浏览器中查看框架时显示或隐藏当前框架的边框。为框架选择"边框"选项将覆盖框架集的边框设置。边框选项为"是"（显示边框）、"否"（隐藏边框）和"默认设置"；大多数浏览器默认为显示边框，除非父框架集已将"边框"设置为"否"。仅当共享边框的所有框架都将"边框"设置为"否"时，或者当父框架集的"边框"属性设置为"否"并且共享该边框的框架都将"边框"设置为"默认值"时，才会隐藏边框。

"边框颜色"选项：设置所有框架边框的颜色。此颜色应用于和框架接触的所有边框，并且重写框架集的指定边框颜色。

"边距宽度"选项：以像素为单位设置左边距和右边距的宽度（框架边框与内容之间的空间）。

"边距高度"选项：以像素为单位设置上边距和下边距的高度（框架边框与内容之间的空间）。设置框架的边距宽度和高度并不等同于在"修改"＞"页面属性"对话框中设置边距。若要更改框架的背景颜色，请在页面属性中设置该框架中文档的背景颜色。

（2）框架集属性。先选中要查看属性的框架集，选择"窗口｜属性"命令，启用"属性"面板，如图 2.31 所示。

图 2.31　框架集"属性"面板

"边框"选项：确定在浏览器中查看文档时是否应在框架周围显示边框。若要显示边框，请选择"是"；若要使浏览器不显示边框，请选择"否"。若要让浏览器确定如何显示边框，请选择"默认值"。

"边框宽度"选项：指定框架集中所有边框的宽度。

"边框颜色"选项：设置边框的颜色。使用颜色选择器选择一种颜色，或者输入颜色的十六进制值。

"行列选定范围"选项：若要设置选定框架集的行和列的框架大小，请单击"行列选定范围"区域左侧或顶部的选项卡，然后在"值"文本框中，输入高度或宽度。若要指定浏览器分配给每个框架的空间大小，请从"单位"菜单中选择以下选项：

"像素"将选定列或行的大小设置为一个绝对值。对于应始终保持相同大小的框架（例如导航条），请选择此选项。在为以百分比或相对值指定大小的框架分配空间前，为以像素为单位指定大小的框架分配空间。设置框架大小的最常用方法是将左侧框架设置为固定像素宽度，将右侧框架大小设置为相对大小，这样在分配像素宽度后，能够使右侧框架伸展以占据所有剩余空间。

"百分比"指定选定列或行应为相当于其框架集的总宽度或总高度的一个百分比。以"百分比"为单位的框架分配空间在以"像素"为单位的框架之后，但在以"相对"为单位的框架之前。

5. 创建嵌套框架

框架的嵌套是指一个框架集套在另一个框架集内。每个新创建的主框架都包括自己的主框架 HTML 文档和框架文档。使用嵌套框架可以为文档建立多个框架，Dreamweaver CS5 中新建框架"上方固定，左侧嵌套"实际上就是一个嵌套的框架集，是在上下结构的框架集中嵌套一个左右结构的框架集。具体操作步骤如下：

（1）首先新建一个"上方固定"的框架页。

（2）将鼠标移至要创建嵌套框架集的框架内，如图 2.32 所示。

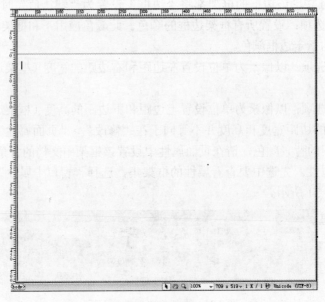

图 2.32　创建框架页

（3）选择"插入｜HTML｜框架｜左对齐"命令，就完成了嵌套框架的创建，如图2.33所示。

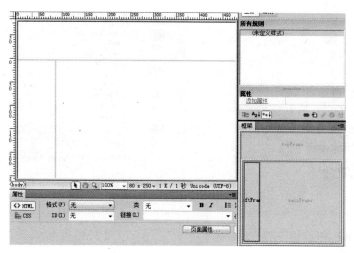

图2.33　嵌套框架的创建

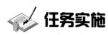 **任务实施**

2.2.1　利用框架创建页面

（1）选择"文件｜新建"命令，在弹出的"新建文档"对话框中选择"示例中的页"选项卡，"示例文件夹"选项框中选"框架页"，然后在"示例页"中选择"上方固定，下方固定"，如图2.34所示。

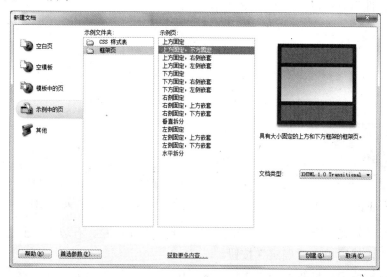

图2.34　"新建文档"对话框（3）

（2）单击"创建"按钮，弹出"框架标签辅助功能属性"对话框，如图2.35所示。

（3）单击"确定"按钮之后，就会打开新建的框架集页面，然后选择"文件｜保存全部"命令，弹出"另存为"对话框，如图2.36所示。

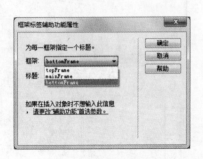

图 2.35 "框架标签辅助功能属性"对话框

图 2.36 "另存为"对话框

（4）这时保存的是框架集文件，在文件名处输入"admin.html"，单击"保存"按钮。

（5）回到选择 admin.html 页面的设计视图，将光标移至页面最上面的框架中，然后选择"文件｜保存框架"，弹出"另存为"对话框，在"文件名"处输入"top.html"，单击"保存"按钮。下面的两个框架也做相同的操作，文件名分别为"main.html"、"bottom.html"，即完成了对框架集中三个框架的保存工作。

（6）在 admin.html 页面中框架面板选择 topframe 框架（即 top.html 文件中），在这个框架中新建表格并插入背景，制作好界面，如图 2.37 所示。

（7）将光标移至 top.html 文件的页面中，单击"属性"面板中的"页面属性"按钮，弹出"页面属性"对话框，如图 2.38 所示。

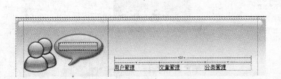

图 2.37 top.html 文件中的界面设计

图 2.38 "页面属性"对话框

（8）选择"分类"选项框里的"外观（CSS）"，在左边距、右边距、上边距、下边距中全部输入"0"，然后单击"确定"按钮。

（9）用鼠标选中边框线，在"属性"面板中，"行"选项后面的文本框中输入"176"，如图 2.39 所示，然后按 Enter 键。

（10）选中 top.html 页面中的表格，在"属性"面板中，选择"居中对齐"方式。

（11）用相同的方法分别设计 bottom.html、main.html 文件的界面，效果如图 2.40 所示。

图 2.39　修改框架集属性图　　　　　　2.40　三个框架的表格创建

（12）界面设计完后，选择"文件丨保存全部"命令，将刚才做的三个框架文件以及框架集文件都进行保存。

（13）将光标移至 main.html 页面文件中，选择"文件丨框架另存为"命令，文件名输入"main2.html"。然后回到 main.html 页面文件中，再次选择"文件丨框架另存为"命令，文件名输入"main3.html"。

（14）在 main.html、main2.html、main3.html 三个页面中分别设计为"用户管理"、"文章管理"、"分类管理"的相关内容，如图 2.41、图 2.42、图 2.43 所示。

图 2.41　用户管理界面　　　　　　　　图 2.42　文章管理界面

图 2.43　分类管理界面

（15）完成上面的界面操作之后，我们该做链接了。选中 top.html 页面中的"用户管理"，在"属性"面板上的"链接"处输入"main.html"，接着在"目标"后面的下拉列框中选择"mainframe"，如图 2.44 所示。按 Enter 键即完成了"用户管理"的链接设置。

图 2.44　设置文本链接

（16）"文章管理"、"分类管理"的链接设置方法与上面相同。

（17）完成这些操作之后，我们需要选择"文件丨保存全部"命令，将三个框架文件以及框架集文件再保存一次。

（18）下面就是完成之后的效果，如图 2.45、图 2.46、图 2.47 所示。

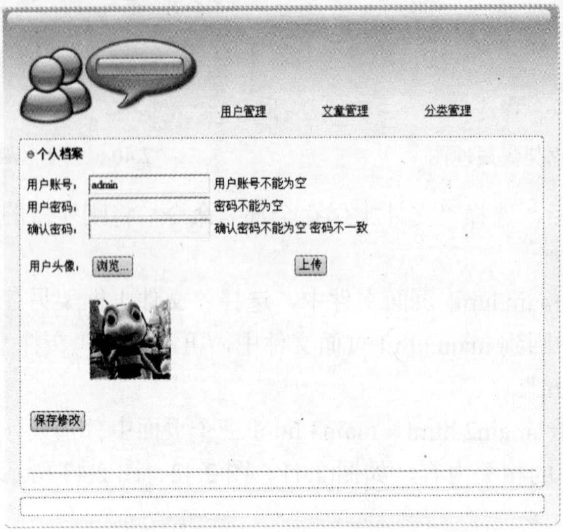

图 2.45 用户管理最终效果

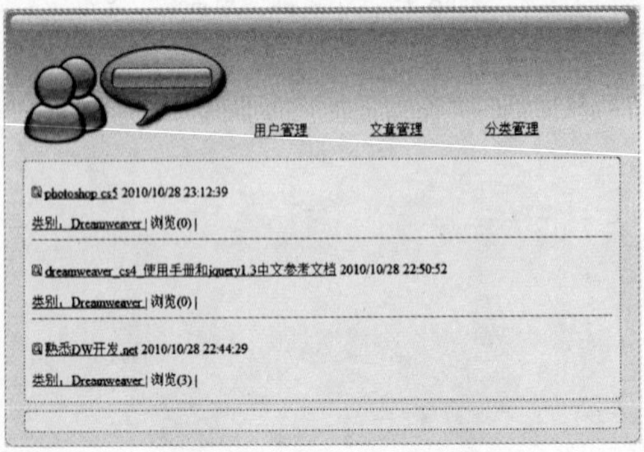

图 2.46 文章管理最终效果

图 2.47 分类管理最终效果

拓展知识

除了前面介绍的框架之外，还有一种框架形式，称为"浮动框架"，它在 HTML 中的标签是<iframe>。

但是从它的参数来说和普通的 html 标识没有大的区别，其实 iframe 和 frame 功能一样，不同的是它是个浮动框架，用户可以把 iframe 布置在网页中的任何位置，这种极大的自由度可以给网页设计带来很大的灵活性，所以学会使用它是非常必要的。

下面介绍它的主要属性：

Name：给框架命名，这样就可以使用你的命名为链接中的 target 属性提供参数；

Src：当前框架所链接的页面地址；

Frameborder：浮动框架的边框大小，默认值为 1 显示边框，一般最好设为 0 不显示；

Marginwidth：浮动框架框边与插入页面之间空白的宽度，单位 pixel；

Marginheight：浮动框架框边与插入页面之间空白的高度，单位 pixel；

Scrolling：滚动条，有 3 个值，分别是 auto 自动、yes 总是显示、no 不显示；

Align：可选值为 left、right。

例如下面代码的作用是在页面中插入一个浮动框架，其宽度是 320 像素，高度是 300 像素，显示滚动条。

```
<iframe src="default.htm"
width="320" height="300" scrolling="yes" name="content">
</iframe>
```

 **思考与训练**

1．简答题

（1）什么是框架网页？如何创建框架集？

（2）框架和框架集的属性面板上的各选项都有什么功能？

2．实做题

举例说明如何创建框架链接。

项目 3

Dreamweaver CS5 的基本操作

教学导航 ◎

　　本项目主要讲述了 Dreamweaver CS5 的基本操作方法，并就网页中文本的编辑和美化、图像的添加和处理、多媒体元素的添加和处理、页面链接的设置方法等做了详细的介绍。

　　通过本项目的学习，应达到以下的目标：

★ 　了解 Dreamweaver CS5 的页面属性设置；

★ 　学会插入各种文本以及编辑文本；

★ 　掌握如何插入各种特殊文本；

★ 　掌握如何插入图像及编辑图像；

★ 　掌握如何插入各种多媒体元素；

★ 　掌握创建超链接的方法以及如何设置页面链接。

工作任务 1　Dreamweaver CS5 基本操作

　　Dreamweaver CS5 是最优秀的可视化网页设计和网站管理工具之一，它将可视布局工具、应用程序开发功能和代码编辑工具组合在一起，使各种层次的开发人员和设计人员都能快速创建出各种规模的网站和 Web 应用程序。它对网页文本的编辑和美化、网页图像的处理、多媒体元素的处理、网页布局设计提供了相当多的工具，使开发人员在操作上更加方便。本工作任务就 Dreamweaver CS5 的基本操作进行介绍。

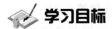 **学习目标**

通过本工作任务的学习，应该达到：

1．知识目标

- 了解 Dreamweaver CS5 的页面属性设置；
- 理解超级链接的意义及分类；
- 掌握各种网页元素的属性面板。

2．能力目标

- 能在网页中对文本进行编辑和美化；
- 能在网页中对图像进行处理；
- 能在网页中对多媒体元素进行插入与处理；
- 能在网页中插入超链接。

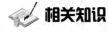 **引导案例**

1．工作任务名称

博客站点中页面设置以及各种多媒体元素的应用。

2．工作任务背景

小博利用表格和框架对页面进行了布局，小博还希望让自己的博客界面更加漂亮，需要加入文本、图像、视频、音频等来丰富他的博客，带着这些设想，小博又开始了新的学习。

3．工作任务分析

Dreamweaver CS5 是一款非常优秀的可视化网页设计工具，它集中了对各种多媒体技术的支持，它的操作更加人性化，这给小博带来了极大的学习欲望，希望通过"插入"面板提供的大量控件以及"属性"面板的设置，来完成对博客站点的进一步美化。

相关知识

1．"插入"面板介绍

Dreamweaver CS5 的面板主要是为了方便用户进行页面编辑操作，其中用得比较多的是"插入"面板。"插入"面板上的按钮被组织到若干类别中，可以单击"插入"面板顶部的选项进行切换。"插入"面板的主要类别如下：

"常用"类别：用于创建和插入常用对象，如图像、表格、Flash 文档、电子邮件链接等。

"布局"类别：用于插入表格、div 标签、框架和 Spry 构件，还可以选择表格视图。

"表单"类别：用于创建表单和插入表单元素。

"数据"类别：用于插入 Spry 数据对象和其他动态元素，如记录集、重复区域、记录表单等。

"Spry"类别：用于插入构建 Spry 页面的按钮，如 Spry 数据对象和构件等。

"InContext Editing"类别：用于创建重复区域或可编辑区域，也可以管理 CSS 类。

"文本"类别：用于插入各种文本格式和列表格式的标签。

"收藏夹"类别：用于个性化组织插入栏中最常用的按钮。

2. 超链接简介

超链接是指从某个网页指向另一个目标的连接关系。网页指向的目标可以是另一个网页，也可以是同一网页的不同位置，还可以是一幅图片、一个电子邮件地址、一个文件或一个应用程序。在网页中用来进行超链接的对象，可以是部分文本或一幅图片，也可以是其他多媒体对象。在浏览网页时，当用户将鼠标指针移到文字或图像上时，鼠标指针会改变形状或颜色，这就是在提示浏览者，此对象为链接对象。用户只需要单击这些链接对象，就可完成打开链接。

超链接是一种对象，它以特殊编码的文本或图形的形式来实现链接。网页上的超链接一般分为三种：一种是绝对 URL 的超链接。URL（Uniform Resource Locator）就是统一资源定位符，简单地讲就是网络上的一个站点、网页的完整路径，如 http://www.baidu.com。第二种是相对 URL 的超链接。如将自己网页上的某一段文字或某标题链接到同一网站的其他网页上面去，省略了当前文档和所链接的文档都相同的绝对路径部分。还有一种称为同一网页的超链接，这种超链接又叫做书签。

按照链接路径的不同，网页中超链接一般分为以下 3 种类型：内部链接、锚点链接和外部链接。

如果按照使用对象的不同，网页中的链接又可以分为文本超链接、图像超链接、E-mail链接、锚点链接、多媒体文件链接、空链接等。

超链接还可以分为动态超链接和静态超链接。动态超链接指的是可以通过改变 HTML代码来实现动态变化的超链接，例如我们可以实现将鼠标移动到某个文字链接上，文字就会像动画一样动起来或改变颜色的效果，也可以实现鼠标移到图片上图片就产生反色或朦胧等的效果。而静态超链接，顾名思义，就是没有动态效果的超链接。

在网页中，一般文字上的超链接都是蓝色（当然，用户也可以自己设置成其他颜色），文字下面有一条下画线。当移动鼠标指针到该超链接上时，鼠标指针就会变成一只手的形状，这时候用鼠标左键单击，就可以直接跳到与这个超链接相连接的网页或 WWW 网站上去。如果用户已经浏览过某个超链接，这个超链接的文本颜色就会发生改变（默认为紫色）。只有图像的超链接访问后颜色不会发生变化。

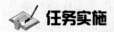 任务实施

3.1.1 页面属性设置

使用"页面属性"对话框，可以对每个页面的布局和格式进行属性设置，包括页面的默认字体、字体大小、背景颜色、边距、链接样式和其他页面参数。在 Dreamweaver CS5中还为"页面属性"中提供了 CSS 功能，用户在其中设置完外观、链接、标题属性之后，将自动被转化成 CSS 样式。

选择"修改｜页面属性"命令，或在未选定任何对象的情况下单击属性面板中的"页面属性"按钮，如图 3.1 所示，都可以打开如图 3.2 所示的"页面属性"对话框，可以在其中设置或更改页面属性。

图 3.1　属性面板

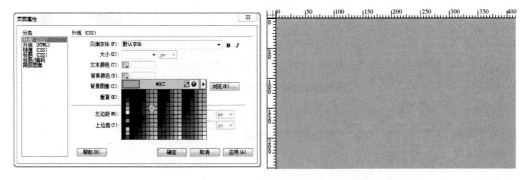

图 3.2　"页面属性"对话框

1．外观（CSS）属性设置

选择"分类"列表中的"外观（CSS）"类别，可以设置基本页面布局选项，主要选项如下：

页面字体：用于指定 Web 页面中使用的默认字体。

大小：用于指定在 Web 页面中使用的默认字体大小。

文本颜色：用于指定显示字体时使用的默认颜色，可以单击"文本颜色"框，然后从出现的颜色选择器中选择一种颜色。

背景颜色：用于设置页面的背景颜色，设置时只需要单击"背景颜色"框，然后从颜色选择器中选择一种颜色，再单击"确定"按钮即可，如图 3.3 所示。

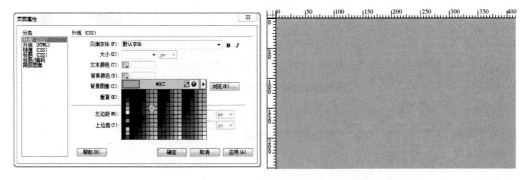

图 3.3　设置页面背景颜色

背景图像：用于设置页面的背景图像。设置时，只需单击"浏览"按钮，然后选择一个背景图像，再单击"确定"按钮即可，如图 3.4 所示。如果图像不能填满整个窗口，

Dreamweaver CS5 将会平铺（重复）背景图像。

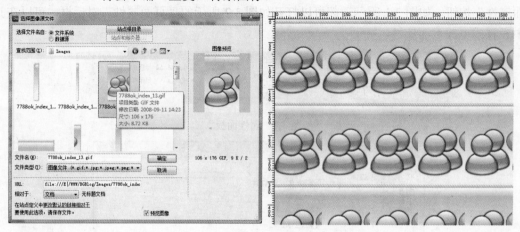

图 3.4　设置页面背景图像

重复：可以从"重复"下拉列表中选择背景图像在页面上的显示方式。其中，"不重复"选项将使背景图像仅显示一次；"重复"选项将横向和纵向重复或平铺背景图像；"横向重复"选项将只横向平铺背景图像；"纵向重复"选项将只纵向平铺背景图像。

左边距、右边距、上边距和下边距：用于指定页面左边距、右边距、上边距和下边距的大小，边距的默认单位是像素。

2. 外观（HTML）属性设置

选择"分类"列表中的"外观（HTML）"类别，可以利用其中的选项使页面采用 HTML 格式，而不是 CSS 格式，其设置选项如图 3.5 所示。

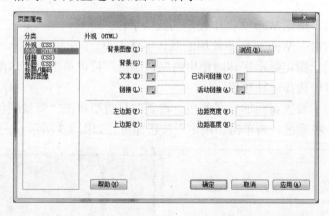

图 3.5　外观（HTML）属性设置

外观（HTML）设置的选项主要如下：

背景图像：用于设置 HTML 页面的背景图像。

背景：用于设置页面的背景颜色。

文本：用于设置显示字体时使用的默认颜色。

链接：用于设置链接文本的颜色。

已访问链接：用于设置已访问链接的颜色。

活动链接：用于设置鼠标指针在链接上单击时的颜色。

左边距、右边距、上边距和下边距：用于指定页面左边距、右边距、上边距和下边距的大小，边距的默认单位是像素。

3. 链接（CSS）属性设置

选择"分类"列表中的"链接（CSS）"类别，可以定义默认字体、字体大小、链接的颜色、已访问链接和活动链接的颜色，其设置选项如图 3.6 所示。

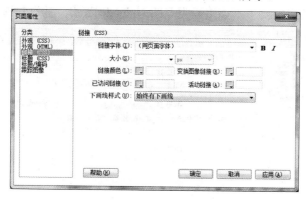

图 3.6　链接（CSS）属性设置

链接（CSS）设置的选项主要如下：

链接字体：用于设置链接文本使用的默认字体。

大小：用于设置链接文本使用的默认字体大小。

链接颜色：用于设置应用于链接文本的颜色。

已访问链接：用于设置已访问链接的颜色。

变换图像链接：用于设置鼠标指针移向链接上时的颜色。

活动链接：用于设置鼠标指针移向链接并单击时的颜色。

下画线样式：用于设置链接的下画线样式，包括始终有下画线、始终无下画线、仅在变换图像时显示下画线、变换图像时隐藏下画线四个选择。

4. 标题（CSS）属性设置

选择"分类"列表中的"标题（CSS）"类别，可以定义各级标题的默认字体及颜色等参数，其设置选项如图 3.7 所示。

图 3.7　标题（CSS）属性设置

标题（CSS）设置的选项主要如下：

标题字体：用于设置指定 Web 页面中标题使用的默认字体。

"标题 1"～"标题 6"：用于设置若干级别的标题标签使用的字体大小和颜色。

5．标题/编码属性设置

选择"分类"列表中的"标题/编码"类别，可以指定特定于制作 Web 页面所用语言的文档编码类型，以及指定要用于该编码类型的 Unicode 范式，其设置选项如图 3.8 所示。

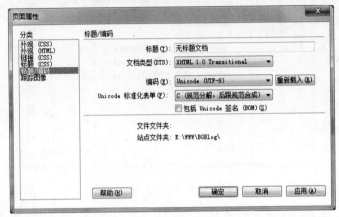

图 3.8　标题/编码属性设置

标题/编码设置的选项主要如下：

标题：用于设置在文档窗口和 IE 等浏览器窗口的标题栏中出现的页面标题，默认标题为"无标题文档"。

文档类型：用于从下拉列表中选择文档类型定义。

编码：用于设置文档中字符所用的编码。

"重新载入"按钮：单击该按钮，将转换现有文档或使用新编码重新打开它。

Unicode 标准化表单：当选择 UTF-8 作为文档编码时，可以从列表中选择一种 Unicode 范式。其中，"范式 C"是用于 WWW 的字符模型最常用范式。

6．跟踪图像属性设置

选择"分类"列表中的"跟踪图像"类别，可以在页面中插入一个供设计网页参考的图像文件。

跟踪图像设置的选项主要如下：

跟踪图像：用于指定在复制设计时作为参考的跟踪图像。该图像仅供设计网页参考，并不影响最终的设计效果。

透明度：设置跟踪图像的不透明度。

3.1.2　文本与文档

多数情况下，网页中的信息都是通过文字来提供的。文本是网页最基本也是最重要的元素。Dreamweaver CS5 提供了丰富而完善的文本处理功能，可以很方便地制作出各种包含文字对象的页面。

48

1．插入普通文本

在页面中添加文本的方法很多，即可以直接在页面中输入文本，也可以将其他文档中的文本复制到页面中，还可以将 ASCII 文本文件、RTF 文件和 Microsoft Office 文件等类型的文档导入到页面中。

（1）直接输入文本。在使用 Dreamweaver CS5 编辑网页时，在文档窗口中光标为默认显示状态。要添加文本，首先应将光标移动到文档窗口中的编辑区域，选择一种输入法，然后直接输入文本即可，就像在其他文本编辑器中的方法一样，如图 3.9 所示。

当输入的文本超过窗口左侧时，将自动换行；如果要强制换行，只需按下 Enter 键，然后再输入相关文本内容即可。

（2）复制其他程序中的文本。使用复制/粘贴的方法，也可以将其他程序中的文本复制到 Dreamweaver CS5 文档中，具体方法如下。

打开包含了文本内容的应用程序窗口，选定需要的文本内容。比如，选定"记事本"窗口中的部分文本内容，如图 3.10 所示。

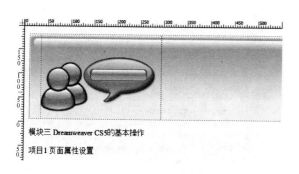

图 3.9　在 Dreamweaver CS5 中直接输入文本

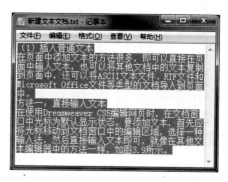

图 3.10　在文本编辑器中选定好文本

按下 Ctrl+C 组合键，将选定的内容复制到剪贴板中。

切换到 Dreamweaver CS5 文档中，将光标定位在文档窗口中，然后按下 Ctrl+V 组合键，即可将剪贴板中的文本内容粘贴出来，如图 3.11 所示。

在将复制到剪贴板中的文本粘贴到 Dreamweaver CS5 文档中时，如果按下 Ctrl+Shift+V 组合键时，将出现如图 3.12 所示的对话框，可以在其中设置粘贴格式选项，以便用不同的方式指定所粘贴文本的格式。

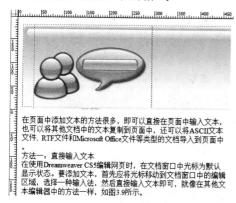

图 3.11　在 Dreamweaver CS5 中直接粘贴

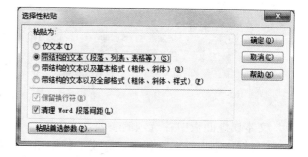

图 3.12　"选择性粘贴"对话框

（3）导入文本。为方便网页文档的编辑，Dreamweaver CS5 还允许将文本文件、RTF
文件和 Microsoft Office 文件等类型的文档导入到页面中。下面以导入 Word 文档为例，介
绍将文本导入到网页文档的一般方法。

① 首先将光标放在文档中想要导入文本的地方。

② 选择菜单"文件 | 导入 | Word 文档"命令（如图 3.13 所示），出现"导入 Word 文
档"对话框，在其中选择要添加的文件，如图 3.14 所示。

图 3.13　选择"导入"　　　　　　　　图 3.14　"导入 Word 文档"对话框

③ 单击"打开"按钮，Word 文档的内容即可导入到页面中。

2．设置文本属性

利用文本属性可以方便地修改选中文本的字体、字号、样式、对齐方式等，以获得预
期的效果。选择菜单"窗口 | 属性"命令，弹出"属性"面板，在 HTML 和 CSS 属性面板
中都可以设置文本的属性，如图 3.15 所示。

图 3.15　文本"属性"面板

文本属性面板中各选项的主要含义如下：

"目标规则"选项：设置已定义的或引用的 CSS 样式为文本的样式。

"字体"选项：设置文本的字体组合。

"大小"选项：设置文本的字体大小。

"文本颜色"按钮□：设置文本的颜色。

B *I* 按钮：分别设置文字粗体、斜体以及文本的对齐方式。

"格式"选项：设置所选文本的段落样式。

3．设置文本的段落格式

段落设置的内容包括段落格式、段落对齐方式、段落缩进、段落间距、工作任务符号和编号列表等。

（1）段落格式设置。可以快速将选定的段落设置为标准的格式。要设置段落格式，应先将文本光标放在段落的任意位置，也可以选择段落中的一些文本。然后在属性面板中的"格式"下拉列表框中选择相应的段落格式。如果选择"无"选项，则取消段落格式在段落上的应用，如图 3.16 所示。

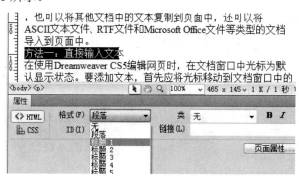

图 3.16　设置段落格式

（2）段落对齐设置。文档中的文本段落有 4 种对齐方式，即左对齐、右对齐、居中对齐、两端对齐。要设置段落对齐方式，可以将文本光标移动到要设置对齐方式的段落中，然后在"属性"面板中单击"CSS"按钮，切换到文本的 CSS 属性设置界面，再选择图标中任意一个，即可进行对齐操作，如图 3.17 所示。

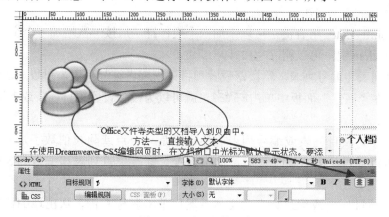

图 3.17　设置段落对齐

（3）段落缩进格式。可以根据需要缩进页面两侧的文本。先将文本光标放在要缩进的段落中，然后在"属性"面板中单击"HTML"按钮，将属性面板切换到文本的 HTML 属性设置状态，如图 3.18 所示。

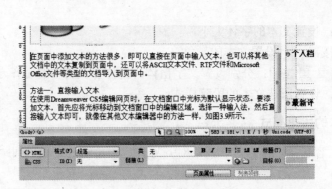

图 3.18　未设置缩进时

单击属性面板中的"缩进"图标 🔛，即可实现文本缩进，如图 3.19 所示。

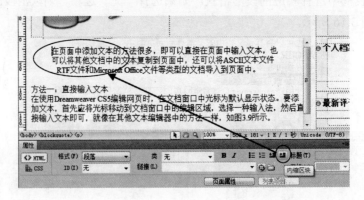

图 3.19　设置文本缩进

单击属性面板中的"凸出"图标 🔛，即可实现取消缩进。

（4）分段与换行。在 Dreamweaver CS5 中编辑文本时，按下 Enter 键就可以创建一个新段落，且 Web 浏览器在段落之间自动插入一个空白行。通过插入一个换行符，也可以在段落之间添加一个空行。具体实现方法如下。

① 按下 Enter 键，创建一个新段落。

② 按下 Shift+Enter 组合键，可以添加一个换行符，每按一次增加一个空白行。

③ 按下 Delete 键，可以删除空白行。

（5）项目列表与编号列表。给段落设置项目列表或者编号列表，可以先选中需要设置的段落，然后在"属性"面板中单击 🔛🔛，就可以为段落设置项目列表或者编号列表了，如图 3.20 所示。

默认情况下，项目列表或编号列表前导字符是一个点或阿拉伯数字，如要改成其他前导字符，可以通过"列表属性"对话框来设置。修改项目列表和编号列表的具体方法如下：

选择已有项目列表或编号列表的文本，然后单击鼠标右键，从出现的快捷菜单中选择"列表 | 属性"命令，在弹出的"列表属性"对话框中"列表类型"下拉列表框中选择"项目列表"，再从"样式"下拉列表框中选择一种样式，如"正方形"，如图 3.21 所示。

单击"确定"按钮，即可更改项目列表的前导字符了，如图 3.22 所示。

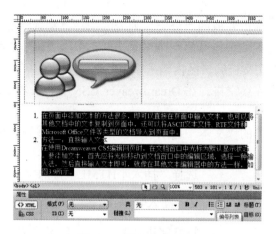

图 3.20 设置编号列表

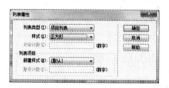

图 3.21 "列表属性"对话框

图 3.22 修改列表类型

3.1.3 插入对象

除常规文本外，Dreamweaver CS5 还可以在文档中添加一些特殊对象，如网页水平线、特殊字符等，下面将介绍这些对象的添加方法。

1. 插入连续的空格

在默认状态下，Dreamweaver CS5 只允许网站设计者输入一个空格，要输入连续多个空格则需要进行设置或通过特定操作才能实现。

（1）通过设置"首选参数"来实现。选择"编辑 | 首选参数"命令，弹出"首选参数"对话框，如图 3.23 所示。

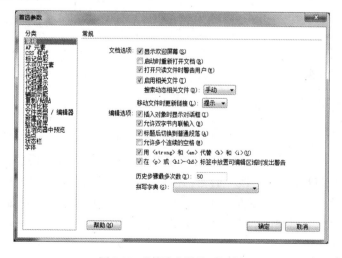

图 3.23 "首选参数"对话框

在"首选参数"对话框左侧的"分类"列表中选择"常规"选项，在右侧的"编辑选项"选项组中选择"允许多个连续的空格"复选框，单击"确定"按钮完成设置。此时，用户可连续按 Space 键在文档编辑区内输入多个空格。

（2）直接插入多个连续空格。在 Dreamweaver CS5 中插入多个连续空格，还有以下几种方法：

选择"插入"面板中的"文本"选项卡，单击"字符"展开式按钮，如图 3.24 所示，选择"不换行空格"按钮。

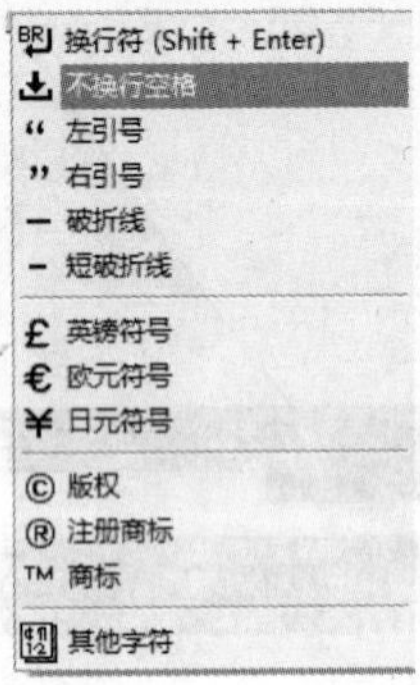

选择"插入｜HTML｜特殊字符｜不换行空格"命令。

2. 插入特殊字符

特殊字符在 HTML 中以名称或数字的形式表示，它们均被称为实体。HTML 包含版权符号（©）、"与"符号（&）、注册商标符号（®）等字符的实体名称。每个实体都有一个名称和一个数字等效值。

在文档中插入特殊字符的方法如下：

在文档窗口中，将文本光标放在要插入特殊字符的位置，选择"插入｜HTML｜特殊字符"命令，将出现如图 3.25 所示的子菜单。

图 3.24 "字符"展开式按钮

从子菜单中选择要插入的对象后，即可在文档中出现所选定的符号。如果要插入更多的特殊字符，可选择"插入｜HTML｜特殊字符｜其他字符"命令，然后在如图 3.26 所示的"插入其他字符"对话框中选择一个字符，然后单击"确定"按钮即可。

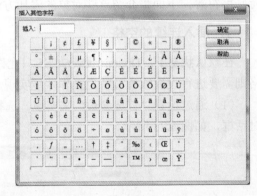

图 3.25 "特殊字符"子菜单　　　　　　　图 3.26 "插入其他字符"对话框

3. 插入水平线

在网页中，可以使用一条或多条水平线来以可视方式分隔文本和对象，从而方便对页面信息的组织。要插入水平线，只需在文档窗口中，将插入点置于要插入水平线的位置，然后选择"插入｜HTML｜水平线"命令，即可插入一条水平线，如图 3.27 所示。

插入水平线后，可以利用属性面板来对其进行修改，具体修改方法如下：

在文档窗口中选中要修改的水平线，在水平线的属性面板中会出现相应的属性参数，如图 3.28 所示。

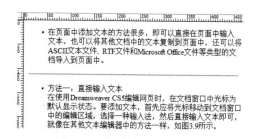

图 3.27　插入水平线

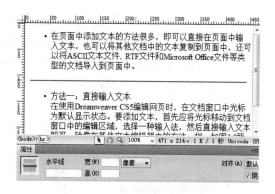

图 3.28　水平线属性面板

要修改水平线的宽和高，可以以像素为单位或以页面尺寸百分比的形式指定水平线的宽度和高度，如图 3.29 所示。

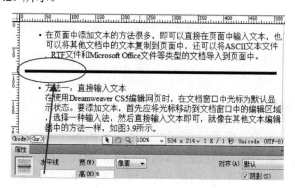

图 3.29　设置水平线高度

要设置水平线的对齐方式，可从"对齐"下拉列表中选择"默认"、"左对齐"、"居中对齐"或"右对齐"等选项。比如将水平线设置为"左对齐"后效果如图 3.30 所示。

默认情况下，已经为水平线设置了阴影效果，取消"阴影"选项则会使用纯色显示水平线。

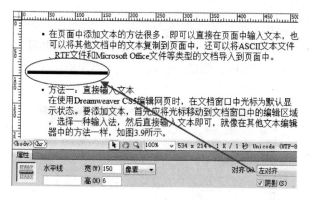

图 3.30　设置水平线对齐方式

4．插入日期

在 Dreamweaver 文档中插入日期对象后，可以选择在浏览网页时自动更新该日期。插入日期的具体方法如下：

（1）在文档窗口中，将鼠标放在要插入日期的位置。

（2）选择"插入｜日期"命令，出现"插入日期"对话框，如图 3.31 所示。

（3）根据需要选择"星期格式"、"日期格式"和"时间格式"。

（4）如果希望在每次保存文档时都更新插入的日期，需要选中"储存时自动更新"复选框。

（5）设置完成后单击"确定"按钮，即可插入日期，如图 3.32 所示。

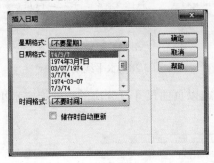

图 3.31 "插入日期"对话框

图 3.32 日期插入效果

3.1.4 插入与编辑图像

在网页中合理运用图像，既能装饰网页，使网页的表现力更加丰富，又可以借助于图像来直观形象地表达大量的信息。Dreamweaver CS5 提供了强大的图像处理功能，可以灵活地在页面中添加多种格式的图像文件，也可以插入图像占位符和导航条。插入图像后，还可以在 Dreamweaver CS5 的设计视图中对对象进行必要的设置和编辑处理。

1. 插入图像

图像文件格式有很多种，典型的有 BMP、TIFF、JPEG、TGA、GIF、PNG 等，但为了适应网络传输的要求，网页图像一般使用 GIF、JPEG 和 PNG 等具有很高的压缩比的文件格式，以保证足够快的下载和浏览速度。

Dreamweaver CS5 提供了多种插入图像的方法，下面介绍主要的插入方法。

（1）用"插入"面板来插入图像。先将光标放在文档中需要插入图像的位置，然后在"插入"面板中单击"图像"图标右侧的下拉箭头，从出现的菜单中选择"图像"选项，如图 3.33 所示。

图 3.33 "插入"面板中的"图像"选项

接着再打开"选择图像源文件"对话框，如图 3.34 所示。"选择文件名自"提供了两个选项，选择"文件系统"选项，可以选择一个图像文件来插入；选择"数据源"选项，则可以单击"站点和服务器"按钮，然后在 Dreamweaver 站点的远程文件夹中选择一个动态图像源来插入。

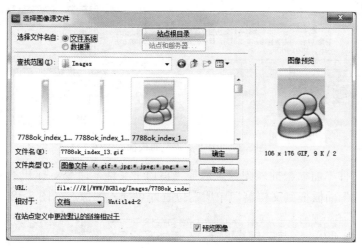

图 3.34 "选择图像源文件"对话框

选择要插入到文档中的图像文件后，单击"确定"按钮，将出现如图 3.35 所示的"图像标签辅助功能属性"对话框，其中的选项如下：

● "替换文本"框：用于为图像输入一个名称或一段简短描述，也可以不输入替换文本。

● "详细说明"框：用于输入当用户单击图像时所显示的文件的位置，还可以单击"文件夹"图标来浏览文件位置，也可以不输入说明信息。

在"图像标签辅助功能属性"对话框中输入必要的信息后单击"确定"按钮，即可将选定的图像插入文档中，效果如图 3.36 所示。

图 3.35 "图像标签辅助功能属性"对话框

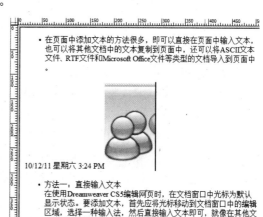

图 3.36 图像插入效果

（2）用菜单命令来插入图像。在菜单栏中选择"插入 | 图像"命令，也将出现"选择图像源文件"对话框，可以从中选择要插入的图像。

（3）用"资源"面板来插入图像。选择"窗口 | 资源"命令，打开"资源"面板，再将图像从"资源"面板拖到文档窗口中所需位置即可插入图像，如图 3.37 所示。

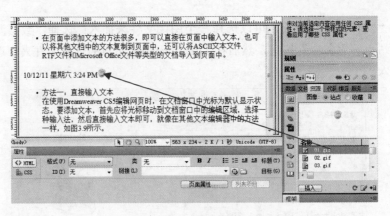

图 3.37　用"资源"面板插入图像

（4）用"文件"面板来插入图像。选择"窗口｜文件"命令，打开"文件"面板，再将图像从"文件"面板拖到文档窗口中所需位置即可插入图像，如图 3.38 所示。

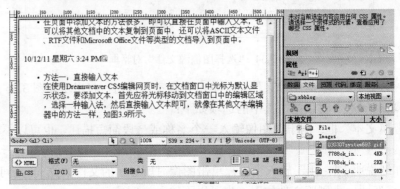

图 3.38　用"文件"面板插入图像

2．插入图像占位符

在网页布局时，网站设计者需要先设计图像在网页中的位置，设计方案通过后，再将这个位置变成具体图像。图像占位符正是一种预定空间的符号，这种符号可以根据需要替换成某幅具体的图像。插入图像占位符的方法如下：

（1）在文档窗口中，将光标放置在要插入占位符的位置。选择"插入｜图像对象｜图像占位符"命令或者单击"插入"面板中的"图像"按钮，从出现的子菜单中选择"图像占位符"选项，都将出现如图 3.39 所示的"图像占位符"对话框。

（2）在"名称"文本框中，可以输入图像占位符的标签显示文本。名称必须以字母开头，且只能包含字母和数字，不允许使用空格和高位 ASCII 字符。如果不输入内容，则不会显示出标签。

（3）在"宽度"和"高度"文本框中输入图像大小，以像素为单位。

（4）如果要设置图像占位符的颜色，可单击色块，从出现的颜色选择器中选择一种颜色，如图 3.40 所示。

（5）在"替换文本"文本框中，可以根据需要设置"替换文本"内容。该选项为使用只显示文本浏览器的访问者输入描述该图像的文本。

图 3.39 "图像占位符"对话框　　　　　图 3.40 "图像占位符"中的颜色选择器

（6）设置完成后单击"确定"按钮，即可在文档窗口中出现如图 3.41 所示的图像占位符。

图像占位符并不会在浏览器中显示出图像，因此在发布站点之前，应使用适合的图像文件替换所有添加的图像占位符。要替换占位符，只需要双击图像占位符，在出现的"选择图像源文件"对话框中选择需要的图像后即可。

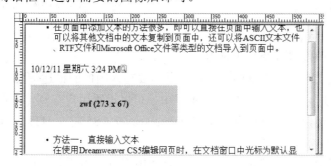

图 3.41 "图像占位符"效果

3. 插入鼠标经过图像

Dreamweaver 中可以制作一种在浏览页面时，当鼠标指针移动到某幅图像时，图像发生变化的特殊效果。下面说明一下这种效果的具体实现方法：

（1）首先准备两幅同样大小的图像，如图 3.42 所示。其中首次加载页面时显示的图像称为主图像，鼠标指针移过主图像时显示的图像称为次图像。如果两个图像大小不同，将自动调整第 2 个图像的大小以和第 1 个图像的属性匹配。

图 3.42　两幅图像

（2）在文档窗口中，将光标放在要显示鼠标指针经过图像的位置。

（3）在"插入"栏中，选择"常用"类别中的"图像"选项，再从出现的子菜单中选择"鼠标经过图像"命令，如图 3.43 所示。

（4）在出现的"插入鼠标经过图像"对话框中，可在"图像名称"文本框中输入鼠标指针经过图像的名称，然后分别设置图像 A 和图像 B 为"原始图像"和"鼠标经过图像"的路径，如图 3.44 所示，设置时，可直接在文本框中输入图像文件的路径，也可以单击"浏览"按钮选择图像文件。

图 3.43　子菜单　　　　　　　　图 3.44　"插入鼠标经过图像"对话框

（5）如果选中"预载鼠标经过图像"复选框，可将图像预先加载到浏览器的缓存中，以便鼠标指针滑过图像时不会发生延迟。

（6）在"替换文本"文本框中，可以根据需要输入图像的描述信息。

（7）在"按下时，前往的 URL"文本框中，可以设置用户在浏览时单击鼠标指针经过图像时所链接的目标，如果不设置链接，Dreamweaver CS5 将在 HTML 源代码中自动插入一个空链接。

（8）设置完成后单击"确定"按钮，在页面中将看到"原始图像"文本框中指定的图像，如图 3.45 所示。

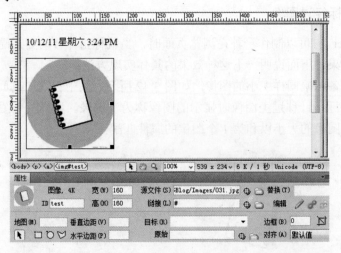

图 3.45　设置效果

（9）保存页面文件，然后按 F12 键预览效果，网页被打开时首先看到的是图像 A，当鼠标指针指向图像时，变化为图像 B，如图 3.46 所示。

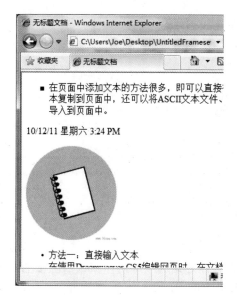

图 3.46　鼠标指针经过前后的效果

4．图像的属性设置

任何图像都有相应的属性参数，可以在 Dreamweaver CS5 中对图像进行大小设置、对齐方式设置等操作。

选中文档窗口中的某幅图像后，将出现如图 3.47 所示的"图像属性"面板，其中显示了图像的常用属性。如果没有出现"图像属性"面板，可选择"窗口｜属性"命令来打开所选图像的属性面板。

（1）图像 ID 设置。"图像属性"面板中的"图像"属性用于显示图像的大小，并可以在"ID"文本框内输入图像名，如图 3.42 中画圈处所示，输入图像名后，可以在使用 Dreamweaver CS5 行为或脚本语言时直接引用该图像。

图 3.47　"图像属性"面板

（2）图像大小设置。"图像属性"面板中的"宽"和"高"属性框用于设置页面上的图像的宽度和高度，其单位为像素。

在 Dreamweaver CS5 文档中插入图像后，Dreamweaver CS5 将自动在"宽"和"高"属性中显示出图像的原始尺寸，要修改图像的显示像素，只需在数值框中修改数据即可。修改图像大小后，要恢复原始大小，只需单击"宽"和"高"属性框右侧的"重设大小"按钮 。

（3）图像的对齐方式。选定图像后，可以利用"图像属性"面板中的"对齐"下拉列表来对齐同一行中的对象，如图 3.48 所示。

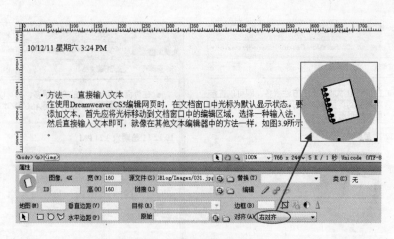

图 3.48　将图像右对齐

对齐对象的方法很简单，只需选择相应的对齐方式选项即可，默认情况下的对齐方式为"左对齐"。使用"对齐"下拉列表，可以为图像设置更丰富的对齐属性，具体选项如下：

默认值：用于指定基线对齐。

基线：用于将文本或同一段落中的其他元素的基线与选定图像对象的底部对齐。

顶端：用于将图像的顶端与当前行中最高项（图像或文本）的顶端对齐。

居中：用于将图像的中线与当前行的基线对齐。

底部：用于将图像的底端与当前行中最低项（图像或文本）的底端对齐。

文本上方：用于将图像的顶端与文本行中最高字符的顶端对齐。

绝对居中：用于将图像的中线与当前行中文本的中线对齐。

绝对底部：用于将图像的底部与文本行的底部对齐。

左对齐：用于将所选图像放置在左侧，文本在图像的右侧换行。如果左对齐文本在行上处于对象之前，将强制左对齐对象换到一个新行。

右对齐　：用于将图像放置在右侧，文本在对象的左侧换行。如果右对齐文本在行上位于该对象之前，则会强制右对齐对象换到一个新行。

5．优化图像

为了使图像更适合网络传输，可以在 Dreamweaver CS5 中优化 Web 页中的图像，具体方法如下：

（1）在 Dreamweaver CS5 的文档窗口中选择要优化的图像。

（2）选择"修改｜图像｜优化"命令，或者在图像属性面板中单击"编辑图像设置"按钮，打开如图 3.49 所示的"图像预览"对话框。

（3）在"图像预览"对话框中，"选项"选项卡用于定义要使用的文件格式以及设置首选参数（如颜色等）；"文件"选项卡用于设置图像的比例和大小；"预览"面板用于查看某一版本的图像及设置。

（4）设置好图像文件的优化参数后，单击"确定"按钮，即可对图像进行优化。

6．图像编辑工具

在"图像属性"面板中还提供了"裁剪" 、"重新取样" 、"亮度和对比度" 、"锐化" 等编辑工具，如图 3.50 所示。其用法与菜单栏中"修改｜图像"命令的对应命令相同。

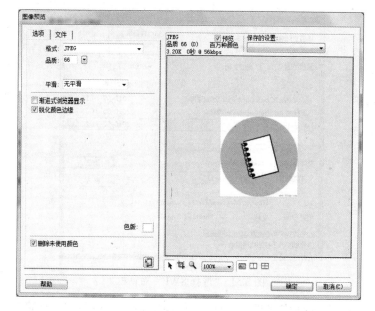

图 3.49 "图像预览"对话框

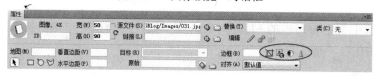

图 3.50 图像编辑工具

3.1.5 多媒体在网页中的应用

多媒体技术采用了集图像、声音于一体的信息交流方式，拓展了信息空间，为人们的生活带来极大的方便。在 Dreamweaver CS5 中除了使用文本和图像元素表达信息之外，还可以向其中插入 Flash 动画、Shockwave 影片、背景音乐、Active X 控件等多媒体，以丰富网页内容。下面将主要介绍在 Dreamweaver CS5 中插入多媒体元素。

1．插入 Flash 对象

Dreamweaver CS5 提供了使用 Flash 对象的功能，虽然 Flash 中使用的文件类型有 Flash 源文件（.fla）、Flash SWF 文件（.swf）、Flash 模板文件（.swt），但 Dreamweaver CS5 只支持 Flash SWF 文件（.swf），因为它是 Flash（.fla）文件的压缩版本，已进行了优化，便于在 Web 上查看。

在网页中插入 Flash 动画的具体操作步骤如下：

（1）在文档窗口的"设计"视图中，将插入点放置在想要插入影片的位置。

（2）通过以下几种方法启用"Flash"命令。

● 在"插入"面板"常用"选项卡中，单击"媒体"展开式工具按钮 ，选择"SWF"选项 。

● 选择"插入｜媒体｜SWF"命令。

（3）在弹出"选择 SWF"对话框中选择一个后缀名为".swf"的文件，如图 3.51 所示。

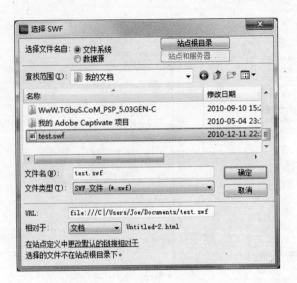

图 3.51 "选择 SWF" 对话框

（4）单击"确定"按钮完成设置。此时，Flash 占位符出现在文档窗口中，如图 3.52 所示。

（5）可以选中文档窗口中的 Flash 对象，在"属性"面板中单击"播放"按钮（请见图 3.52 画圈处所示），测试效果。

图 3.52 图像编辑工具

2. 插入 Shockwave 影片

Shockwave 是一种网上媒体交互压缩格式的标准，是一种流式播放技术而不是一种文件格式，用该标准生成的压缩格式的文件可以在网络中快速下载。目前，主流浏览器都支持 WMV、AVI、MPEG 等格式的 Shockwave 影片。

在网页中插入 Shockwave 影片的具体操作步骤如下：

（1）在文档窗口的"设计"视图中，将插入点放在想要插入 Shockwave 影片的位置。

（2）在"插入"面板"常用"选项卡中，单击"媒体"展开式工具按钮，选择"Shockwave" Shockwave 选项。也可以选择"插入 | 媒体 | Shockwave"命令。

（3）弹出的"选择文件"对话框，选择一个影片文件，如图 3.53 所示，单击"确定"按钮完成设置。此时，Shockwave 影片的占位符出现在文档窗口中，选择文档窗口中的 Shockwave 影片占位符，在"属性"面板中，修改"宽"和"高"选项的值，来设置影片的宽度和高度，单击"播放"按钮可以测试效果，如图 3.54 所示。

图 3.53 "选择文件"对话框

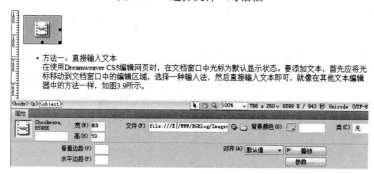

图 3.54 Shockwave 属性面板

3. 插入音频

Dreamweaver CS5 中可以将多种格式的音频文件嵌入到网页中,插入音频后的网页需要具有所选声音文件的适当插件,声音才可以播放。具体利用插件插入音频的方法如下。

(1)打开要插入音频的文档,将插入点放在要嵌入文件的位置。

(2)在"插入"面板"常用"选项卡中,单击"媒体"展开式工具按钮,选择"插件"选项。也可以选择"插入|媒体|插件"命令。

(3)在出现的"选择文件"对话框中选择要嵌入的音频文件,单击"确定"按钮,即可在文档中插入一个音频插件占位符,如图 3.55 所示。

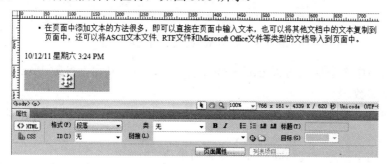

图 3.55 音频插件占位符

（4）选定音频插件占位符，出现如图 3.56 所示的属性面板，可以根据需要设置其中的选项，如果单击"源文件"文本框右侧的"文件夹"图标，可以修改要嵌入的音频文件。

图 3.56　音频插件属性面板

4．插入 Active X 控件

Active X 控件是一种功能与浏览器插件类似的可利用组件，它可以在 IE 等浏览器中运行，可以根据需要在页面中插入 Active X 控件。Dreamweaver CS5 中的 Active X 对象可为浏览者的浏览器中的 Active X 控件提供属性和参数设置。在网页中插入 Active X 控件的具体操作步骤如下：

（1）在文档窗口中的"设计"视图中，将插入放在想要插入 Active X 控件的位置。

（2）在"插入"面板"常用"选项卡中，单击"媒体"展开式工具按钮，选择"Active X"选项。也可以选择"插入｜媒体｜Active X"命令。

（3）打开的"对象标签辅助功能属性"对话框，如图 3.57 所示。根据需要设置相关参数后，单击"确定"按钮，即可在页面中出现一个 Active X 控件图标，如图 3.58 所示。

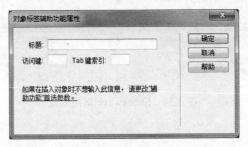

图 3.57　"对象标签辅助功能属性"对话框

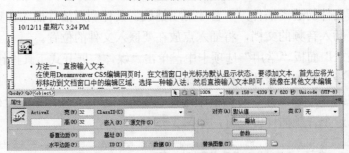

图 3.58　插入 Active X 控件后的效果

在文档窗口中选中插入的 Active X 控件后，可以设置其属性参数。Active X 控件的属性主要有以下参数。

名称：属性面板中最左侧的未标记文本框用于指定 Active X 对象的名称，以便撰写脚本。

宽和高：用于指定宽度和高度，以像素为单位。

ClassID：用于为浏览器标识 Active X 控件，可输入一个值或从下拉列表中选择一个值。

嵌入：定义在启用了"嵌入"选项时用于 Netscape Navigator 插件的数据文件。

对齐：用于设置对象在页面上的对齐方式。

参数：单击该按钮，将打开一个用于输入要传递给 Active X 对象的其他参数的对话框。

垂直边距和水平边距：用于以像素为单位指定对象上、下、左、右的边距值。

基址：用于指定包含该 Active X 控件的 URL。

替换图像：用于指定在浏览器不支持 object 标签的情况下要显示的图像。

数据：用于给要加载的 Active X 控件指定数据文件。

3.1.6 插入超链接

1. 创建超链接的方法

在 Dreamweaver 中创建和管理超链接的方法比较灵活，既可以在编辑页面元素时指向一些尚未建立的页面或文件的链接，也可以先创建所有的文件和页面元素，然后再为这些项目添加上相应的链接。下面就介绍创建文本链接的方法。

1）使用"链接"文本框创建超链接

使用属性面板上的"链接"文本框，可以利用输入链接目标的绝对路径或相对路径的方法来创建超链接，具体方法如下。

① 在文档窗口中选中要创建超链接的文本。

② 展开属性面板，在"链接"文本框中直接输入链接文档的路径和文件名，如图 3.59 所示。

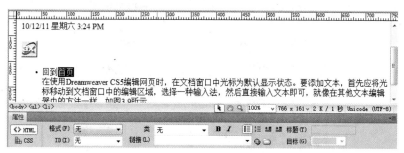

图 3.59　创建超链接属性面板

③ 输入链接文档的路径和文件名后按下 Enter 键，可以看到文档中选定的要创建超链接的文字对象的颜色发生了变化，并添加了下画线，如图 3.60 所示。

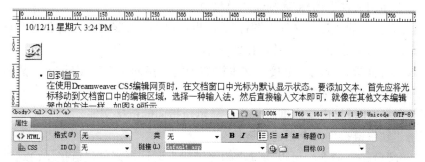

图 3.60　插入超链接后的效果

2）使用"文件夹"图标 创建超链接

使用属性面板上的"文件夹"图标 ，也可以创建超链接。具体创建步骤如下：

① 在文档窗口中选中要创建超链接的文本。

② 展开属性面板，单击"链接"文本框右侧的"文件夹"图标 ，如图 3.61 所示。

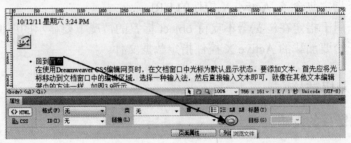

图 3.61　使用"文件夹"图标创建超链接

③ 出现"选择文件"对话框后，选择要链接到的目标文件，如图 3.62 所示。在站点内默认的链接文件方式是"文档"相对路径，如果要使用"站点根目录"相对路径，应在"相对于"下拉列表框中选择"站点根目录。

图 3.62　"选择文件"对话框

④ 设置完成后，单击"确定"按钮即可创建一个超链接。

3）使用"指向文件"图标 创建超链接

使用属性面板上的"指向文件"图标 ，也可以创建超链接。具体创建步骤如下：

① 在文档窗口中选中要创建超链接的文本。

② 展开属性面板，拖动"链接"文本框右侧的"指向文件"图标 ，然后拖向"文件"面板中的一个文档，如图 3.63 所示。

③ 释放鼠标，"链接"文本框将更新，显示新指向的链接文件。

4）使用"超级链接"命令创建超链接

使用"超级链接"命令，可以通过"超级链接"对话框来创建链接。用这种方法创建的链接不但可以添加网页文字对象，还可以指定多个参数，具体创建步骤如下：

① 将光标放在文档中需要创建超链接的位置。

68

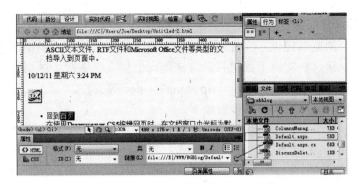

图 3.63 将"指向文件"图标拖到指定文件

② 选择"插入 | 超级链接"命令。

③ 打开"超级链接"对话框,在"文本"文本框中输入要在文档中作为超链接显示的文本,在"链接"文本框中,输入要链接到的文件的名称,在"目标"下拉列框中选择链接文档打开的方式,如图 3.64 所示。

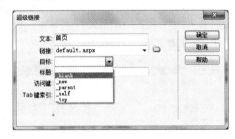

图 3.64 "超级链接"对话框

④ 设置完毕,单击"确定"按钮,即可将超链接插入网页文档中。

2. 创建特殊超链接

1)创建电子邮件超级链接

在大部分网站上,我们都会看到一些诸如网管、版主或其他联络人的邮箱链接,只要单击这个链接,就能启动系统默认的电子邮件程序来打开写邮件的窗口,并在"收件人"文本框上自动填入电子邮件链接所指定的地址。

在 Dreamweaver 页面文档中创建电子邮件链接的具体步骤如下:

① 在文档窗口中选择要作为电子邮件链接出现的文本。

② 选择"插入 | 超级链接"命令,出现"电子邮件链接"对话框,如图 3.65 所示。

③ 在"文本"文本框中输入要在文档中作为电子邮件链接出现的文本;在"电子邮件"文本框中输入该邮件将发送到的电子邮件地址,单击"确定"按钮即可创建电子邮件链接了。

图 3.65 "电子邮件链接"对话框

2）创建下载文件超级链接

很多网站都会浏览者提供了文件下载链接，单击这些链接，可以从网站上下载相关文件到本地硬盘。创建这些文件下载链接的方法如同创建文字链接，区别在于所链接的文件不是网页文件而是其他文件，如.exe、.zip、.mp3、.doc 等文件。

创建下载文件超级链接的具体步骤如下：

在文档窗口中选中要创建链接的文本，然后单击"属性"面板中的"链接"文本框的"文件夹"图标，如图 3.66 所示。

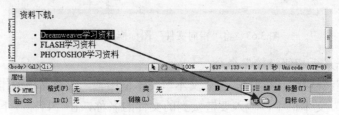

图 3.66 "属性"面板

在出现的"选择文件"对话框中，选择站点文件夹中供浏览者下载的文件，如图 3.67 所示。单击"确定"按钮即完成创建下载文件超级链接了。

图 3.67 "选择文件"对话框

3）创建空链接

空链接是未指定具体目标的链接，这类链接主要是用于向页面上的对象或文本附加行为。在 Dreamweaver 页面文档中创建空链接的方法如下。

① 在文档窗口中选择要创建链接的对象。

② 在属性面板中的"链接"文本框中输入"javascript:;"，如图 3.68 所示，再按下 Enter 键即可。

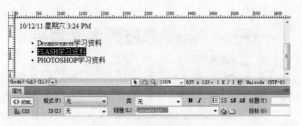

图 3.68 创建空链接

4）创建锚点链接

锚点也叫书签，顾名思义，就是在网页中作标记。如果页面的内容很多，为方便用户浏览，可以将某些特定的对象链接到同一文档中的其他位置上，这就是锚点链接。建立锚点链接要分两步实现，首先要在网页的不同主题内容处定义不同的锚点，然后在网页的开始处建立主题导航，并为不同主题导航建立定位到相应主题处的锚点链接。

下面通过一个简单实例说明在 Dreamweaver 页面文档中创建锚记链接的具体步骤。

① 首先导入内容较多的文档，如图 3.69 所示。

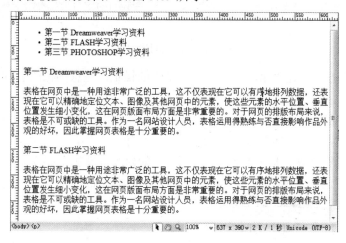

图 3.69　导入文档

② 将光标放到插入锚记的对应位置，单击"常用"类别中的"命名锚记"按钮，如图 3.70 所示。

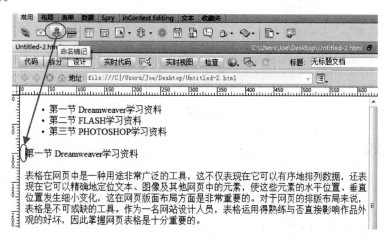

图 3.70　"命名锚记"按钮

③ 在出现的"命名锚记"对话框中，输入"锚记名称"，如图 3.71 所示。

图 3.71　"命名锚记"对话框

④ 单击"确定"按钮，即可在光标位置插入了一个锚记，如图 3.72 所示。

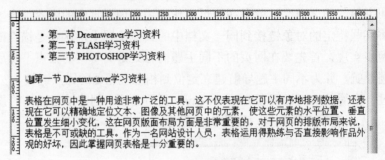

图 3.72　锚记创建效果

⑤ 用相同的方法创建"第二节"、"第三节"的锚记。注意锚记的名称一定要有所不同且便于识别。

⑥ 下面就开始将相关内容链接到各个锚记了。选中用于链接的内容，在属性面板的"链接"文本框中，输入符号"#"+锚记的名称（如"#第一节"），表示单击链接内容后，将跳转到"第一节"的锚记处，按下 Enter 键，所选中的内容就添加完链接了，如图 3.73 所示。

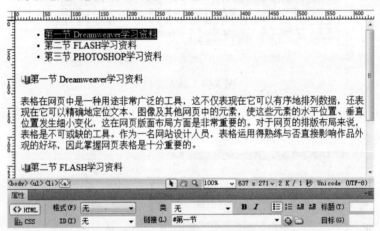

图 3.73　创建锚记链接效果

 拓展知识

我们已经学会在网页中添加音频,但是如何在网页中添加背景音乐呢？在 Dreamweaver CS5 中，添加背景音乐有两种方法，一是通过 HTML 代码来实现，二是通过"行为"来实现，这里主要介绍利用代码添加背景音乐的方法。

在 HTML 语言中，<BGSOUND>标记用于在网页中嵌入音乐文件，具体方法如下：

<BGSOUND>标签通过 SRC 属性引入想要播放声音文件.其格式为:<BGSOUND SRC=声音文件名或其 URL>，<BGSOUND>标签的 LOOP 属性用来控制背景音乐的播放次数，其取值为自然数或 INFINITE。当取值为 INFINITE 时,表示声音将一直循环播放,而当 LOOP 取值为自然数时，就表示音频将播放的次数。例如：

```
<bgsound src="bjyy.mp3" autostart=true loop=infinite>
```

src="bjyy.mp3"表示设定背景音乐文件的位置，可以是相对路径或绝对路径；

autostart=true 表示是否自动播放音乐，true 是，false 否（默认）；

loop=infinite 表示是否自动重复播放，loop=2 表示重复两次，Infinite 表示重复多次（无限次），也可以用-1 表示是无限重复。

 **思考与训练**

1．简答题

（1）为什么说文本内容是网页最基本也是最重要的元素？

（2）什么是图像占位符？其主要用途是什么？

（3）Dreamweaver CS5 中支持的多媒体对象分为哪些类型？各有何特点？

（4）什么是超级链接？都有什么分类？

（5）如何在网页中插入背景音乐？

2．实做题

利用创建锚记链接的方法来制作一个帮助文件的网页。

项目 4

CSS 和 Div 的使用

教学导航◎

本项目主要讲述了 CSS 和 Div 的相关知识。CSS+Div 为目前网页设计的标准，得到了广泛的应用。

本项目共分 2 个工作任务，工作任务 1 主要介绍 CSS 格式设置规则、引入样式表的方式、样式规则选择器以及样式表的属性。实践部分包括创建 CSS 样式表，CSS 类型、背景、区块、方框、边框、列表、定位及扩展属性的应用。工作任务 2 主要介绍 Div 的常用属性，并通过与 CSS 结合完成博客网页的布局。

通过本项目的学习，应达到以下的目标：

★　掌握 CSS 格式设置规则；

★　掌握 CSS 样式表的方式；

★　掌握样式规则选择器；

★　掌握样式表的属性；

★　掌握 CSS 样式表各种属性的实际应用；

★　掌握 Div 的常用属性；

★　掌握利用 CSS+Div 完成博客网站的布局；

★　掌握利用 CSS+Div 完成多种格式网页布局的方法。

工作任务 1　CSS 样式表应用

CSS（Cascading Style Sheet），层叠样式表，是一组格式设置规则，是用于控制网页样式并允许将样式信息与网页分离的一种标识性语言。

CSS 是 1996 年由 W3C 审核通过并推荐使用的。CSS 的引入就是为了使 HTML 语言更好地适应页面的美工设计。它以 HTML 语言为基础，提供了丰富的格式化功能，如字体、颜色、背景和整体排版等。CSS 的引入引发了网页设计一个又一个新高潮。使用 CSS 设计的优秀页面层出不穷。

Dreamweaver CS5 支持 CSS 最新版本 3.0，借助功能强大的 CSS 工具设计和开发网站，无需另外提供实用程序就能以可视方式显示 CSS 框架模型，即使在外部样式表中，也可以减少手动编辑 CSS 代码的工作。

学习目标

通过本工作任务的学习，应该达到：

1. 知识目标

- 了解 HTML 的不足及 CSS 的作用和特点；
- 掌握 CSS 格式设置规则；
- 掌握引入 CSS 样式表的四种方式；
- 掌握样式规则选择器的六种规则类型；
- 掌握样式表的常用属性；
- 了解容器模型的边距、边框、填充、内容及其他混合属性；
- 使用 CSS 编辑器（定义 CSS 规则、创建 CSS 样式、定义类型、背景、区块、方框、列表、定位、扩展样式）；
- 编辑、修改、删除 CSS 样式。

2. 能力目标

- 能利用 CSS 面板新建 CSS 规则；
- 能修改、删除 CSS 样式；
- 能使用 CSS 的类型属性完成对文字的美化。

引导案例

1. 工作任务名称

博客站点中 CSS 的应用。

2. 工作任务背景

小博经过项目 2 的学习，已经熟练掌握了表格布局和一些基本对象的操作，整个网页布局合理，颜色搭配协调，图文并茂，但小博经常感觉到修改并不是特别方便，例如在一个网页中加一个<h2>标签定义的标题，如果要把它设置为蓝色，并对字体进行相应的设置，则需要引入<font> 标签，如下：

```
<h2><font color="#0000ff" face="黑体">首页</font></h2>
```

看上去这样的修改并不是很麻烦，但是当页面的内容不仅只有一段，而是整个页面或网站时，情况就变得比较麻烦。

首先观察如下HTML代码，新建一个文本文件，输入以下代码，并另存为"../04/ 04-01.html"。

```
<html>
<head>
  <title>小博博客</title>
</head>
  <body>
<h2><font color="#0000ff" face="黑体">博客首页</font></h2>
<p>这里是正文内容</p>
<h2><font color="#0000ff" face="黑体">博客设置</font></h2>
<p>这里是正文内容</p>
<h2><font color="#0000ff" face="黑体">个人档案</font></h2>
<p>这里是正文内容</p>
<h2><font color="#0000ff" face="黑体">栏目管理</font></h2>
<p>这里是正文内容</p>
  </body>
</html>
```

这段代码在浏览器中的显示效果是三个标题都是蓝色黑体字，这时如果要将这四个标题改成红色，在这种传统的 HTML 语言中就需要对每个标题的<font>标签都进行修改，如果是一个规模很大的网站，并且需要对整个网站进行修改的话，那工作量将会是很大的，甚至无法实现。这仅仅是文字颜色的修改，如果还有字号、字体等其他样式的设置，工作量将变得非常大。小博想，有没有更简便高效的方法呢？

3．工作任务分析

简便高效的办法就是引入 CSS。虽然在项目 1 中简单介绍了 HTML 语言，在 CSS 没有引入页面之前，传统的 HTML 语言要实现页面美工设计是十分麻烦的。

其实传统 HTML 的不足远不止上面中所提到的，相比以 CSS 为基础的页面设计方法，主要有以下几点不足。

（1）维护困难，为了修改某个特殊标记的格式，需要花费很多时间，尤其对于整个网站而言，后期维护的成本很高。

（2）标签不足，HTML 本身的标签很少，很多标签都是为网页内容服务的，而关于美工样式的标签，如文字间距、段落缩进等标签在 HTML 找不到。

（3）网页过于臃肿，由于没有统一对各种风格样式进行控制，因此 HTML 的页面往往体积过大，解析很慢。

（4）在整体布局页面时定位困难，HTML 对各个项目的位置调整显得捉襟见肘，过多的标签同样导致页面的复杂和维护的困难。

基于传统 HTML 的不足，网站建设中引用了 CSS，CSS 有以下优点。

（1）缩减代码，提高页面浏览速度。采用 CSS 布局，不像表格布局那样充满各种各样的属性和数字，由于很多 CSS 文件通常是共用的，从而大大缩减页面代码，提高页面浏览速度。

（2）结构清晰，对搜索引擎更加友好，更方便被搜索引擎收录。用包含结构化内容的 HTML 代替嵌套的标签，主次分明，搜索引擎将更有效地搜索到网页内容，更容易被搜索引擎收录，具备搜索引擎 SEO（搜索引擎优化）的先天条件，配合优秀的内容和一些 SEO 处理，可以获得更好的网站排名。

（3）支持各种浏览器，兼容性好。符合 Web 标准规范的发展趋势，几乎所有的浏览器上都可以使用 CSS，不会出现在不同的浏览器中效果相差很大的情况。

（4）简单的修改，缩短改版时间。因为网站的布局都是通过外部的 CSS 文件来控制，只要简单地修改几个 CSS 文件就可以将许多网页的风格格式同时更新，不需要一页页地更新了。可以将站点上所有的网页风格都使用一个 CSS 文件进行控制，只要修改这个 CSS 文件中相应的行，整个站点的所有页面都会随之发生变动，这也是通常所说的"换肤"技术。

（5）强大的字体控制和排版能力。CSS 控制字体的能力比 font 标签好多了，CSS 不再需要用 font 标签或者透明的 1px 图片来控制标题、改变字体颜色、字体样式等。

（6）使用 CSS 可以结构化 HTML，提高易用性。如 p 标签只用来控制段落，h1-h6 标签只用来控制标题，table 标签只用来表现格式化的数据等。可以增加更多的用户而不需要建立独立的版本。

（7）更好的扩展性。设计不仅用于 Web 浏览器，也可以发布在其他设备上，如 PowerPoint 等。

（8）更灵活控制页面布局。通常页面的下载是按照代码的排列顺序，而表格布局代码的排列代表从上向下，从左到右，无法改变。而通过 CSS 控制，可以任意改变代码的排列顺序，比如将重要的右边内容先加载出来。

（9）表现和内容相分离，干净利落。将设计部分剥离出来放在一个独立样式文件中，而网页主要来放置内容，这样可以减少未来网页无效的可能。

（10）更快加载带有图片的页面。以前一些必须通过图片转换实现的功能，现在只要用 CSS 就可以轻松实现，从而更快地下载页面。

通过上面的介绍，小博了解到 CSS 的优点，决定在自己的博客网站中采用 CSS 样式来构建网页。

本工作任务即以博客站点中 CSS 的应用为例，简要介绍在网页中如何建立 CSS 样式及如何使用 CSS 的各种属性。

4．条件准备

Windows Server 2003、IIS 6.0、Dreamweaver CS5。

相关知识

层叠样式表（CSS）是一系列格式设置规则，它们控制 Web 页面内容的外观。"层叠"是指对同一个元素或 Web 页面应用多个样式的能力。例如，可以创建一个 CSS 规则来应用颜色，创建另一个规则来应用边距，然后将两者应用于一个页面中的同一文本。所定义的样式"层叠"到 Web 页面上的元素，并最终创建用户想要的设计。

使用 CSS 设置页面格式时，内容与表现形式是相互分开的。页面内容（HTML 代码）位于自身的 HTML 文件中，而定义代码表现形式的 CSS 规则位于另一个文件（外部样式表）或 HTML 文档的另一部分（通常定义在头部）中。使用 CSS 可以非常灵活并更好地控制页面的外观，从精确的布局定位到特定的字体和样式等。只要对一处 CSS 规则进行更新，则使用该定义样式的所有文档的格式都会自动更新为新样式。

CSS 可以控制许多仅使用 HTML 无法控制的属性。例如，可以为所选文本指定不同的字体大小和单位（像素、磅值等）。通过使用 CSS 从而以像素为单位设置字体大小，还可以确保在多个浏览器中以更一致的方式处理页面布局和外观。

1．CSS 格式设置规则

CSS 格式设置规则由两部分组成：选择器和声明。选择器是标识已设置格式元素(如 P、H1、类名称或 ID)的术语，而声明则用于定义样式元素。在下面的示例中，H1 是选择器，介于大括号 "{}" 之间的所有内容都是声明：

```
H1 {
font-size:16 pixels;
font-family:黑体;
font-weight:bold;
}
```

声明由两部分组成：属性（如 font-family）和值（如黑体），中间用 ":" 隔开。上述示例为 H1 标签创建的样式：链接到此样式的所有 H1 标签的文本都将是 16 像素大小并使用黑体字体和粗体样式。

2．引入 CSS 样式表的方式

一般说来，可以通过 4 种不同的方式将样式表添加到页面中。这 4 种方式是：内联式样式表、嵌入式样式表、导入外部样式表、链接外部样式表。其中，前两种可以称为内部样式表，后两种称为外部样式表。它们的优先级从高到低依次为内联式样式表、嵌入式样式表、导入外部样式表、链接外部样式表。

1）内部样式表

（1）内联式样式表。严格地说，内联式样式式表称不上 "表"，仅仅是一种 HTML 标记。在 HTML 中，内联式样式表的样式规则直接插入在所应用的 HTML 标签中，作为标签的属性参数，因此，其作用范围仅限于所应用的 HTML 元素。语法如下：

```
<标记名称 style="样式属性:属性值；样式属性:属性值……">
```

内联式样式表定义如下所示，新建一个文本文件，输入以下代码，并另存为 "../04/04-02.html"。

```
<html xmlns="http://www.w3.org/1999/xhtml">
<head>
<title>内联式样式表示例</title>
</head>
<body>
<p><h1 style="font-size:30px;color:#F00;">这行文字应用了内联式样式表，定义为字号为 30 个像素，文字颜色为红色</h1></p>
<p><h1>这行文字没有添加任何样式</h1></p>
</body>
</html>
```

（2）嵌入式样式表。嵌入式样式表位于 HTML 的内部，一般在<head>和</head>标记之间定义。嵌入式样式表使用<style>和</style>标记对实现。下面是嵌入样式表定义的语法格式：

```
<style type="text/CSS">
<!--
标记名称{标记属性: 属性值}
…
-->
</style>
```

嵌入式样式表定义如下所示，新建一个文本文件，输入以下代码，并另存为"../04/04-03.html"。

```
<html>
<head>
<title>嵌入式样式表示例</title>
  <style type="text/CSS">
<!--
.p{
font-size:16px;
color:red;
font-family:"黑体";}
-->
  </style>
</head>
<body>
<p class="p">这是嵌入式样式表示例，设置为16像素黑体红色</p>
</body>
</html>
```

2）外部样式表

如果要操作多个页面，并且这些页面需要有统一的外观格式。在这种情况下，假设对每个页面都使用嵌入式样式表，想要进行更新就需要调整每个页面的样式表。最好的方法是建立一个独立的样式表文件，它包括所有样式定义，并且可以和页面相结合。

独立的样式表文件以"CSS"为扩展名，该文件中，样式的定义直接放在CSS文件中，语法格式同嵌入式样式表一样。要把独立的CSS文件和HTML页面结合起来，有以下两种途径。

● 导入：在浏览器读取HTML时，将外部的样式表文件以导入的方式添加到页面中，相当于复制一份样式表。

● 链接：当浏览器读取HTML时，如果标记使用到样式表，就会到所链接的外部样式表中索取指定的样式。

（1）新建样式表文件。首先利用记事本等文本编辑软件，打开并输入以下代码并另存为样式表"CSS/Style Sheet.css"文件。

```
.p {
font-family: "黑体";
font-size: 16px;
color: #F00;
}
```

（2）导入外部样式表。新建一个文本文件，输入以下代码，并另存为"../04/ 04-04.html"，浏览即可。

```
<html>
<head>
<title>输入外部样式表示例</title>
  <style type="text/CSS">
<!--
    @import url("../CSS/StyleSheet.CSS");
-->
  </style>
</head>
<body>
<p class="p">这是输入外部样式表示例，设置为16像素黑体红色</p>
</body>
</html>
```

（3）链接外部样式表。新建一个文本文件，输入以下代码，并另存为"../04/ 04-05.html"，浏览即可。

```
<html>
<head>
<title>链接外部样式表示例</title>
<link type="text/CSS" rel="stylesheet" href="../CSS/StyleSheet. CSS">
</head>
<body>
<p class="p">这是链接外部样式表示例，设置为16像素黑体红色</p>
</body>
</html>
```

从上面的两个例子可以看出，导入样式表与链接样式表的功能基本相同，只是语法和运作方式上略有区别。采用 import 方式导入的样式表，在 HTML 文件初始化时，会被导入到 HTML 文件内，作为文件的一部分，类似内嵌式效果；而链接式样式表则是在 HTML 的标记需要格式时才以链接的方式导入。

3. 样式规则选择器

CSS 可以定义 6 种样式规则选择器，分别是 ID 规则选择器、类规则选择器、伪元素规则选择器、HTML 选择器、关联选择器和组合选择器。

（1）ID 规则选择器。ID 规则是一个标记区别于其他同类标记的方式之一。使用 ID 规则，除了可以作为链接的目标外，还可以用它来标识样式表中的某个样式规则。在 HTML 页面中，ID 规则的属性值必须是全局唯一的，也就是页面只能有一个 ID 号，不能同名。使用 ID 规则定义语法的样式如下：

```
<style type="text/CSS">
<!- -
标记名称1#id规则1{样式属性:属性值;样式属性:属性值; ...}
标记名称2#id规则2{样式属性:属性值;样式属性:属性值; ...}
......
//-->
</style>
```

新建一个文本文件，输入以下代码，并另存为"../04/04-06.html"，浏览即可。

```
<html>
  <head>
    <title>ID规则选择器的使用</title>
    <style type ="text/CSS">
      <!--
#A{font-family:隶书;color:red;}
      //-->
    </style>
  </head>
  <body>
/*定义P标签的id为A*/.
    <p id=A>使用ID规则样式B,显示为红色隶书</p>
</body>
</html>
```

运行结果如图4.1所示。

使用ID规则样式B，显示为蓝色楷体

图 4.1   ID 规则选择器浏览效果

（2）类（class）规则选择器。类规则也称自定义 CSS 规则，可以将样式属性应用到任何文本范围或文本块。所有类样式均以句点（.） 开头。使用 class 规则可以显著地减少样式表中的规则数量。例如，可以创建类名称为".red"的类样式，设置规则的 color 属性为红色，然后将该样式应用到一部分已定义样式的段落文本中。

class 规则定义了标记所属的类名称和样式。class 规则的取值不要求唯一，同一类可以应用于不同的标记，或者一个标记可以定义不同的类。class 规则的语法如下：

```
<style type="text/CSS">
<!--
*.class 规则1{样式属性:属性值;样式属性:属性值;...}
*.class 规则2{样式属性:属性值;样式属性:属性值;...}
标记名称1 .class 规则1{样式属性:属性值;样式属性:属性值;...}
标记名称2 .class 规则1{样式属性:属性值;样式属性:属性值;...}
-->
</style>
```

在"../04/04-03.html"中定义的 CSS 就是类定义。

（3）伪元素选择器。伪元素选择器是一种特殊的 class 规则，是指对同一个 HTML 元素的自身包含各种状态和其所包括的部分内容的一种定义规则。如对于超链接标签（<a>....</a>）正常状态、访问过的状态、选中时的状态、光标移动到超链接文本上的状态，以及段落的首行或首个字母的状态等，都可以用伪元素来定义它们。那么当使用这些标签时，就会默认使用伪元素的设置。使用伪元素做为选择器的样式规则的格式为：

```
html 元素:伪元素{样式名称: 属性值}
```

常用的伪元素有如下几种，如表4.1所示。

表 4.1　常用伪元素

伪 元 素	含　义
A:active	选中超链接时的状态
A:hover	光标移动到超链接上时的状态
A:link	超链接的正常状态
A:visited	访问过的超链接状态
p:first-line	段落中的第一行文本
p:first-letter	段落中的第一个字母

用记事本打开 StyleSheet.css 样式表文件，输入以下定义的伪元素样式规则：

```
A:link{color:red;text-decoration:none}
A:active{color:yelow;text-decoration:none}
A:visited{color:green;text-decoration:none}
A:hover{color:#FF0000}
p:first-line{color:green}
p:first-letter{color:red}
```

首行伪元素（first-line）和首个伪字母（first-letter）可以应用于任何的块级元素，这里块级元素是指该元素包含的内容在浏览器中显示为一个矩形的区域，一个普通的元素只要设置了高（height）和宽（width），它就可以变成块级元素。因此，块级元素不仅指 P 标签、Div 标签，行标签 span 如果进行设置也可成为块级元素。

新建一个文本文件，输入以下代码，并另存为"../04/04-07.html"，浏览即可。

```
<html>
<head>
  <title>伪元素选择器示例</title>
  <link type="text/CSS" rel="stylesheet" href="../CSS/StyleSheet. css">
</head>
<body>
  <a href="#">这是伪元素选择器示例</a>
<p>please onfirm your telephone message in writing</p>
</body>
</html>
```

（4）HTML 选择器。HTML 选择器实际上就是在 CSS 里直接使用 HTML 标签，例如：P、OL、BODY 等。如果在 CSS 样式规则中使用了 HTML 标签并定义它为选择器，那么在这个 CSS 样式规则所应用的网页中，所有定义的 HTML 标签没有进行其他的设置时，都将应用现在设置的 CSS 样式规则，并对文档按照 CSS 样式规则显示。HTML 选择器语法如下：

```
HTML 标签{样式名称:名称值;样式名称:名称值;...}
```

如在 StyleSheet.css 样式文件中对 Div 有如下的样式：

```
Div {
    font-size: 12px;
    font-style: normal;
    font-weight: bold;
    color: #F00;
    text-decoration: underline;
}
```

新建一个文本文件，输入以下代码，并另存为"../04/04-08.html"，浏览即可。

```
<html>
<head>
<title>HTML标签选择器示例</title>
<link type="text/CSS" rel="stylesheet" href="../css/StyleSheet.css">
</head>
<body>
 <Div>这是HTML标签选择器示例</Div>
</body>
</html>
```

（5）关联选择器。关联选择器是指用空格隔开的两个或更多的单一HTML选择器组成新的字符串，形成一个关联。关联选择器语法如下：

```
html元素 html元素...{样式名称: 属性值;样式名称: 属性值...}
```

关联选择器定义的样式规则优先权比单一的HTML选择器定义的样式规则要高，即使在样式中出现如下规则语句：

```
Div h1{background:#00C;font-size: 16px;color: #FFF;}
```

后面定义了以下的样式规则：

```
h1{ background:#FFF;font-size: 16px;color: #FFF;}
```

但是在标签<Div>中出现的<h1>标签对中的文本背景颜色仍然为蓝色。新建一个文本文件，输入以下代码，并另存为"../04/04-09.html"，浏览即可。

```
<html>
<head>
  <title>关联选择器示例</title>
  <style type="text/CSS">
  <!--
    Div h1{
    background:#00C;
    font-size: 16px;
    color: #FFF;
}
  -->
  </style>
</head>
<body>
 <Div><h1>这是关联选择器示例</h1></Div>
</body>
</html>
```

（6）组合选择器。当在一个样式规则的多条选择器中有相同样式规则设置时，为了减少样式表的重复设置，可在一条样式规则的定义语句中把若干个选择器组合成一个，每个选择器之间用逗号","分隔，就组成了一个组合选择器，它们拥有相同的样式规则，优先级为相同。组合选择器语法如下：

```
html元素, html元素...{样式名称: 属性值;样式名称: 属性值...}
```

如：

```
H1,H2,H3,H4,H5,H6,P{color:green}
```

在此定义的 H1、H2、H3、H4、H5、H6、P 标签的内容颜色设置为了相同的绿色(green)，它们之间的优先级是相同的。

4．样式表属性

在前面样式表规则的创建中，已经接触到了很多标记的样式定义，所谓样式定义，就是指用来格式化文本、字体、容器、颜色、背景以及链接等的不同属性。样式定义所达到的显示效果可以完全取代常规标记属性，并且比常规标记属性更加丰富和灵活。样式定义的属性有以下几类。

（1）文本属性。文本属性用来控制网页中的文本显示，常用的属性如表 4.2 所示。

表 4.2　常用的文本属性

文本属性	说　　明	属性参数
text-indent	首行缩进属性	长度单位、百分比单位
text-transform	文字转换属性	none、capitalize、uppercase、lowercase、inherit
text-align	水平对齐属性	left、center、rignt、inherit 和 justify
text-decoration	文字效果属性	none、underline、overline、blink、line-through 和 inherit
letter-spacing	字符间距属性	normal、长度单位

（2）颜色和背景属性。使用颜色和背景可以丰富 HTML 页面显示效果。一个文档的颜色能够直接对页面外观产生很大的影响，常用的颜色和背景属性如表 4.3 所示。

表 4.3　常用的颜色和背景属性

颜色和背景属性	说　　明	属性参数
color	文本颜色	RGB
background-color	背景颜色	RGB、transparent
background-image	背景图片	url、none
background-repeat	背景并排	repeat、repeat-x、repeat-y、no-repeat
background-attachment	固定背景图片	scroll、fixed
background-position	背景图片位置	top、center、bottom、left、right

（3）字体属性。字体属性是 CSS 样式控制中最常用的设置之一。常用的字体属性如表 4.4 所示。

表 4.4　常用的字体属性

字体属性	说　　明	属性参数
font-family	字体	所有有效字体
font-style	字体效果	normal、italic、oblique
font-variant	字体变体	normal、small-caps
font-weight	字体粗细	normal、bold、bolder、lither
font-size	字体大小	绝对值、相对值

5. 容器模型

在这里首先理解一下盒子模型（Box Model），盒子模型是从 CSS 诞生之时便产生的一个概念，对网页中的大部分对象，实际呈现形式就是一个盒子形状对象（即块状对象），内容（content）、填充（padding）、边框（border）、边界（margin）是 CSS 盒子模型具备的属性。好比日常生活中所见的盒子，内容（content）就是盒子里装的东西；填充（padding）就是怕盒子里装的东西（贵重的）损坏而添加的泡沫或者其他抗震的辅料；边框（border）就是盒子本身；边界（margin）则说明盒子摆放时不能全部堆在一起，要留一定空隙保持通风，同时也为了方便取出。在网页设计上，内容常指文字、图片等元素，但是也可以是小盒子（Div 嵌套）。填充只有宽度属性，可以理解为生活中盒子里的抗震辅料厚度，而边框有大小和颜色之分，可以理解为生活中所见盒子的厚度以及这个盒子是用什么颜色材料做成的，边界就是该盒子与其他东西要保留多大距离。

其实容器模型就是盒子模型，容器模型是 CSS 一个非常重要的属性，可以用来创建容器样式。它可以为不同的文本设置不同的容器级别，可以调整容器中的边距、填充和边框等，如图 4.2 所示。

margin 属性也称边距属性，是用来定义所选容器的侧面距离边框外部的距离。该属性可以用来一次性设置容器各个边的边距或分别定义不同的部分。包括 margin-top、margin-right、margin-bottom、margin-left；

padding 属性也称填充属性，是指容器内容距离边框的距离，该属性是用来一次性设置四边填充宽度或分别定义不同的部分，与 margin 属性类似。包括 padding-top、padding-right、padding-bottom、padding-left；

边框属性用来指定容器的四面边框宽度，可以一次性指定所有边框宽度或分别定义不同的部分。边框属性包括 border-width、border-top-width、border-right-width、border-bottom-width 和 border-left-width；

边框颜色属性可用来指定容器上下左右边框的颜色，该属性是用来一次性指定所有边框颜色或分别定义不同的部分，边框颜色属性主要包括 border-color、border-top-color、border-right-color、border-bottom-color、border-left-color；

边框样式属性用来指定所选容器的边框样式，该属性一次性指定所有边框样式的快捷属性或分别定义不同的部分。边框样式属性包括 border-style、border-top-style、border-right-style、border-bottom-style、border-left-style；

边框快捷属性包括 border-top、border-right、border-bottom、border-left。这些是可以一次性指定所选容器边框的宽度、颜色和样式的快捷属性。如果某个属性没有设置，则使用其默认值。

容器模型除了以上的属性外，还有混合属性，如容器标记位置、显示等混合在一起设置的属性。

- display 属性：可以设置标记在页面中的显示方式；
- position 属性：提供不同的定位方法；
- top、bottom、right、left 属性：和 position 属性一起使用，用来指定标记的位置；
- height 和 width 属性：用来指定容器标记的大小；

- float 属性：指定标记的位置在左边还是右边；
- line-height 属性：指定容器标记中文本的行间距；
- visibility 属性：用来指定标记的可见性。

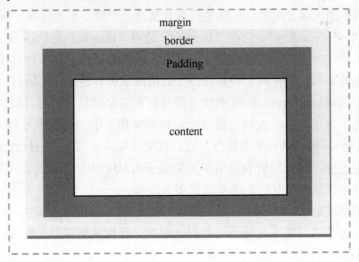

图 4.2　盒子模型

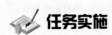

4.1.1　新建 CSS 样式表

新建 CSS 样式表的过程，就是对各种 CSS 属性的设置过程，Dreamweaver CS5 实现 CSS 属性设置功能是完全可视化的，无须编写代码。下面我们分别详细讲解。为了便于理解，从新建 CSS 样式表开始介绍。

（1）单击"窗口 | CSS 样式"，窗口右侧出现"CSS 样式"面板，如下图 4.3 所示。

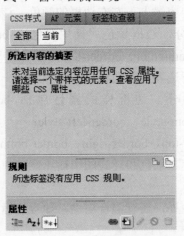

图 4.3　"CSS 样式"面板

（2）在"CSS 样式"面板中，单击面板右下角区域中的"新建 CSS 规则"按钮，弹出"新建 CSS 规则"窗口，如图 4.4 所示。

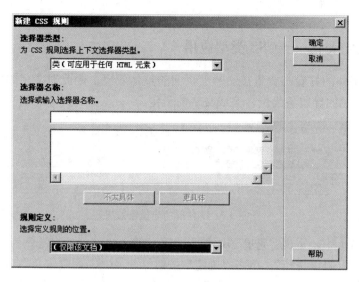

图 4.4 "新建 CSS 规则"窗口

（3）在"新建 CSS 规则"窗口中，可以定义要创建 CSS 样式的选择器类型及选择定义规则的位置，如图 4.5 和图 4.6 所示。

图 4.5 选择器类型

图 4.6 选择定义规则的位置

在图 4.5 中，CSS 选择器有 4 种类型：

① 若要创建可作为类属性应用于文本范围或文本块的自定义样式，请选择"类（可应用于任何 HTML 元素）"，然后在"名称"文本框中输入样式名称。类名称必须以句点开头，并且可以包含任何字母和数字组合（例如，.myCSS）。如果没有输入开头的句点，系统自动提示是否将此作为类名称，单击"是"按钮，Dreamweaver CS5 将自动输入句点；

② 若要重定义特定 HTML 标签的默认格式，请选择"标签（重新定义 HTML 元素）"，然后在"选择器名称"中选择或输入一个 HTML 标签；

③ 若要为所有包含特定 ID 属性的标签定义格式，请选择"ID（仅应用于一个 HTML 元素）"，输入 ID 名称即可，如果没有输入开头的"#"，系统会自动添加；

④ 若要对同一个 HTML 元素的自身包含各种状态和其所包括的部分内容的定义，请选择"复合内容（基于选择的内容）"，然后在"选择器名称"中输入或选择一个标签。弹出式菜单中提供的选择器（称做伪类选择器）包括 a:active、a:hover、a:link 和 a:visited。

在图 4.6 中，选择定义规则的位置有两种：

若要创建外部样式表，请选择"新建样式表文件"；

若要在当前文档中嵌入样式，请选择"仅限该文档"。

（4）选择"选择器类型"和"规则定义"后，单击"确定"按钮，即可以根据输入样式表文件的路径和名称或直接在该文档中创建一个新的样式表，同样可以单击"编辑样式"或"删除 CSS 规则"按钮编辑或删除 CSS 样式。

4.1.2　文字美化——CSS 类型应用

在网页中字体的好看与否直接影响着页面的整体效果，因此对文字的控制就显得很重要。以图 4.7 所示的导航条为例，完成文字的美化。

图 4.7　美化前的导航条效果

（1）在图 4.4 中，定义"选择器类型"为类，输入"选择器名称"为"textCSS"，"规则定义"选择"仅限该文档"，单击"确定"按钮打开"CSS 规则定义"窗口。在此需要注意的是为新建的规则命名时，最好名称要有一些含义，一般采用英文单词或者拼音缩写等。

（2）在"CSS 规则定义"对话框中，选择"类型"属性，设置字体为"黑体"，字号为 12px，字体颜色为"#0D7DAE"，字体粗细为粗体，如图 4.8 所示。

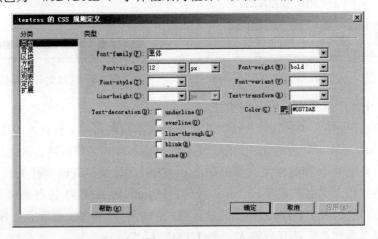

图 4.8　定义 CSS 的类型属性

（3）上述操作完成之后，选中想要应用 CSS 的文本，选择属性面板中的类"textCSS"样式，在浏览器中预览的效果如图 4.9 所示。

图 4.9　美化后的导航条效果

（4）因为是导航条，给文字加上超链接，这时样式发生改变，比如字体的颜色变为蓝色并加上了下画线，如图 4.10 所示。

图 4.10 加上链接后的导航条

（5）为了去掉下画线并改变字体颜色，需要定义"伪元素选择器"，在图 4.3 中，选择"选择器类型"为"复合内容（基于选择的内容）"，"选择器名称"为"a:link"，如图 4.11 所示。

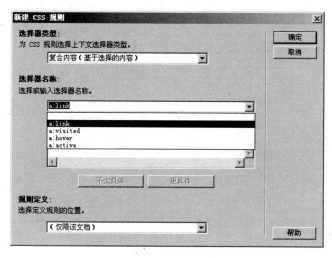

图 4.11 "新建 CSS 规则"窗口

（6）单击"确定"按扭，打开"CSS 规则定义"窗口，定义字体、字号以及字体颜色，并将文本装饰设为 Text-decoration:none，如图 4.12 所示。

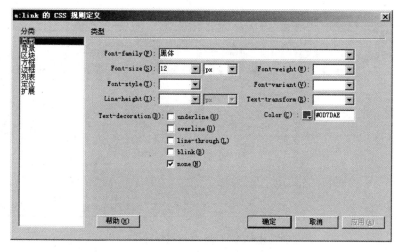

图 4.12 文字链接无下画线 CSS 定义

（7）依次定义 a:visited、a:hover 规则，方法同上。经过以上的定义，文字链接时就不会出现下画线，字体、字号及字体颜色会随着设置的不同而改变。

4.1.3 迷人背景——CSS 背景应用

通常需要给文字添加背景颜色或背景图片，这时需要在 CSS 规则定义类别中选择"背景"属性，对背景属性进行设置。具体操作如下：

（1）选择"背景"属性类别，打开如图 4.13 所示的窗口并进行设置。

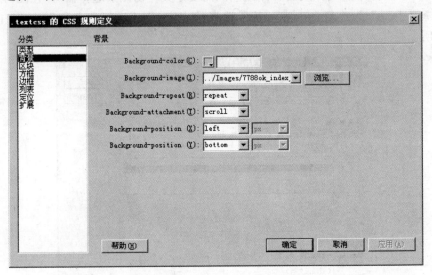

图 4.13　设置背景图像及其属性

（2）上述操作完成之后，选中想要应用 CSS 的表格，选择属性面板中的类"textCSS"样式，在浏览器中预览的效果如图 4.14 所示。

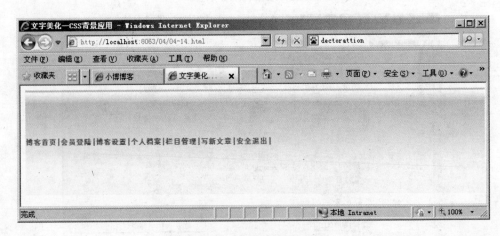

图 4.14　CSS 背景属性应用

4.1.4 多变区块——CSS 区块应用

CSS"区块"属性的设置内容包括段落内文字的对齐方式、首行缩进、字符间距等，运用于图片或文本的"区块"规则还可以控制图片和文本的对齐方式。

（1）选择"区块"属性类别，打开如图 4.15 所示的窗口并进行设置。在图 4.16 中，可以看到文字间有一定的距离，并且右对齐。在区块属性中，显示（display）属性很重要，它用来设置是否及如何显示元素，它是一个极其关键的 CSS 属性，运用不慎会很危险，它共有 18 个选项，这里只着重说明 3 个属性，无（none）、块（block）和内联（inline）。如果 display 的属性值是 none，它将不会显示出来；属性值是 block，元素将显示为块级元素，此元素前后会带有换行符；属性值是 inline，元素会被显示为内联元素，元素前后没有换行符。

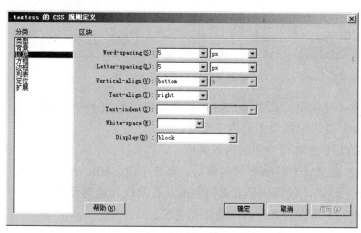

图 4.15　设置区块属性

（2）上述操作完成之后，选中想要应用 CSS 的表格，选择属性面板中的类"textCSS"样式，在浏览器中预览的效果如图 4.16 所示。

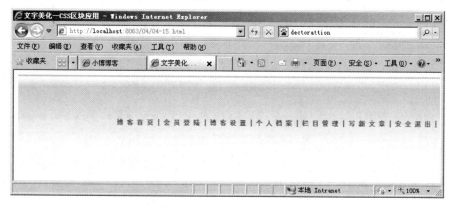

图 4.16　CSS 区块属性应用

4.1.5　图文混排——CSS 方框应用

（1）在 CSS 可视化编辑对话框，在 CSS 规则定义类别中选择"方框"，打开图 4.17 所示的窗口并进行设置。

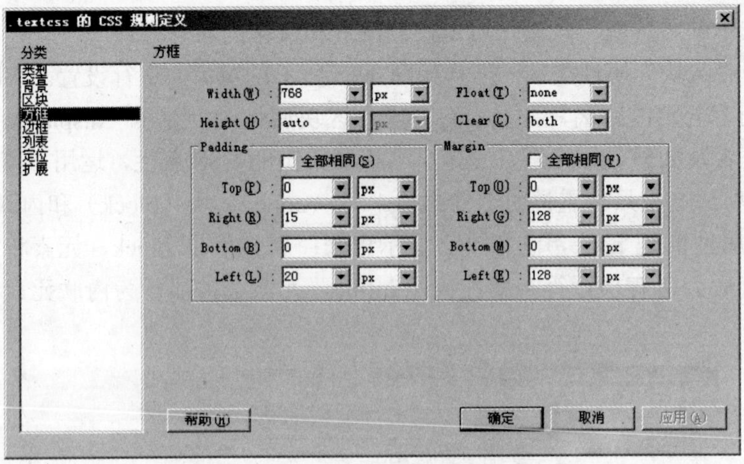

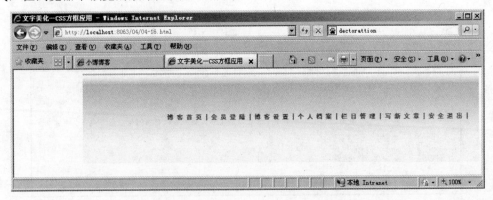

图 4.17　CSS 方框属性设置

在图 4.17 中，可视化工具中和 CSS 属性的对应关系如下：

宽度（width）是容器模型中的内容宽度；

高度（height）是容器模型中的内容高度；

浮动（float）定义元素往哪个方向浮动，有 3 个值，left、right、none；

清除（clear）浮动，设置一个元素的侧面是否允许其他的浮动元素；

填充（padding）设置元素所有内边距的宽度；

边界（margin）设置一个元素所有外边距的宽度。

本部分将在下一个工作任务中进行详细介绍。

（2）上述操作完成之后，选中想要应用 CSS 的表格，选择属性面板中的类 "textCSS" 样式，在浏览器中预览的效果如图 4.18 所示。

图 4.18　应用 CSS 方框属性显示效果

4.1.6　精美表格——CSS 边框应用

利用 CSS 样式表来美化表格，可以实现很多之前只能通过写代码或者设置表格属性才能实现的效果。步骤如下（源码见 04/04-10.html）：

（1）新建一个网页，保存为 04-10.html，在网页中插入一个 1 行 1 列的表格。

（2）为该网页新建一个样式 "table"，然后，在 "CSS 规则定义" 窗口中选择 "边框"

属性，按图 4.19 所示进行设置，使边框的样式为"solid"，边框宽度为"1px"，边框颜色为"#0D7DAE"。

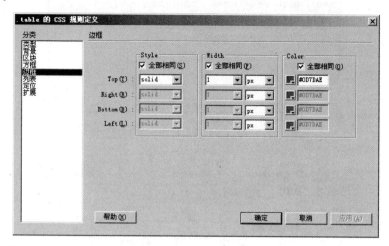

图 4.19　CSS 边框属性设置

（3）单击"确定"按钮，新建的样式"table"就出现在"CSS 样式"面板中。选中该表格，在"属性"面板上"类"的下拉列表中选择样式"table"。这样表格就变成#0D7DAE边框为 1 个像素的细线表格，完成之后，效果如图 4.20 所示。

从上面可以看到，如果制作 1 行 1 列的细线边框表格，则把表格的 4 个边框均设定为"1px"即可。同样，如果制作一个 1 行 3 列的细线表格，也可以将此表格样式应用于此就可以了，但是没有列边框，如图 4.21 所示。

图 4.20　1 行 1 列的细线表格

图 4.21　1 行 3 列的细线表格（无中间列边框线）

制作 1 行 3 列的细线边框（含列边框线）表格，具体实现步骤如下：

（1）新建类样式"tabletopleft"，在边框属性中，其他设置不变，将上边框和左边框设为 1px，选中整个表格，应用 CSS 样式"tabletopleft"。

（2）新建类样式"tablebottomright"，在边框属性中，其他设置不变，将右边框和下边框设为 1px，选中单元格，应用 CSS 样式"tablebottomright"即可实现，如图 4.22 所示。

当然，也可以将表格边框线设置为其他样式，比如虚线、双线或其他三维立体格式。根据需要设置边框样式就可以了，如图 4.23 所示。

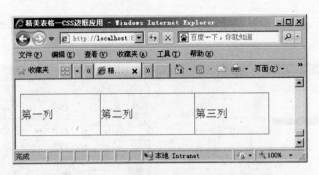

图 4.22 应用 CSS 后 1 行 3 列的细线表格

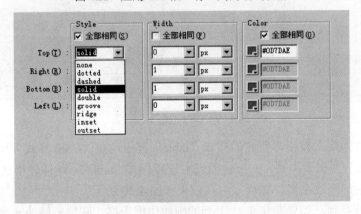

图 4.23 选择不同的边框样式制作不同的表格

4.1.7 超酷的列表——CSS 列表属性的应用

列表通常应用于文章标题、内容显示等方面，下面简单介绍 CSS 列表的使用。

（1）新建一个网页，保存为"04-11.html"，在其中添加表格及几行文字做为文章的标题，如图 4.24 所示。

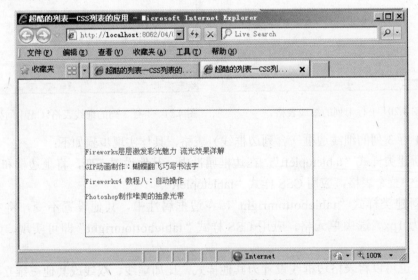

图 4.24 应用 CSS 列表前的效果

（2）选中文本，单击鼠标右键，选择"列表|项目列表"选项，使文本转变为项目列表格式，如图 4.25 所示。

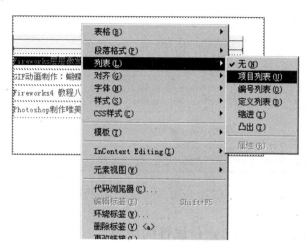

图 4.25　应用项目列表

（3）新建一个 CSS 样式规则，选择器类型为"复合内容（基于选择的内容）"，选择器名称为".table ul"，选择定义规则的位置为"仅限该文档"。在 CSS 规则定义窗口中，左侧选择"列表"，右侧出现三个选项："类型"的下拉菜单中选择的是列表的样式，在这里选择"square"；"项目符号图像"中可以填入一张图片的 url 地址，用图片做为列表的样式，也可以不填；"位置"一项定义的是列表样式所处列表中的位置，有内、外两个选项，这里选择了"外"，如图 4.26 所示。

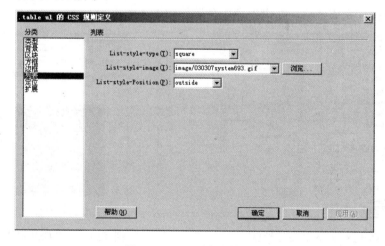

图 4.26　CSS 列表属性设置

（4）上述操作完成之后，在浏览器中预览的效果如图 4.27 所示。

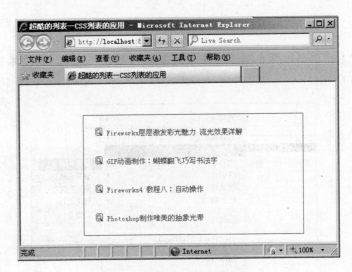

图 4.27 应用 CSS 列表后浏览效果

4.1.8 精确定位——CSS 定位属性的应用

CSS 面板中的定位属性，主要是和 CSS 中定位属性 position 相关，包括定位类型、位置及内容溢出时的应对方法等。

（1）新建一个网页，保存为"04/04-12.html"，添加一个 1 行 1 列的表格 table1。

（2）新建一个 CSS 样式规则，选择器类型为"ID（仅应用于 1 个 HTML 元素）"，选择器名称为"#table1"，选择定义规则的位置为"仅限该文档"。在 CSS 规则定义窗口中，定义它的背景色#F00，定位内容为：绝对、宽 200px、高 200px、置入上为 50px、左为 50px，如图 4.28 所示。

（3）上述操作完成之后，在浏览器中预览的效果如图 4.29 所示。

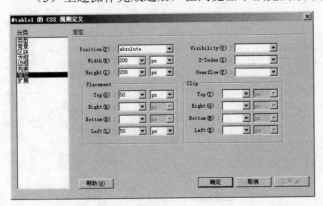

图 4.28 CSS 定位属性设置

图 4.29 应用 CSS 定位后浏览效果

4.1.9 眩彩变化——CSS 扩展属性的应用

（1）新建一个 04/04-13.html 网页，添加一个 1 行 1 列的表格 table1 及一张彩色图片。

（2）新建一个 CSS 类.cursor 样式规则，设置鼠标样式为箭头朝右方（cursor:e-resize），过滤器把一个彩色图片变成黑白（filter:Gray），如图 4.30 所示。

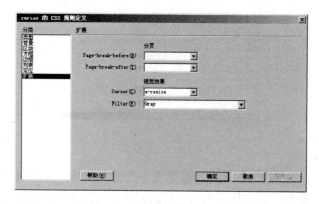

图 4.30 CSS 扩展属性设置

（3）单击"确定"按钮之后，新建的样式"cursor"就出现在"CSS 样式"面板中。选中该图片，在"属性"面板上"类"的下拉列表中选择样式"cursor"，此时，彩色图片就变成了黑白图片，并且鼠标箭头朝右方。

✎ 总结与回顾

在本工作任务中，主要介绍了 CSS 相关知识及 CSS 的使用。

首先，在任务分析部分介绍了 CSS 的作用、优点。

其次，在相关知识部分介绍了 4 个方面的内容：

1. CSS 格式设置规则；

2. 引入 CSS 样式表的 4 种方法，内联样式表、嵌入式样式表、输入外部样式、链接外部样式表。

3. CSS 样式规则选择器的 6 种规则类型，ID 规则选择器、类（class）规则选择器、伪元素选择器、HTML 选择器、关联选择器及组合选择器。

4. CSS 样式表的一些常用属性，CSS 样式表是通过定义标记的属性来修饰标记，常用到的样式表属性有文本属性、颜色和背景属性、字体、容器模型、列表属性以及一些混合属性。网页设计者通过指定这些属性的属性值实现自己的设计意图。

最后，在实践部分介绍了如何利用 Dreamweaver CS5 创建一个新的 CSS 规则，并利用 CSS 编辑器对类型、背景、区块、方框、列表、定位、扩展样式属性进行了文字美化、细线表格、列表等基本应用。

✎ 拓展知识

Dreamweaver CS5 创建、管理修改 CSS 样式简捷方便，下面再简要介绍一下 CSS 规则中各属性的一些具体含义。

1. 定义 CSS 的类型类别

从图 4.8 中可以看到，CSS 的"类型"属性窗口包括字体、大小、粗细、样式（是否斜体）、行高、变体和颜色 7 项的定义数值，如果不设置默认为空。

（1）字体：为样式设置字体。Dreamweaver CS5 内置 13 个系列的英文字体，如图 4.31 所示。

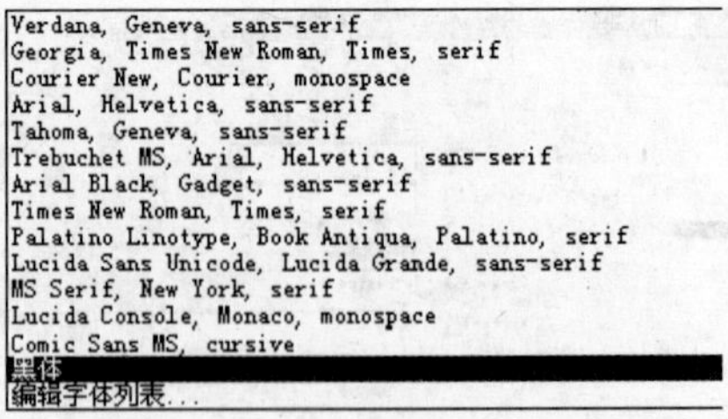

```
Verdana, Geneva, sans-serif
Georgia, Times New Roman, Times, serif
Courier New, Courier, monospace
Arial, Helvetica, sans-serif
Tahoma, Geneva, sans-serif
Trebuchet MS, Arial, Helvetica, sans-serif
Arial Black, Gadget, sans-serif
Times New Roman, Times, serif
Palatino Linotype, Book Antiqua, Palatino, serif
Lucida Sans Unicode, Lucida Grande, sans-serif
MS Serif, New York, serif
Lucida Console, Monaco, monospace
Comic Sans MS, cursive
黑体
编辑字体列表...
```

图 4.31　默认字体列表

一般英文字体可以直接进行选择，如果没有合适的字体，可以通过下拉列表最下面的"编辑字体列表"来添加新的字体系列再进行选择。中文网页默认字体是宋体，一般留空即可。如果选择两种以上的字体，浏览器首选用户系统第一种字体显示文本。

（2）大小：定义文本大小。可以通过选择数字和度量单位选择特定的大小，也可以选择相对大小。在 CSS 中长度的单位分为绝对长度单位和相对长度单位。

① 绝对长度包括以下几种：

px（像素）根据显示器的分辨率来确定长度；

pt（字号）根据 Windows 系统定义的字号大小来确定长度；

in、cn、mm：（英寸、厘米、毫米）根据显示的实际尺寸来确定长度。此类单位不随显示器的分辨率改变而改变。

② 相对长度包括以下几种：

em 指当前文本的尺寸。例如：{ font-size:3em}是指文字大小为原来的 3 倍。

ex：当前字母"x"的高度，一般为字体尺寸的一半。

%：是以当前文本的百分比定义尺寸。例如：{ font-size:200%}是指文字大小为原来的 2 倍。

（3）样式：将"正常"、"斜体"或"偏斜体"指定为字体样式。默认设置是"正常"。

（4）行高：设置文本所在行的高度。选择"正常"自动计算字体大小的行高，或输入一个确切的值并选择一种度量单位。比较直观的写法用百分比，例如 200%是指行高等于文字大小的 2 倍。相对应的 CSS 属性是"line-height"。

（5）修饰：向文本中添加下画线、上划线或删除线，或使文本闪烁等。正常文本的默认设置是"无"。链接的默认设置是"下画线"。将链接设置设为无时，可以通过定义一个特殊的类删除链接中的下画线。这些效果可以同时存在，将效果前的复选框选定即可。相对应的 CSS 属性是"text-decoration"。

（6）粗细：对字体应用特定或相对的粗体量。"正常"等于 400；"粗体"等于 700。相对应的 CSS 属性是"font-weight"。

（7）变量：设置文本的大小写字母变量。

（8）大小写：将选定内容中的每个单词的首字母大写或将文本设置为全部大写或小写。

（9）颜色：设置文本颜色。

2. 定义 CSS 的背景类别

使用"CSS 规则定义"对话框的"背景"类别可以定义 CSS 样式的背景设置，可以对网页中的任何元素应用背景属性。例如，创建一个样式，将背景颜色或背景图像添加到任何页面元素中，比如添加在文本、表格、页面等的后面，还可以设置背景图像的位置。

在"CSS 规则定义"对话框中，选择"背景"类别，如图 4.13 所示，设置所需的样式属性，如果以下属性不设置可以保持为空。

（1）背景颜色：设置元素的背景颜色。

（2）背景图像：设置元素的背景图像。

（3）重复：定义是否重复以及如何重复背景图像。

"不重复"在元素开始处显示一次图像。

"重复"在元素的后面水平和垂直平铺图像。

"横向重复"和"纵向重复"分别显示图像水平带区和垂直带区。图像被剪辑以适合元素的边界。

（4）附件：确定背景图像是固定在它的原始位置还是随内容一起滚动。

（5）水平位置和垂直位置：指定背景图像相对于元素的初始位置。这可以用于将背景图像与页面中心垂直和水平对齐。如果附件属性为"固定"，则位置相对于"文档"窗口而不是元素。

3. 定义 CSS 的区块类别

在"CSS 规则定义"对话框中，选择"区块"，如图 4.15 所示，然后设置所需的样式属性。如果不设置属性可以保持为空。

（1）单词间距：设置字词的间距。若要设置特定的值，在下拉列表框中选择"值"，然后输入一个数值。在第二个下拉列表框中选择度量单位（例如像素、点等）。

（2）字母间距：增加或减小字母或字符的间距。若要减小字符间距，请指定一个负值（例如-4）。字母间距设置覆盖对齐的文本设置。

（3）垂直对齐：指定应用此属性的元素的垂直对齐方式。

（4）文本对齐：设置文本在元素内的对齐方式。

（5）文字缩进：指定第一行文本缩进的程度。

（6）空格：确定如何处理元素中的空格。从三个选项中进行选择："正常"，收缩空白；"保留"，其处理方式与文本被括在 pre 标签中一样（即保留所有空白，包括空格、制表符和回车）；"不换行"，指定仅当遇到 br 标签时文本才换行。

（7）显示：指定是否以及如何显示元素。"无"指定到某个元素时，它将禁用该元素的显示。

4. 定义 CSS 的方框类别

使用"CSS 规则定义"对话框的"方框"类别可以为用于控制元素在页面上的放置方式的标签和属性定义设置。如果某个属性对于样式并不重要，可将其保留为空，如图 4.17 所示。

（1）宽和高设置元素的宽度和高度。

（2）浮动设置其他元素（如文本、层、表格等）在哪个边围绕元素浮动。其他元素按通常的方式环绕在浮动元素的周围。两种浏览器都支持"浮动"属性。

（3）清除定义不允许层的边。如果清除边上出现层，则带清除设置的元素移到该层的下方。Netscape Navigator 和 Internet Explorer 两种浏览器都支持"清除"属性。

（4）填充指定元素内容与元素边框之间的间距（如果没有边框，则为边距）。取消选择"全部相同"选项可设置元素各个边的填充。"全部相同"为应用此属性的元素的"上"、"右"、"下"和"左"侧设置相同的填充属性。

（5）边界指定一个元素的边框与另一个元素之间的间距（如果没有边框，则为填充）。

仅当应用于块级元素（段落、标题、列表等）时，Dreamweaver 才在"文档"窗口中显示该属性。取消选择"全部相同"可设置元素各个边的边距。"全部相同"为应用此属性的元素的"上"、"右"、"下"和"左"侧设置相同的边距属性。

5. 定义 CSS 的边框属性

使用"CSS 规则定义"对话框的"边框"类别可以为用于控制元素周围边框的设置。如果某个属性对于样式并不重要，可将其保留为空，如图 4.19 所示。

（1）边框样式类型：设置边框的样式外观。样式的显示方式取决于浏览器。取消选择"全部相同"可设置元素各个边的边框样式。"全部相同"为应用此属性的元素的"上"、"右"、"下"和"左"设置相同的边框样式属性。

（2）宽度：设置元素边框的粗细。取消选择"全部相同"可设置元素各个边的边框宽度。"全部相同"为应用此属性的元素的"上"、"右"、"下"和"左"设置相同的边框宽度。

（3）颜色：设置边框的颜色。可以分别设置每条边的颜色，但显示方式取决于浏览器。取消选择"全部相同"可设置元素各个边的边框颜色。"全部相同"为应用此属性的元素的"上"、"右"、"下"和"左"设置相同的边框颜色。

6. 定义 CSS 的列表类别

在 CSS 的列表类别中，包含以下属性，如图 4.26 所示。

（1）列表样式类型（list-style-type）：可以选择 disc（圆点）、circle（圆圈）、square（方块）、decimal（数字）、lower-roman（小写罗马数字）、upper-roman（大写罗马数字）、lower-alpha（小写字母）、upper-alpha（大写字母）、none（无列表样式）等列表选项做为列表符号。

（2）项目符号图像（list-style-image）：可以是图片的 url 地址或者 none。

（3）位置对应（list-style-position），可以是内（inside）和外（outside）两个值，分别代表项目列表符号的位置。外是让列表符号处在内容的外部；内是让列表符号和内容相连接在一起，但左方仍然留出居外的空间。

7. 定义 CSS 的定位类别

在图 4.28 所示的定位类别中，包括以下属性。

（1）Position 属性选择的是定位的种类，分为绝对、相对、固定和静态四种。

（2）置入内容定义的是定位的方向，这里按照上右下左的顺序进行定义，定义的数值就是 Div 定位的所在坐标。

（3）定位选项中的裁切功能就是 CSS 中 clip 属性的应用。

（4）显示（Visibility）有三个选项，即继承、可见和隐藏。它可以让定义属性的元素继承父元素的显示属性值；可以定义元素为可见，这是默认属性；也可以定义元素为隐藏，即在页面中不可见。它对应的 CSS 属性是 visibility。CSS 中有一个属性 display，当它在取值为 none 的时候，和 visibility:hidden;的作用很相似，但它们有本质的区别，定义了 visibility:hidden;的元素虽然在页面中不可见，但它仍然占据自己的位置；而 display:none;则不可见也不占位。

（5）Z 轴（z-index）设置每种元素的层叠顺序，在使用定位属性后，浏览器认为书写在后面的元素在前一个元素的上面，即在网页中利用了除 X 轴 Y 轴以外的 Z 轴。z-index

的取值越大就越靠上。

（6）溢位（Overflow）也叫溢出，它定义的是当内容超出元素规定大小时的应对方法。它对应的 CSS 属性为 overflow，它的选项有：可见 visible、隐藏 hidden、滚动 scroll、自动 auto。

"可见"是当内容超出时仍然按照默认规律可见；

"隐藏"是让溢出的内容隐藏起来；

"滚动"是让固定大小的容器出现滚动条，平时也一直显示滚动条；

"自动"是当只有当内容超出容器大小时才出现滚动条，平时不出现。

8．定义 CSS 的扩展属性

"扩展"样式属性包括分页、光标和过滤器选项，如图 4.30 所示。

1）分页

分页的项中有之前、之后两个内容，它们两个的选项也都相同，分别是自动、总是、左对齐、右对齐。其实这个选项在 CSS 中的属性是 page-break-before 和 page-break-after，它的作用是声明一个元素前是否应当放置分页符。自动对应的值是 auto（默认），如果必要则在元素前插入分页符。总是对应的是 always，在元素前插入分页符。左对齐和右对齐对应 left、right，在元素之前足够的分页符，一直到一张空白的左、右页为止。一般情况下，分页功能用到的相当少。

2）光标

位于"视觉效果"下的"光标"选项，是光标显示属性设置。选择下拉列表框进行设置，它定义的是当鼠标悬浮在该元素上时的样式，对应的 CSS 属性是 cursor，它的属性值有很多，Dreamweaver 中只有 14 个项：crosshair、wait、text、default、help、e-resize、ne-resize、n-resize、nw-resize、w-resize、sw-resize、s-resize、se-resize、auto。光标的具体含义如表 4.5 所示。

表 4.5　光标说明

关　键　字	解　　释
auto	鼠标按照默认的状态根据页面上的元素自行改变样式
crosshair	精确定位"十"字
default	默认指针
hand	手形
move	移动
e-resize	箭头朝右方
ne-resize	箭头朝右上方
nw-resize	箭头朝左上方
n-resize	箭头朝上方
se-resize	箭头朝右下方
sw-resize	箭头朝左下方
s-resize	箭头朝下方
w-resize	箭头朝左方
text	文本"I"形
wait	等待
help	帮助

3）滤镜

滤镜又称 CSS 滤镜，是一个相对复杂的视觉效果设置，在 Dreamweaver CS5 中给出了多种效果选项，而且每种选项的括号中给出了使用方法，只需要按要求输入即可。滤镜对样式所控制的对象所产生的特殊效果把我们带入绚丽多姿的世界。正是有了滤镜属性，页面才变得更加漂亮。下面简单介绍几种滤镜的使用方法：

（1）Alpha 滤镜作用是设置透明值， Alpha 滤镜在 Flash 和 Photoshop 经常见到。它们的作用基本类似，就是把一个目标元素与背景混合。可以指定数值来控制混合的程度。这种"与背景混合"通俗地说就是一个元素的透明度。通过指定坐标，可以指定点、线、面的透明度。Alpha 滤镜有以下参数：

- "opacity"：代表透明度程度。范围是从 0～100，是百分比的形式。0 代表完全透明，100 代表完全不透明。
- "finishopacity"：是一个可选参数，如果想要设置渐变的透明效果，就可以使用它来指定结束时的透明度。范围也是 0 到 100。
- "style"：指定了透明区域的形状特征。其中 0 代表统一形状、1 代表线形、2 代表放射状、3 代表长方形。
- "StartX" 和 "StartY"：代表渐变透明效果的开始 X 和 Y 坐标。
- "FinishX" 和 "FinishY"：代表渐变透明效果结束 X 和 Y 坐标。

（2）BlendTrans 滤镜：它的功能也比较单一，就是产生一种精细的淡入淡出的效果。BlendTrans 滤镜功能也比较单一，只有一个参数：Duration（变换时间）。需要借助于 JavaScript 来调用它的方法来实现转换功能。

（3）Blur 滤镜－模糊效果：把它加载到文字上，产生风吹模糊的效果，产生立体字的效果。也可以把 Blur 滤镜加载到图片上，能达到用图像处理软件制作的效果。Blur 滤镜具有以下参数：

- Add：是否让 Blur 滤镜起作用，Add=False（或 "0"）时 Blur 滤镜不起作用，取 True（或非 "0" 值）时 Blur 滤镜起作用，只有两个值，即 true 和 false；
- Direction：阴影的方向，取值范围 0°～360°，45° 一个间隔，所以实际上只有八个方向值；
- Strength：它代表有多少个像素的宽度成为阴影，也可以简单地理解为阴影的长度。它只能用整数来指定，默认值是 5 个像素，可以根据实际需要来指定阴影的长度。

（4）DropShadow 滤镜－创建对象的固定阴影效果："DropShadow" 顾名思义就是添加对象的阴影效果。它的实际效果看上去就像是原来的对象离开了页面，然后在页面上显示出该对象的投影。

（5）CSS 的无参数滤镜共有 6 个：FlipH（创建水平镜像图片）、FlipV（创建垂直镜像图片）、Invert（反色）、Xray（使对象变得像被 x 光照射一样）、Gray（把图片灰度化）和 Light，虽然它们没有参数，相对来讲，灵活性要差点，但它们用起来更方便，效果也相当明显。用它们可以使文字或图片翻转、获得图片的"底片"效果，甚至可以制作图片的"X 光片"效果。

（6）glow 滤镜－外发光：使对象的边缘就产生类似发光的效果，"glow 滤镜"制作这种效果操作非常简便。

（7）Mask 滤镜：可以为网页上的元件对象作出一个矩形遮罩效果。

（8）wave 滤镜－波纹效果：它的作用是把对象按照垂直的波形样式扭曲的特殊效果。

（9）Light 滤镜－在对象上创建光源：能产生一个模拟光源的效果，配合使用一些简单的 JavaScript，使对象产生奇特光照的效果。

（10）RevealTrans 动态滤镜：是一个神奇的滤镜，它能产生 23 种动态效果，还能在 23

种动态效果中随机抽用其中的一种。用它来进行网页之间的动态切换，非常方便。

（11）Chroma 滤镜－制作专用颜色透明：Chroma 属性可以设置一个对象中指定的颜色为透明色，Chroma 滤镜表达式如下：

```
Filter: Chroma (color=color)
```

这个属性的表达式很简单，它只有一个参数。只需把想要指定透明的颜色用 Color 参数设置出来就可以了。

（12）shadow 滤镜：创建偏移的阴影。两个参数一个是颜色，另外一个代表方向。

 思考与训练

1．简答题

（1）简述 CSS 格式的设置规则。
（2）引入 CSS 样式表有哪 4 种方式？
（3）样式规则选择器的 6 种规则类型是什么？

2．实做题

（1）利用 CSS 对文字进行美化（要求利用类型、背景等属性）。
（2）利用 CSS 制作细线表格。
（3）利用 CSS 的列表属性显示文章标题。
（4）利用 CSS 的扩展属性对图片、文本进行美化。

工作任务 2　Div+CSS 布局页面

Div 是一个区块容器标记，用<Div></Div>标签表示一个容器，可以容纳段落、标题、表格、图片乃至章节、摘要和备注等各种 HTML 元素。因此，可以把<Div>与</Div>中的内容视为一个独立的对象，用于 CSS 的控制。声明时只需要对<Div>进行相应的控制，其中的各标记元素都会因此而改变。

学习目标

通过本工作任务的学习，应该达到：

1．知识目标

- 了解 Div 的定义方法及作用；
- 了解 Div 与表格布局相比的优点；
- 掌握 Div 常用属性；
- 了解 Div 与 span 元素的区别；
- 掌握 Div+CSS 页面布局的需要分析及实现方法。

2．能力目标

- 掌握设置页面水平居中的方法；
- 掌握设置 Div 标签嵌套及浮动的方法。

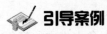 引导案例

1．工作任务名称

在 Dreamweaver CS5 中配置博客 Web 站点。

2．工作任务背景

经过前面的学习，小博已经利用表格完成了网页的布局，非常漂亮，小博心想，这么漂亮的网站别人肯定会交口称赞的，但是随之而来的一句话让小博很不是滋味："你还在用表格布局啊？！现在大家都用 Div +CSS，你虽然做得漂亮……但还是表格，没有试试 Div +CSS 吗？"，小博听完，心情很不好受，想想在用表格布局时，发现表格嵌套的确麻烦，不够灵活，而且后期修改时也比较麻烦。"Div +CSS" 这个词一直在小博的脑海中盘旋。

3．工作任务分析

的确，小博的网页可以结合前面工作任务中讲到的 CSS 加上 Div 来进行网页布局，毕竟学习网页制作也有了一段时间，小博也不是不知道 Div+CSS，他马上查阅了相关的资料。资料显示使用 Div+CSS 布局网页是 W3C 推荐的方法，Div+ CSS 布局网页与表格布局相比有什么优点呢？Div+CSS 布局网页除了具有 CSS 所具有的所有优点外，还有以下优点。

（1）能更好地控制页面布局。Table 布局灵活性不大，只能遵循 <table>< tr>< td></table>< /tr>< /td>的格式。而 Div 可以 <Div>< ul>< li> </Div></ul></li>也可以<ol>< li> 还可以<ul>< li>…但标准语法最好有序地写。

（2）Table 布局中，垃圾代码会很多，一些修饰的样式及布局代码混在一起，很不利于直观。而 Div 更能体现样式和结构相分离，结构的重构性强。

（3）在几乎所有的浏览器上都可以使用。

虽然 Div+CSS 有这么多的优点，但掌握 Div+ CSS 也有一些困难。

（1）学习简单，掌握较难，熟练需要过程。控制样式的东西太多，需要注意的东西太多，入门难，只能循序渐进，才能真正理解它的精髓和内涵。

（2）要有良好的页面控制能力，因为如何把一个个简单的框框转化成缤纷美丽的页面还是需要一定的空间架构能力的。

（3）网站越大，意味着 CSS 文件群越庞大，后期维护会越难。

当然，表格不会被淘汰，它也有 Div 所不能取代的效果，就是方便快速地布局。只要不是经常改动的小部分就可以用表格，建议使用 Div 与表格相互配合，大布局用 Div，小地方就用表格，效果会很好。

看到这里，小博更想学习 Div+CSS，他决定重构自己的博客站点。本工作任务就是采用 Div+CSS 对小博博客的网页布局。

4．条件准备

Windows Server 2003、IIS 6.0、Dreamweaver CS5。

 相关知识

1．<Div>常用属性

<Div>标签被广泛地应用在网页布局的相关设置上，CSS 的几个重要属性提供了这方面

的支持，例如 float、overflow 或是 text-align 等。适当的设计与套用样式属性，可以让我们高效地完成网页布局的工作。Div+CSS 常用属性如表 4.6 所示。

表 4.6　Div+CSS 常用属性

属　　性		作　　用
Width		设置 Div 的宽度
Height		设置 Div 的高度
margin		用于设置 Div 的外延边距，也就是到父容器的距离
padding		用于设置 Div 的内边距
position		设置 Div 的定位方式
line-height		指定文本的行高
border		设置 Div 的边框样式
z-index		设置 Div 的层叠顺序
font		指定 Div 中文本的样式
	font-family	设置要用的字体名称
	font-weight	指定文本的粗细，其值有 bold、bolder、lighter 等
	font-size	指定文本的大小
	font-style	指定文本样式，其值有 italic、normal、oblique 等
	color	指定文本颜色
text	text-align	指定文本水平对齐方式，其值有 center（居中）、left、right、justify
	text-decorator	用于文本的修饰。其值有 none、underline、overline、line-through 和 blink 的组合
	text-indent	设置文本的缩进
	text-transform	设置文本的字母大小写。其值有 lowercase、uppercase、capitalize（首字母大写）、none
overflow		内容溢出控制，其值有 scroll（始终显示滚动条）、visible（不显示滚动条，但超出部分可见）、 auto（内容超出时显示滚动条）、hidden（超出时隐藏内容）
direction		内容的流向。其值有 ltr（从左至右）、rtl（从右至左）
line-height		指定文本的行高
Word-spacing		字间距
border		设置 Div 的边框样式
	border-width	设置边框的宽度
	border-color	设置边框的颜色
	border-style	设置边框的样式
	border-bottom	设置下边框样式
display		设置显示属性。其值有 block、none
float		设置 Div 在页面上的流向，其值有 left（靠左显示）、right（靠右显示）、none
background		设置 Div 的背景样式
	background-color	设置背景颜色
	background-attachment	背景图像的附加方式，其值有 scroll、fixed
	background-image	指定使用的背景图片
	background-repeat	背景图象的平铺方式。其值有 no-repeat（不平铺）、repeat（两个方向平铺）、repeat-x（水平方向平铺）、repeat-y（垂直方向平铺）
	background-position	在 Div 中定位背景位置。其值有 top、bottom、left、right 的不同组合。也可以用坐标

其中，外边距（margin）在设置属性时有以下几种情况，如表 4.7 所示。内边距（padding）和外边距属性值类似，不再赘述。

表 4.7　margin 属性值个数的含义

属性值个数	示　　例	含　　义
1	Margin:0px;	上右下左都是 0px
2	Margin:10px 15px;	上下 10px，左右 15px
3	Margin:10px 30px 20px;	上 10px，左右 30px，下 20px
4	Margin:5px 10px 15px 20px;	上 5px，右 10px，下 15px，左 20px

2. <Div>与<span>

<Div>是一个块级元素，它包围的元素会自动换行，而<span>仅仅是一个行内元素，在它的前后不会换行。<span>没有结构上的意义，纯粹是应用样式，当其他行内元素都不合适时，就可以使用<span>元素。

此外，<span>标记可以包含于<Div>标记之中，成为它的子元素，而反过来则不成立，即<span>标记不能包含<Div>标记。

 任务实施

小博通过上面的学习，很想马上就重新构建自己的博客网页，但真正做起来却发现自己竟然无从下手。怎么办呢，还是化整为零，一步一步地来。

首先确定自己要做什么样的网站，小博于是利用绘图软件设计出了一个网页效果图，如图 4.32 所示。

图 4.32　小博博客网站效果图

根据小博设计的效果图，对网站页面进行解剖，规划页面的布局，仔细分析该图，大致分为左右两个部分。

左侧部分共有 3 个区块，分别是：

（1）顶部部分，其中包括 Logo、Menu 和一幅 Banner 图片；

（2）内容部分是主体内容区块；

（3）底部主要是一些版权信息。

右侧部分共有 4 个区块，分别是一些侧边栏，如图 4.33 所示。

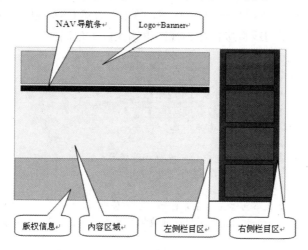

图 4.33　小博博客网站结构图

小博分析清楚了结构，开始划分层，这是最基本的一步，设计层如图 4.34 所示。

```
┌─── /*定义整个页面*/
├─#container{} /*页面层容器*/
│  ├─.Leftcolumn{} /*页面左侧部分*/
│  ├─.leftcolumn_header{} /*页面左侧头部*/
│  ├─.leftcolumn_nav() /*页面左侧导航条*/
│  │    ├─.DivLine{} /*页面左侧头部导航条分隔线*/
│  ├─.leftcolumn_center{} /*页面左侧主体区域*/
│  │    ├─leftcolumn_centercontent{} /*页面左侧主体区域内容*/
│  └─.leftcolumn_footer{} /*页面左侧底部版权区域*/
└─.rightcolumn /*页面右侧部分*/
   ├─# toppics {} /*页面右侧顶部*/
   └─.mainBox {} /*页面右侧主体内容*/
```

图 4.34　博客分层设计

到了这一步，小博不禁松了一口气，页面的解剖－布局与规划已经完成，接下来利用 Dreamweaver CS5 来新建 Div 并应用 CSS 了，但在这里小博建议在学习 Div+CSS 时，一定要熟悉 Div 和 CSS 代码，在下面的介绍中，也会对代码适当地加入注释。

4.2.1　设置网页整体水平居中

（1）新建一个网页，保存为"04/04-14.html"文件，在网页中单击"插入 | 布局对象 | Div 标签"或在"布局"工具栏中选择"插入 Div 标签"，弹出如图 4.35 所示的对话框。

图 4.35　"插入 Div 标签"窗口

（2）如果此时在浏览器进行浏览，会发现单独使用 Div 而不加任何 CSS，它在网页中的效果和使用 <P></P> 是一样的。无论怎么调整浏览器窗口，每个 Div 标签都占据一行。即默认情况下，一行只能容纳一个 Div 标签，单击"新建 CSS 规则"按钮，弹出"新建 CSS 规则"窗口建立样式规则或直接在代码视图中输入以下代码：

```
<style type="text/css">
<!--
  *{margin:0px;/*清除所有对象的外边距*/
padding:0px;/*清除所有对象的填充边距*/
background:#edf8fa;/*设置背景颜色*/
}
  #container{/*定义 Div 的 CSS 为 id 样式选择器*/
width:990px;/*设置宽度为 990px*/
height:auto;/*设置高宽度为 auto*/
margin:0 auto;/*上下为 0px，左右自动，水平居中*/
border: 1px dashed #CDECF1;/*设置边框宽度为 1px,边框样式为虚线，颜色为#CDECF1*/
}
-->
</style>
```

在<body></body>中输入以下代码：

```
<body>
<Div id="container">此处显示新 Div 标签的内容</Div>
</body>
```

在布局页面前，网页制作者一定要把页面的默认边距清除。为了方便操作，常用的方法是使用通配选择符*，将所有对象的边距清除，即 margin 属性和 padding 属性为 0px。margin 属性代表对象的外边距（上、下、左、右），padding 属性代表对象的内边距（上、下、左、右）。

为了适应不同浏览用户的分辨率，网页设计者要始终保证页面整体内容在页面居中。使用 HTML 表格布局页面时，只需要设置布局表格的 align 属性为 center 即可。而 Div 居中没有属性可以设置，只能通过 CSS 控制其位置。在上面的代码中，样式 container 定义 Div 宽度是 990px，高度自动，将 Div 设置成一个虚线边框，代码如下：

```
margin:0 auto;
```

以上代码的作用就是使布局页面水平居中。

从以上代码可以看到 Div 只是一个没有任何特性的容器，CSS 可以非常灵活地对其进行控制，组成网页的每一块区域，用于完成页面的布局。

浏览效果如图 4.36 所示。

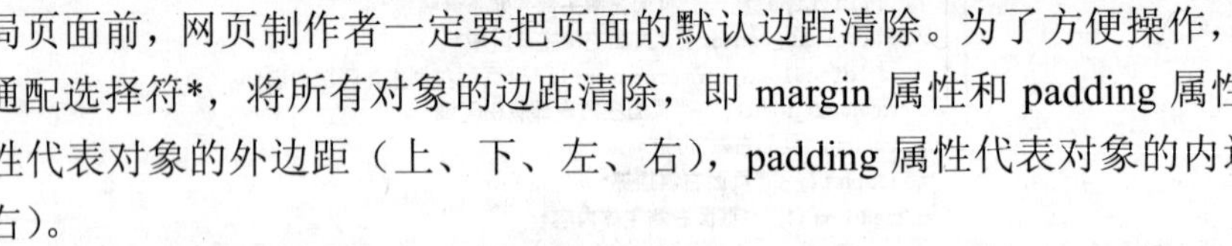

此处是Div标签的内容

图 4.36　Div 标签水平居中

4.2.2　Div 标签的嵌套及浮动

从小博博客网站效果图中可以看到，在外面的大区块内有两个左右并列的区块，如同表格布局一样，为了实现复杂的布局结构，Div 标签也需要互相嵌套。不过在布局页面时尽量减少嵌套，多重嵌套将影响浏览器对代码的解析速度。首先将左右两部分放到前面定义的 Div（#container）标签里以实现嵌套，具体操作步骤如下：

（1）将"04/04-14.html"文件另存为"04/04-15.html"，新定义两个 CSS 类样式，分别是左栏目".leftcolumn"，右栏目".rightcolumn"，代码如下：

```
 .leftcolumn{
width:760px;
height:auto;
margin:0px;
background:#F00;
}
 .rightcolumn{
width:210px;
height:auto;
margin:0px;
background:#F96;
}
```

（2）在<body></body>中输入以下代码：

```
<Div class="leftcolumn">左侧栏目</Div>
<Div class="rightcolumn">右侧栏目</Div>
```

这样将两个 Div 放到大的 Div 里面，浏览效果如图 4.37 所示。

图 4.37　Div 的嵌套

从图 4.37 中可以看到，一个 Div 标签占据一行，如何实现布局中并列的 2 块区域呢？这就需要通过 float 属性来实现多个块状元素并列于一行。

float 属性也被称为浮动属性，这个词非常形象。对前面的 Div 元素设置浮动属性后，当前面的 Div 标签留有足够的空白宽度时，后面的 Div 标签将自动浮上来，和前面的 Div 标签并列于一行。float 属性的值有 left、right、none 和 inherit。很多对象都有 inherit 属性，这是继承属性，代表继承父容器的属性。float 属性值为 none 时，块状元素不会浮动，这也是块状元素的默认值。float 属性值为 left 时，块状元素将向左浮动；float 属性值为 right 时，块状元素将向右浮动。但需要注意的是要使两个 Div 并列于一行，那么这一行一定要有足够的宽度容纳 2 个 Div 的宽度。

（3）如果在上面的代码中设置左栏目".leftcolumn"的"float:left;"，第 1 个 Div 元素向左浮动，第 2 个 Div 元素"流"上来了，并紧挨着第 1 个 Div 元素，代码见"04/04-16.html"，如图 4.38 所示。

（4）将"04/04-16.html"文件另存为"04/04-17.html"如果再设置第 2 个 Div 向右浮动，那么这两个 Div 一个居左，一个居右，中间有一定宽度。如图 4.39 所示。

图 4.38　第二个 Div 紧跟第一个 Div 浮动

图 4.39　两个 Div 中间有一定宽度

为了更方便看到 Div 的表现，在此给外部 Div 设置了浅灰色背景色，而内部的 Div 设置了深色背景色。在实际应用中注意修改颜色。当然，这两个 Div 也可以互换位置，只需将第一个 Div 设置为 "float:right;" 第二个 Div 设置为 "float:left;" 即可。

浮动属性是 CSS 布局的最佳利器，可以通过不同的浮动属性值灵活地定位 Div 元素，以达到灵活布局网页的目的。块状元素（包括 Div）浮动的范围由其被包含的父容器所决定，上面代码中定义了父容器是 "#container"，也可以是 body 或 html。

为了更加灵活地定位 Div 元素，CSS 提供了 clear 属性，中文意思即为 "清除"。clear 属性的值有 none、left、right 和 both，默认值为 none。当多个块状元素由于第 1 个设置浮动属性而并列时，如果某个元素不需要被 "流" 上去，即可设置相应的 clear 属性。

（5）新建一个网页，保存为 "04/04-18.html"，代码如下：

```
<html xmlns="http://www.w3.org/1999/xhtml">
<head>
<meta http-equiv="Content-Type" content="text/html; charset=utf-8" />
<title>无标题文档</title>
<style type="text/CSS">
  *{margin:0px;
   padding:0px;
   }
  .all{width:400px;
     height:170px;
     background-color:#600;
     margin:0px auto;
     }
  .one,.two,#three_1,#three_2,#three_3,#three_4{width:120px;
     height:50px;
     background-color:#eee;
     border:1px solid #000;
     }
  .one{float:left;}
  .two{float:right;}
  #three_1{clear:none;}
  #three_2{clear:both;}
  #three_3{clear:right;}
  #three_4{clear:left;}
</style>
</head>
<body>
```

```
<Div class="all">
  <Div class="one">第 1 个 Div</Div>
  <Div class="two">第 2 个 Div</Div>
  <Div id="three_1">第 3 个 Div（clear:none;）</Div>
</Div>
<Div class="all">
  <Div class="one">第 1 个 Div</Div>
  <Div class="two">第 2 个 Div</Div>
  <Div id="three_2">第 3 个 Div（clear:both;）</Div>
</Div>
<Div class="all">
  <Div class="one">第 1 个 Div</Div>
  <Div id="three_3">第 2 个 Div（clear:right;）</Div>
  <Div class="two">第 3 个 Div</Div>
</Div>
<Div class="all">
  <Div class="one">第 1 个 Div</Div>
  <Div id="three_4">第 2 个 Div（clear:left;）</Div>
  <Div class="two">第 3 个 Div</Div>
</Div>
</body>
</html>
```

浏览效果如图 4.40 所示。

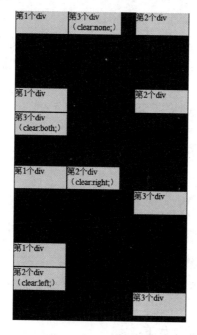

图 4.40　Div 清除属性

假设有 3 个 Div，前面的 Div 都设置了浮动属性（1 个向左浮动，1 个向右浮动），clear 属性值为 none，第 3 个 Div 元素自动"流"上去，处于 2 个 Div 之间的空白处。如果 clear 属性值为 both，即不管前面的 Div 设置向左浮动还是向右浮动，此 Div 元素不自动"流"上去。其不受浮动影响，保持在底部不动。如果 clear 属性值为 right，第 2 个 Div 两边都有浮动的 Div，但不允许向右浮动的 Div 处于同一行，所以第 3 个 Div 元素自动换行。如果

clear 属性值为 left，第 2 个 Div 两边都有浮动的 Div，但不允许向右浮动的 Div 处于同一行，所以第 2 个 Div 元素自动换行。

4.2.3 左侧栏目顶部 Div 的制作

前面已经介绍了 Div 嵌套及并列两个区域的设计，小博现在开始制作在左侧栏目中顶部部分，顶部部分包括 Logo、Banner 及导航条。小博直接将 Logo 和 Banner 存储为一张名为 blog.jpg 的图片。

（1）新建一个网页，保存为 "04/04-19.html"，在左侧栏目新建两个 Div 嵌套，用于放置 Logo、Banner 和导航条，代码如下：

```
<Div class="leftcolumn">
<Div id="leftcolumn_header">
</Div>
<Div id="leftcolumn_nav">
    <ul>
        <li><a href="#">博客首页</a></li>
        <li class="DivLine"></li>
        <li><a href="#">会员登录</a></li>
        <li class="DivLine"></li>
    </ul>
</Div>
</Div>
```

在导航条中，应用了列表<ul><li>标签，一方面 li 的语义结构比较好，另一方面使用列表<li>形式，可以方便以后对菜单定制样式，并且在导航条间插入了一些分隔样式，如预览图中的坚线分隔线。

（2）顶部的 Logo 及 Banner 的 CSS 样式定义如下：

```
#leftcolumn_header{
    float:left;
 width:760px;
 height:170px;
 margin:0px;
 background:url(image/blog.jpg);
 background-repeat:no-repeat;
 clear:right;
}
```

小博在顶部首先加入一个背景图片 Logo，设置左浮动，宽度是 760px，高度是 170px，外边距为 0px，背景不重复。

（3）导航条的 CSS 样式定义如下：

```
#leftcolumn_nav ul{
list-style:none;margin:0px;
}
#leftcolumn_nav ul li{
float:right;
margin:0 5px;
}
```

list-style:none，这一句是取消列表前的任何列表符号，因为导航上不需要这些符号。margin:0px，这一句是删除 ul 的缩进，这样做可以使所有的列表内容都不缩进。各个浏览器都有默认缩进的，相当于进行了重设。这里的 float:right 是让内容都在同一行显示，因此使用了浮动属性（float）。margin:0 5px 的作用就是让列表内容之间产生一个 5 像素的距离（左：5px，右：5px）。

（4）在导航条间还要插入一些竖线，CSS 定义如下：

```
.DivLine {width:1px;height:15px;background:#999}
```

（5）到此，可以看到小博博客网站的导航条基本上做出来了，但还有一点就是链接字体的设置，我们再定义一下鼠标链接 CSS 样式的设计：

```
#leftcolumn_nav {
    font-size: 12px;
    list-style-type: none;
    vertical-align: middle;
    height: 20px;
    width: 755px;
    background-color: #edf8fa;
    text-align: center;
    border-top-width: 0px;
    border-right-width: 2px;
    border-bottom-width: 0px;
    border-left-width: 2px;
    border-top-style: none;
    border-right-style: solid;
    border-bottom-style: none;
    border-left-style: solid;
    border-right-color: #86C8E3;
    border-top-color: #edf8fa;
    border-bottom-color: #edf8fa;
    border-left-color: #86C8E3;
}
#leftcolumn_nav a{
    color:#24789c;
    text-decoration:none;
    padding-top:0px;
    width:97px;
    height:20px;
    text-align:center;
    background-color: #edf8fa;
    margin-left:2px;
}
#leftcolumn_nav a:hover{
    background-color:#edf8fa;
    color:#F00;
}
```

当鼠标单击导航条或移到导航条上面时，字体的颜色会发生改变，浏览效果如图 4.41 所示。

图 4.41　左侧栏目顶部效果图

4.2.4　左侧栏目中间及版权部分的制作

小博兴奋不已，通过自己的努力，一个虽然看似简单但做起来却很复杂的头部导航，已经被自己一步一步地完成了。这只是个开始，小博深吸一口气，继续开始了左侧栏目中间部分的制作。在中间部分，由于左右两边有竖线，并且中间是一个虚线框，因此小博依据前面所讲的内容完成 Div 的嵌套及虚线边框的制作。

（1）在\<body\>\</body\>中间输入以下代码：

```
<Div class="leftcolumn_center">
    <Div class="leftcolumn_centercontent"></Div>
</Div>
<Div class="leftcolumn_footer">
   Powered by:铁道学院小博博客网
</Div>
```

（2）定义 leftcolumn_center 及 leftcolumn_centercontent 样式如下：

```
.leftcolumn_centercontent{
    margin:20px 30px;
    background:#FFF;
    width:700px;
    height:400px;
    border: 1px dashed #A7D7EB;}
.leftcolumn_center{
    width:755px;
    height:auto;
    border-top-width: 0px;
    border-right-width: 2px;
    border-bottom-width: 0px;
    border-left-width: 2px;
    border-top-style: none;
    border-right-style: solid;
    border-bottom-style: none;
    border-left-style: solid;
    border-right-color: #A7D7EB;
    border-top-color: #edf8fa;
    border-bottom-color: #edf8fa;
    border-left-color: #A7D7EB;}
.leftcolumn_footer{
    width:755px;
    height:30px;
    border-top-width: 0px;
```

```
    border-right-width: 2px;
    border-bottom-width: 2px;
    border-left-width: 2px;
    border-top-style: none;
    border-right-style: solid;
    border-bottom-style: solid;
    border-left-style: solid;
    border-right-color: #A7D7EB;
    border-top-color: #edf8fa;
    border-bottom-color: #A7D7EB;
    border-left-color: #A7D7EB;
    font-size:12px;
    text-align:center;
}
```

浏览效果如图 4.42 所示。

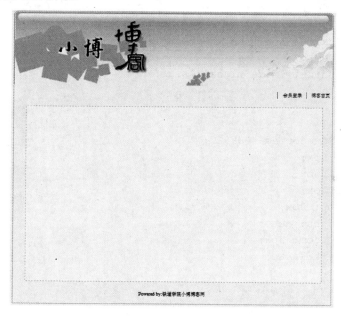

图 4.42　左侧栏目部分效果图

4.2.5　右侧栏目部分制作

按照小博设计的博客效果图，右侧栏目有 4 个区域，每个区域有一个标题和正文内容，
具体实现方法如下：

（1）在 HTML 中输入以下代码：

```
<Div class="rightcolumn">
  <Div id="toppics"></Div>
  <Div class="mainBox">
    <h3>个人档案</h3>
    <p>正文内容</p>
  </Div>
  <Div class="mainBox">
    <h3>栏目类别</h3>
```

```
    <p>正文内容 </p>
  </Div>
  <Div class="mainBox">
    <h3>最新评论</h3>
    <p>正文内容 </p>
  </Div>
  <Div class="mainBox">
    <h3>在线音乐</h3>
    <p>正文内容 </p>
  </Div>
</Div>
```

（2）定义 CSS 格式如下：

```
#toppics{
    float: right;
    height: 56px;
    width: 230px;
    margin:0px;
    padding:0px;
    background:url(image/rightcols.gif);
    clear:both;
    }
    .mainBox {
    border: 1px dotted #0099CC;
    padding: 0px;
    height: 150px;
    width: 227px;
    margin-top: 0px;
    margin-right: auto;
    margin-bottom: 3px;
    margin-left: auto;
    }
    .mainBox h3 {
    font-size:14px;
    float: left;
    height: 20px;
    width: 210px;
    color: #24789c;
    padding: 6px 3px 3px 10px;
    background-color: #edf8fa;
    }
    .mainBox p {
    font-size:12px;
    line-height: 1.5em;
    text-indent: 2em;
    margin: 35px 5px 5px 5px;
    }
```

至此，整个网页设计完毕，浏览效果如图 4.43 所示。

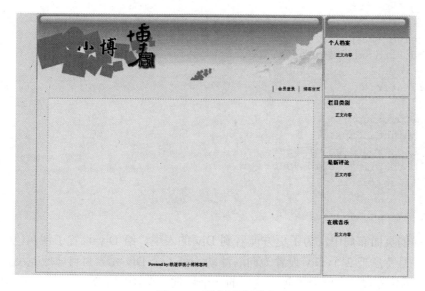

图 4.43　博客网效果图

在本工作任务中，首先介绍了 Div+CSS 布局网页与表格布局相比有哪些优点及其常用的属性，其次从小博设计的博客页面效果图入手，分析普通页面，一步步完成博客页面的设计制作，在构建页面中，需要完成以下几方面的工作：

- 设置网页整体水平居中；
- Div 标签的嵌套及浮动处理；
- 各个部分的设计及制作。

在利用 Div+CSS 布局网页过程中，浮动属性 float 及清除属性 clear 非常重要，需要反复不断地加以练习巩固。当然，除了类似博客网站的 Div+CSS 布局格式，还有其他许多布局方法，在拓展知识中再加以介绍。

✏️ 拓展知识

1. 左侧固定，右侧 Div 元素宽度自适应

文章列表和文章内容的页面布局中，经常并排 2 个 Div 标签，其中左边的 Div 为固定宽度，右边 Div 为自适应宽度。具体实现方法如下：

（1）新建一个网页，保存为 "../04/04-20.html"。

（2）在<body></body>之间输入以下代码：

```
<Div id="one">第 1 个 Div</Div>
<Div id="two">第 2 个 Div</Div>
```

（3）定义 CSS 样式如下：

```
<style type="text/CSS">
*{margin:0px;
  padding:0px;
  }
```

```
#one{width:70%;
    height:200px;
    background-color:#eee;
    border:1px solid #000;
    float:right;
    }
#two{width:50px;
    height:200px;
    background-color:#eee;
    border:1px solid #000;
    float:right;
    }
</style>
```

在上面的页面布局中，为了更方便看到 Div 的表现，给 Div 设置了浅灰色背景色和黑色边框，并且特意把 2 个 Div 设置为向右浮动，第 1 个 Div 元素为自适应宽度，而第 2 个 Div 元素为固定宽度。本例为了防止读者的一个错觉，即前面的 Div 浮动后一定在左边，其实左右方向取决于 Div 元素浮动属性的值。

2．Div 内容居中

许多页面都需要用到居中，即保持 Div 包含内容的水平和垂直居中。具体操作步骤如下。

（1）新建一个网页，保存为 "../04/04-21.html"。

（2）在<body></body>之间输入以下代码：

```
<Div class="center">
    我在中间
</Div>
<Div class="center">
    <img src="img/cs.jpg" width="120" height="120" />
</Div>
```

（3）定义 CSS 样式如下：

```
<style type="text/CSS">
*{margin:0px;
  padding:0px;
  }
 body,html{height:100%;}
.center{width:300px;
    height:250px;
    text-align:center;
    line-height:250px;
    background-color:#eee;
    border:1px solid #000;
    float:left;
    }
</style>
```

为了更方便看到 Div 的表现，给 Div 设置了浅灰色背景色和黑色边框。在这里用了 text-align 属性，即内含内容水平居中，也用了 line-height 属性，这是行距属性，当设置为 Div 的高度时，其所含内容就垂直居中了。

3. 左右两列宽度固定，中间列自适应宽度

经常在网站上看到类似的布局，页面共三列，其中左右两列宽度固定，中间列自动适应，具体操作方法如下。

（1）新建一个网页，保存为"../04/04-22.html"，输入以下代码：

```
<html xmlns="http://www.w3.org/1999/xhtml">
<head>
<meta http-equiv="Content-Type" content="text/html; charset=utf-8" />
  <title>三列布局（左右两列宽度固定，中间列自适应宽度）</title>
  <link href="stylesheet22.css" rel="stylesheet" type="text/css" />
</head>
<body>
  <div id="container">
  <div id="dyhead">头部区域（3列布局，左右两栏宽度固定，中间栏自适应宽度）</div>
  <div id="center">
  <div id="dyleft">左栏固定宽度为180px</div>
  <div id="dyright">右栏固定宽度为220px</div>
  <div id="dycenter">中间自适应宽度<br/><img src="../image/image0. png"
alt="" width="490" height="368" /><br/>CSS(cascading style sheet)，层叠样式表，
是一组格式设置规则，是用于控制网页样式并允许将样式信息与网页分离的一种标识性……</div>
  </div>
  <div id="dyfoot">底部区域</div>
  </div>
</body>
</html>
```

（2）定义CSS样式如下：

```
body {
    font-family: Verdana, Arial;
    margin: 0;
    padding:0;
    font-size: 12px;
}
#container{/*添加外层容器，用来设置最小宽度*/
min-width:975px; /*For FF*/
_width:expression((document.documentElement.clientWidth||document.body.c
lientWidth)<1000?"975px":"auto"); /*For IE6*/
border:1px solid #33CCFF;
}
#dyhead {
background-color: #eee;
border:1px dotted green;
}
#center:after{
content:".";
visibility:hidden;
display:block;
height:0;
clear:both;
}
#center{/*用以闭合内层3个浮动的层*/
```

```
    clear:both;
    width:100%;
    margin:10px auto;
    padding:10px 0;
    border:1px solid #FF0000;
    }
    #dyleft {
    float: left;
    width: 180px;
    border:1px solid #9900FF;
    }
    #dycenter {
        min-width:56.3%;
    _width:expression((document.documentElement.clientWidth||document.body.c
lientWidth)<1000?"56.1%":"auto");
        margin:0 230px 0 185px;
        border:1px solid #0000CC;
    }
    #dyright {
    float: right;
    width: 220px;
    border:1px solid #9900FF;
    }
    #dyfoot {
    clear: both;
    background-color: #eee;
    border:1px dotted green;
    }
```

在上面的代码中，由于 IE6 不识别 min-width，所以用到 CSS Expression 在 IE6 中实现最小宽度。

```
    _width:expression((document.documentElement.clientWidth||document.body.
clientWidth)<1000?"56.1%":"auto");
```

expression 是 IE 特有的运算符。因为要做的是兼容 800×600 像素分辨率，需要用到 min-widht，但由于 IE 只有 expression 而无 min-width，所以针对 IE，会用 expression 来判断当前客户端的宽度是否小于 1000，如果是，就用设置宽为 56.1%，如果大于 1000 就设置为 auto。运行效果如图 4.44 所示。

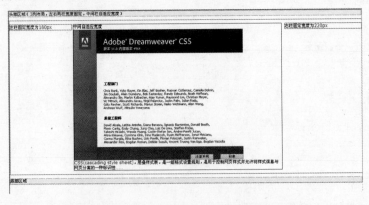

图 4.44 左右两列宽度固定，中间列自适应宽度

4．一个典型的网页布局实例

图 4.45 是一个比较典型的网页布局实例，在这个实例中，页面有上下 4 行区域，分别用作 LogoBanner 区、导航区、主体区和版权信息区。而主体区又分为左右 2 个大区，左区域用于文章列表，右区域用于 8 个主体内容区。

分析布局的结构，编写 Div 布局的结构代码，在每个区域做了 id 命名（#符号开头），以方便 Div 编写。#top 代表 LogoBanner 区、#nav 代表导航区、#mid 代表主体区、#left 代表#mid 所包含的左区域、#right 代表#mid 所包含的右边区域、#footer 代表版权信息区。#right 区域包含 8 个具体内容区，用.Content 和#content2 代表内容区域。在这里选择 4 个具体内容区加上了 id 名称为 content2 的属性，这是为了使这 4 个区域有不同的背景色，具体实现方法如下：

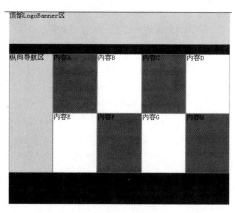

图 4.45　网页布局结构分析

（1）新建一个网页，保存为 "../04/04-23.html"。

（2）在<body></body>之间输入以下代码：

```
<Div id="top">顶部 LogoBanner 区</Div>
<Div id="nav">导航区</Div>
<Div id="mid">
  <Div id="left">纵向导航区</Div>
  <Div id="right">
     <Div class="content">内容 A</Div>
     <Div class="content" id="content2">内容 B</Div>
     <Div class="content">内容 C</Div>
     <Div class="content" id="content2">内容 D</Div>
     <Div class="content" id="content2">内容 E</Div>
     <Div class="content">内容 F</Div>
     <Div class="content" id="content2">内容 G</Div>
     <Div class="content">内容 H</Div>
  </Div>
</Div>
<Div id="footer">底部版权区</Div>
```

（3）定义 CSS 样式如下：

```
<style type="text/CSS">
*  {margin:0px;
```

```
        padding:0px;
    }
#top,#nav,#mid,#footer{width:500px;
            margin:0px auto;}
#top{height:80px;
    background-color:#ddd;}
#nav{
    height:25px;
    background-color:#0D428A;
}
#mid{height:300px;}
#left{width:98px;
    height:298px;
    border:1px solid #999;
    float:left;
    background-color:#ddd;}
#right{height:298px;
    background-color:#ccc;}
.content{
    width:98px;
    height:148px;
    background-color:#1670E9;
    border:1px solid #999;
    float:left;
}
#content2{
    background-color:#FFF;
}
#footer{
    height:80px;
    background-color:#0D428A;
}
</style>
```

输入完成，浏览即可得到图 4.45 所示的效果。在主体部分的右侧区域，有 8 个内容，为了节省页面空间，可以使用 Spry 折叠式面板或 Spry 选项卡面板来完成，将在后续工作任务中进行介绍。

思考与训练

1. 简答题

（1）Div+CSS 布局与表格布局有什么区别？

（2）Div 常用属性有哪些？

2. 实做题

（1）利用 Div+CSS 完成博客页面布局。

（2）利用 Div+CSS 完成两列宽度自适应布局。

（3）利用 Div+CSS 完成三列浮动中间宽度自适应布局。

项目 5

表单的使用

教学导航◎

　　本项目主要讲述了表单使用的相关知识。表单的强大功能我们不可否认，它使得网络由单一的传递信息变为双向互动。本项目从最基础的表单知识，到表单的高级应用，让你有一个比较全面的认识，相信你在读完本项目以后，一定会对表单非常熟悉，遇到问题能很快找到答案。

　　本项目共分 2 个工作任务，工作任务 1 主要介绍表单的使用，以注册页面为例介绍插入表单及表单控件的方法，并且介绍了各种表单控件的代码及其属性。工作任务 2 主要介绍如何利用 Div+CSS 来美化表单。表单的美化是页面建设的重要内容，本任务中利用 Div+CSS 来完成登录页面和注册页面的美化。

　　通过本项目的学习，应达到以下的目标：
- ★　理解表单的作用及组成；
- ★　掌握表单的常用属性；
- ★　掌握表单及表单控件的语法格式及应用；
- ★　能插入一个表单；
- ★　能插入表单的各种控件并完成注册页面；
- ★　掌握表单标签及表单字段集的作用；
- ★　掌握运用 DIV+CSS 美化表表单的使用方法；
- ★　能完成登录页面的制作及美化；
- ★　能完成注册页面的制作及美化。

工作任务 1　表单的使用

　　通常网页的交互功能都是利用表单来实现的。表单是网页中站点服务器处理的一组数据输入域，当访问者单击按钮或图形来提交表单后，数据就会传送到服务器上。

在交互式的网络中，表单是一个不可缺少的元素，它是交互的一个入口。只要有交互出现的地方，就会有表单。

学习目标

通过本工作任务的学习，应该达到：

1. 知识目标

- 理解表单的作用及组成；
- 掌握表单的常用属性；
- 掌握表单及表单控件的语法格式及应用。

2. 能力目标

- 能插入一个表单；
- 能插入表单的各种控件并完成注册页面。

引导案例

1. 工作任务名称

表单的应用。

2. 工作任务背景

通过前面的学习，小博对静态网页无论是色彩搭配还是网页布局，都已经很熟练了，但小博想如何实现一个交互式动态的网页呢？

3. 工作任务分析

一个网站需要与访问者有一定的交互功能，交互式动态网页并不是指含有 Flash 动画、Java 小程序等动态内容的网页，此动非彼动，交互式动态网页的基本概念就是客户端（浏览者）向服务器发送请求或者数据，然后服务器处理请求或者数据，再将结果返回到客户端。例如 ASP、PHP、JSP、ASP.NET 等都是交互式动态网页，而 HTML 文档则是静态网页，不需要服务器来处理。

很明显，交互式动态网页可以给用户更多的体验，具有双向性，最大的特点就是人机交互。在 Dreamweaver 中体现为事件和其触发的行为。简言之，交互式网页就是可以让浏览者参与的页面。在和浏览者进行交互时，最常用到的就是表单（form）。

表单的作用就是收集用户的信息，将其提交到服务器，从而实现与使用者交互。表单是 HTML 页面与服务器实现交互的重要手段。

本工作任务利用表单完成一个注册页面的操作，熟练掌握表单及表单的各种控件。

4. 条件准备

Windows Server 2003、IIS 6.0、Dreamweaver CS5。

相关知识

一个完整的交互页面由两部分组成：一是客户端包含的表单页面，用于填写浏览者进行交互的信息；另一个是服务端的应用程序，用于处理浏览者提交的信息。

一个表单页面由 3 个基本部分组成。

● 表单标签：包含了处理表单数据所用到的 URL 以及数据提交到服务器的方法；

● 表单域：包含了文本框、密码框、隐藏域、多行文本框、复选框、单选框、下拉选择框和文件上传框等；

● 表单按钮：包括提交按钮、复位按钮和一般按钮；用于将数据传送到服务器上的脚本或者取消输入，还可以用表单按钮来控制其他定义了处理脚本的处理工作。

一般是将表单设计在一个 HTML 文档中，当用户填写完信息后单击提交（submit）操作，表单的内容就从客户端的浏览器传送到服务器上，经过服务器上的处理程序处理后，再将用户所需信息传送回客户端的浏览器上，这样网页就具有了交互性。

表单域中的各种输入框及按钮也称为控件，表单很像容器，它能够容纳各种各样的控件。一个表单用<form></form>标志来创建，即定义表单的开始和结束位置，在开始和结束标志之间的一切定义都属于表单的内容。表单的语法格式如下：

```
<FORM ACTION="URL" METHOD="GET|POST" ENCTYPE="MIME" TARGET= "…">...</FORM>
```

表单域是一个隐藏的特殊标记。所有表单元素都必须放在表单域中。表单域主要用于声明表单，定义采集数据的范围，也就是<form>和</form>里面包含的数据将被提交到服务器或者电子邮件里。在表单<form>中有以下属性：

（1）Action（处理动作）：用于指定表单数据提交到哪个地址进行处理。

语法：<form action= " 表单的处理程序 " >……</form>

说明：表单的处理程序是表单要提交的地址，也就是表单中收集到的资料将要传递到的程序地址。这一地址可以是绝对地址，也可以是相对地址，还可以是一些其他形式。

例如：<form action="mailto:test@html.com"></form>

（2）Name（表单名称）：用来为当前表单定义一个独一无二的名称，该名称可以控制表单与后台程序之间的关系。

语法：<form name= " 表单名称 " >……</form>

说明：表单名称中不能包含特殊字符和空格，如"!、>、<"等。

（3）Method（传送方法）：用于指定将数据提交到服务器时，使用哪种 HTTP 提交方法。

语法：<form method= " 传送方法 " >……</form>

Method 有两种方法：get 方法和 post 方法，如表 5.1 所示。

表 5.1　method 标记的属性值

属性值	说　明
get	将表单内容附加在 URL 地址后面，因此对提交信息的长度进行了限制，最多不可超过 8192 个字符。如果信息太长，将被截去，可能导致意想不到的处理结果
post	将用户在表单中填写的数据包含在表单主体中，一起传送到服务器处理程序中，该方法没有字符的限制

注：默认情况下，get 为传送的方法，不具有保密性，不适合处理如信用卡卡号等要求保密的内容，而且不能传送非 ASCII 码的字符。

（4）Enctype（编码方式）：用于设置表单信息提交的编码方式。

语法：<form enctype=" 编码方式 ">……</form>

enctype 标记的属性值如表 5.2 所示。

表 5.2   enctype 标记的属性

属 性 值	说　明
Text/plain	以纯文本的形式传送信息
application/x-www-form-urlencoded	默认的编码形式
multipart/form-data	mime 编码，上传文件时必须选择该项

（5）目标显示方式 target：用于设置目标窗口的打开方式。

traget 标记的属性值如表 5.3 所示。

表 5.3   traget 标记的属性

属 性 值	说　明
_blank	将返回信息显示在新打开的浏览器窗口中
_parent	将返回信息显示在父级浏览器窗口中
_self	将返回信息显示在当前浏览器窗口中
_top	将返回信息显示在顶级浏览器窗口中

例如：

```
<from action="../html/index.aspx"method= "post"target="_blank">…</from>
```

表示表单将向../html/index.aspx 以 post 的方式提交，提交的结果在新的页面显示，数据提交的媒体方式是默认的 application/x-www-form-urlencoded 方式。

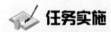 任务实施

表单作为交互式网页必不可少的对象，在网页中起到非常重要的作用。下面以注册页面为例介绍插入表单及表单控件的方法。

5.1.1　注册页面

（1）新建 HTML 文档并保存为 "05/05-01.html"；

（2）选择 "插入｜表单｜表单" 命令或单击表单工具栏中的 "表单" 按钮，在设计视图中将插入一个红色虚线的表单。在属性面板中显示此表单的属性，如图 5.1 所示。在代码视图中将会插入以下代码：

```
<form id="form1" name="form1" method="post" action="">
</form>
```

图 5.1　表单属性

（3）在表单中插入一个 8 行 1 列的表格，在第一行中选择"插入|表单|文本域"或单击表单工具栏中的"文本字段"按钮，弹出"输入标签辅助功能属性"的对话框，按如图 5.2 所示进行设置，将在设计窗口中插入一个文本域。文本域适用于输入少量文字，是一种让访问者自己输入内容的表单对象，通常被用来填写单个字或者简短的回答，如姓名、地址等。

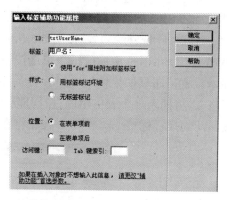

图 5.2　输入标签辅助功能属性对话框

（4）在属性面板中，将出现文本域的属性，设置文本域的 ID 为"txtUserName"，有效宽度为"20"，最多字符数为"30"，类型选择"单行"，如图 5.3 所示。

图 5.3　文本域属性面板

（5）依次在第 2 行和第 3 行插入文本域，将文本域的标签设为"密码"和"再次输入密码"。属性面板中类型选中"密码"，这样文本域就变成一个密码输入框，在此输入的文本将以黑点代替。

（6）选择第 4 行，选择"插入|表单|选择（列表/菜单）"或单击表单工具栏中的"选择（列表/菜单）"按钮，将弹出"输入标签辅助功能属性"对话框，输入 ID 为"txtPWQ"，标签为"密码保护问题："，如图 5.4 所示。

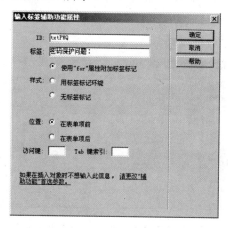

图 5.4　选择（列表/菜单）输入标签辅助功能属性对话框

（7）在"选择（列表/菜单）"属性面板上，选择类型为"列表"，单击"列表值"按钮，在列表值对话框中单击"+"或"-"号，增加或减少列表值；单击向上或向下三角箭头按钮，改变列表值的显示位置，按图 5.5 所示进行设置；单击属性面板上的"初始化时选定"可以选择首次打开网页时显示的列表标签。

（8）选择第 4 行，选择"插入|表单|单选按钮组"菜单或单击表单工具栏中的"单选按钮组"按钮，将弹出"单选按钮组"对话框，设置名称为"RGSex"，修改标签名称为"男"、"女"，"布局，使用"选择"换行符（
标签）"，按图 5.6 所示进行设置。在"单选按钮组"对话框中，可以单击"+"或"-"号，增加或减少单选按钮；单击向上或向下三角箭头按钮，改变单选按钮的显示位置，布局如果使用"换行符（
标签）"，将以换行来分隔各个按钮，如果使用"表格"，将插入一个表格用以进行分隔。

切换到代码视图，将按钮间的换行标签
删除，按钮将在一行显示。

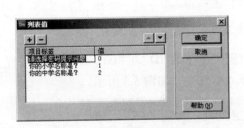

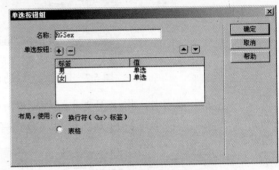

图 5.5 "列表值"对话框   图 5.6 "单选按钮"对话框

（9）选择第 5 行，选择"插入|表单|复选框按钮组"菜单或单击表单工具栏中的"复选框按钮组"按钮，将弹出复选框组对话框，输入名称为"CBGLike"，修改复选框选项为"报纸"、"电视""网络"，"布局，使用"选择"换行符（
标签）"，按图 5.7 所示进行设置。在复选框组对话框中，可以单击"+"或"-"号，增加或减少复选框选项；单击向上或向下三角箭头按钮，改变复选框的显示顺序，布局如果使用"换行符（
标签），将以换行来分隔各个复选框，如果使用"表格"，将插入一个表格以行来进行分隔。切换到代码视图，将按钮间的换行标签
删除，按钮将在一行中显示。

（10）选择第 6 行，选择"插入|表单|复选框（C）"菜单或单击表单工具栏中的"复选框组"按钮，将弹出"输入标签辅助功能属性"对话框，ID 设为"txtChk"，标签设为"同意服务条款"，按图 5.8 所示进行设置。

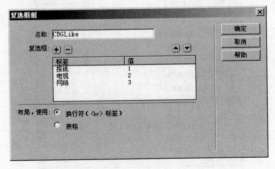

图 5.7 "复选框组"对话框

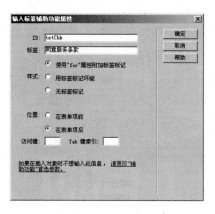

图 5.8 复选框输入标签辅助功能属性对话框

（11）在复选框属性面板中，可以对初始状态进行选择，包括"已勾选"和"未选中"两种方式，如图 5.9 所示。

图 5.9 复选框属性面板

（12）选择第 7 行，选择"插入|表单|按钮（B）"菜单或单击表单工具栏中的"按钮"按钮，将弹出"输入标签辅助功能属性"对话框，输入 ID 为"btnOK"，按图 5.10 所示进行设置。

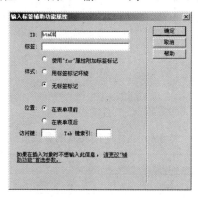

图 5.10 按钮输入标签功能属性对话框

（13）单击按钮，在属性面板上将显示按钮的属性，修改值右侧的文本框可以修改按钮上的文本，动作默认为"提交表单"。依次插入另一个按钮，并将属性面板上的动作设置为"重设表单"，如图 5.11 所示。表单按钮用于控制网页中的表单；提交按钮用于提交已经填写好的表单内容，重置按钮用于重新填写表单的内容，它们是表单按钮的两个最基本的功能。除此之外还可以完成其他的任务，例如，通过单击按钮产生一个事件，调用脚本程序等。

图 5.11 重置按钮属性

（14）至此，用户注册页面完成，浏览效果如图 5.12 所示。

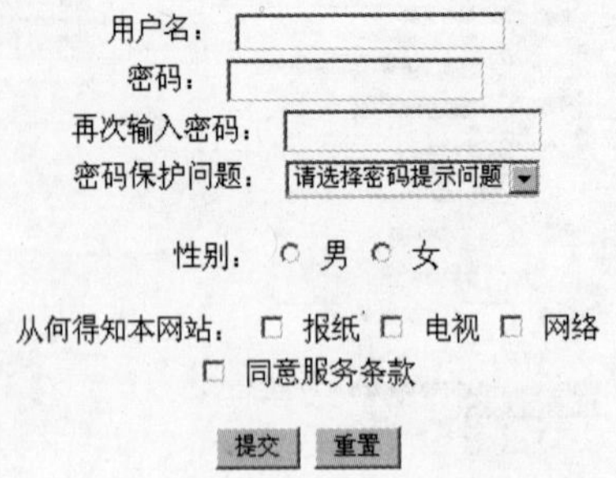

图 5.12　用户注册页面

总结与回顾

在本工作任务中主要介绍了表单及各种控件的作用、属性，如插入表单、文本域、复选框、单选按钮组、复选框按钮组及按钮。在应用中，应注意各个控件属性的设置。

拓展知识

在实际应用中，经常会切换到代码视图进行修改代码，因此下面介绍各种表单控件的代码及其属性。

（1）文字字段 text：用来设置表单中的单行文本框，在其中可以输入任何类型的文本、数字或字母，输入的内容以单行显示。文字字段语法如下：

```
<input name="文本字段" type="text"  value="文字字段的默认取值" size="文本字段的长度" maxlength="最多字符数"/>
```

文本字段 text 的属性如表 5.4 所示。

表 5.4　文本字段 text 的参数值

属 性 值	说　　明
name	文字字段的名称，用于和页面中其他控件加以区别。名称由英文、数字以及下画线组成，有大小写之分
type	指定插入哪种表单对象，如 type="text"，即插入文字字段
value	设置文本框的默认值
size	确定文本字段在页面中显示的长度，以字符为单位（1~未知）
maxlength	设置文本字段中最多可以输入的字符数

注：size 默认 20 个字符，最小为 1；maxlength 最小为 0。

（2）密码域 password：是一种文本字段的形式，输入到其中的文字均以星号"*"或圆点"●"显示。密码域语法格式如下：

```
<input name="密码域的名称" type="password" value="密码域的默认取值" size="密码域的长度" maxlength="最多字符数"/>
```

密码域的参数如表 5.5 所示。

表 5.5　密码域的参数值

属 性 值	说　　明
name	密码域的名称，用于和页面中其他控件加以区别。名称由英文、数字以及下画线组成，有大小写之分
type	指定插入哪种表单对象
value	用来定义密码域的默认值，以"*"或"●"显示
size	确定密码域在页面中显示的长度，以字符为单位
maxlength	设置密码域中最多可以输入的字符数

（3）单选按钮 radio：用来让浏览者进行单一选择，在页面中以圆框显示。语法格式如下：

```
<input name="单选按钮的名称" type="radio" value="单选按钮的取值" checked/>
```

说明：value 用于设置用户选中单选按钮后，传送到处理程序中的值。checked 表示这一单选按钮被选中，而在一个单选按钮组中只有一个单选按钮可以设置为 checked ="checked"。如果使多个单选按钮组成一组的话，其 name 需相同，如 name="radiogroup1"。如果使某单选按钮无效可以设置 disabled="disabled"。

（4）复选框 checkbox：与单选按钮不同的是复选框能够实现项目的多项选择，以一个方框表示。语法格式如下：

```
<input name="复选框的名称" type="checkbox" value="复选框的取值" checked />
```

说明：checked 表示复选框在默认情况下已经被选中，一组选项中可以同时多个被选中。同样使用 disabled="disabled"可以使某复选框选项无效。

（5）普通按钮 button：表单中的按钮起着至关重要的作用，它可以激发提交表单的动作；也可以在用户需要修改表单的时候，将表单恢复到初始的状态；这可以依照程序的需要，发挥其作用。普通按钮主要是配合 JavaScript 脚本来进行表单处理的。语法格式如下：

```
<input name="按钮的名称" type="submit" value="按钮的取值" onclick="处理程序"/>
```

说明：value 的取值就是显示在按钮上的文字，在 button 中可以添加 onclick 等事件来实现一些特殊的功能。onclick 事件是设置当鼠标按下按钮时所进行的处理。例如：

```
<input name="button" type="submit" value="关闭窗口" onclick="window.
close()" />
```

（6）提交按钮 submit：是一种特殊的按钮，单击该类按钮可以实现表单内容的提交。语法格式如下：

```
<input name="按钮的名称" type="submit" value="按钮的取值" />
```

说明：value 同样用来设置显示在按钮上的文字。

（7）重置按钮 reset：可以清除用户在页面中输入的信息，将其恢复成默认的表单内容。语法格式如下：

```
<input name="按钮的名称" type="reset" value="按钮的取值" />
```

说明：value 用来设置显示在按钮上的文字。

（8）图像域 image：是指用在提交按钮位置的图像，使得图像具有按钮的功能，能达到美化页面等效果。语法格式如下：

```
<!--[if !supportEmptyParas]--> <!--[endif]-->
```

（9）隐藏域 hidden：在页面中对于用户来说是看不见的。在表单中插入隐藏域的目的在于收集和发送信息，而用户不需看到。发送表单时，隐藏域的信息也被一起发送到服务器。语法格式如下：

```
<input name="隐藏域的名称" type="hidden" value="隐藏域的取值" />
```

（10）文件域 file：是由一个文本框和一个"浏览"按钮组成的，用户可以直接将要上传给网站的文件的路径输入在文本框中，也可单击"浏览"按钮进行选择。语法格式如下：

```
<input name="文件域的名称" type="file" size="文件域的长度" maxlength="最多字符数" />
```

（11）列表/菜单：一个列表可以包括一个或多个项目。当需要显示多个项目时，菜单就非常有用。表单中有两种类型的菜单：一个菜单是单击时出现下拉的菜单，称为下拉菜单；另一种菜单则是显示为一个列有项目的可滚动列表，可从该列表中选择项目，称为滚动列表。菜单和列表主要是为了节省页面的空间。通过 select 和 option 标记来实现。

① 下拉菜单：是一种最节省页面空间的选择方式，因在正常状态下只显示一个选项，单击按钮打开菜单后才会看到全部选项。语法格式如下：

```
<select name="下拉菜单的名称">
<option value="选项值" selected=" selected">选项显示内容</option>
……
 </select>
```

说明：选项值是提交表单时的值，而选项显示的内容才是真正在页面中要显示的。selected 表示该选项在默认情况下是选中的，一个下拉菜单中只能有一项被选中。

② 列表项：列表项在页面中可以显示出几条信息，一旦超出这个信息量，在列表右侧会出现滚动条，拖动滚动条可看到所有的项。语法格式如下：

```
<select name="列表项的名称" size="显示的列表项数" multiple>
<option value="选项值" selected="selected">选项显示内容</option>
  ……
 </select>
```

说明：size 用于设置在页面中的最多列表数，当超过这个值时会出现滚动条。multiple 表示这一列表可以进行多项选择（按 Ctrl 键或 Shift 键来实现）。选项值是提交表单时的值，而选项显示内容才是真正在页面中要显示的。

（12）文本域标记 textarea：当需要让浏览者填入多行文本时，就应该使用文本区域而不是文本字段了。和其他大多数表单对象不一样，文本区域使用的是 textarea 而不是 input 标记。语法格式如下：

```
<textarea name="文本区域的名称" cols="长度" rows="行数"></textarea>
```

说明：cols 用于设置文本域的列数，也就是其宽度。rows 用于设置文本域的行数，也就是高度。当文本内容超出这一范围时会出现滚动条，即大小可以很大，最小 1*1。

（13）id 标记：id 标记是一个较为特殊的标记，它主要用于表示一个唯一的元素，这个元素可以是文本字段，可以是密码域，也可以是其他表单元素，甚至也可以用来定义一幅图像、一个表格等。语法格式如下：

```
<id="元素的标识名">
```

说明：在 HTML 中，id 用来表示页面的唯一元素，因此在定义标识名时最好根据其含义进行命名。例如：

```
<input name="Login" type="password" size="12">
```

 **思考与训练**

1. 简答题

（1）表单的作用是什么？
（2）表单有哪些属性？
（3）表单控件有哪些？

2. 实做题

（1）利用表单及表单控件完成登录页面的设计制作。
（2）利用表单及表单控件完成注册页面的设计制作。

工作任务2 Div+CSS 美化表单

表单作为交互的一个入口，是网站建设不可缺少的重要元素。表单的美化是页面建设的重要内容，运用前面学习的 Div+CSS 知识美化表单是网站常用的方法。

学习目标

通过本工作任务的学习，应该达到：

1. 知识目标

● 掌握表单标签及表单字段集的作用；
● 掌握运用 Div+CSS 美化表单的使用方法。

2. 能力目标

● 能完成登录页面的制作及美化；
● 能完成注册页面的制作及美化。

引导案例

1. 工作任务名称

Div+CSS 美化表单。

2. 工作任务背景

小博通过前面的学习，已完成了注册表单页面的建设，并且熟悉了表单及表单控件的简单使用，但是从图 5.12 中可以看到，页面无论从布局还是色彩搭配都不够理想，怎样才能使表单更美观一些呢？

3．工作任务分析

在前面介绍过 Div+CSS，能否将 Div+CSS 应用到表单中来呢？当然可以。下面就将注册表单页面进行修改并进一步美化，相信一定能做出各门户网站登录注册用户所具有的专业水平。

4．条件准备

Windows Server 2003、IIS 6.0、Dreamweaver CS5。

 **相关知识**

1．表单字段集

在 Dreamweaver CS5 中，选择"插入｜表单｜字段集"菜单，在设计窗口将插入一个灰色的矩形框。切换到代码视图，字段集的标签是<fieldset></fieldset>。

fieldset 元素可将表单内的相关元素分组。<fieldset> 标签定义了一个表单控件组，通过将相关联的内容分组，可以使表单内容类别清晰，易于管理。

当一组表单元素放到 <fieldset> 标签内时，浏览器会以特殊方式来显示它们，它们可能有特殊的边界、3D 效果，甚至可创建一个子表单来处理这些元素。

在<fieldset></fieldset>中还有一个<legend>标签。<legend> 标签为 fieldset 元素定义标题，对表单的每组内容进行说明。在<legend>后可包含任何行标记或块标记，甚至可以嵌套<fieldset>。legend 标签是成对出现的，以<legend>开始，以</legend>结束。

2．表单标签

在 Dreamweaver CS5 中，选择"插入｜表单｜标签"菜单，在代码视图中将插入一个<label></label>标签，<label>标签为 input 元素定义标记。如<label>用户名：</label>。label 元素不会向用户呈现任何特殊效果，不过,它为鼠标用户改进了可用性。如果在 label 元素内单击文本，就会触发此控件。就是说，当用户选择该标签时，浏览器就会自动将焦点转到和标签相关的表单控件上。<label> 标签的 for 属性应当与相关元素的 id 属性相同。如：

```
<form>
 <label for="man">Man</label>
 <input type="radio" name="sex" id="man" />
 <br />
 <label for="female">Woman</label>
 <input type="radio" name="sex" id="Woman" />
</form>
```

for 属性可把 label 绑定到另外一个元素，把 for 属性的值设置为相关元素的 id 属性的值。

134

5.2.1 登录页面的制作及美化

登录页面在论坛、后台管理等许多网站用途广泛，下面以网站登录页面为例进行介绍，具体操作步骤如下：

（1）新建 HTML 文档并保存为 05/05-02.html；

（2）切换代码视图，在\<body\>和\</body\>间插入以下代码，对每行代码进行了适当的注释：

```
<div id="formwrapper">
 <!--显示文本-->
 <h3>已注册用户登录</h3>
 <!--插入表单-->
 <form action="" method="post" name="apLogin" id="apLogin">
  <!--将下列相关联的控件分组-->
  <fieldset>
  <!--定义字段集的标题为"用户登录"-->
  <legend>用户登录</legend>
  <div>
   <!--插入一标签，并将其绑定到"Name"文本框-->
   <label for="Name">用户名</label>
   <!--插入一个单行文本域，定义文本宽度为18，最多输入30个字符-->
   <input type="text" name="Name" id="Name" size="18" maxlength="30" />
   <br/><!--换行符-->
  </div>
  <div>
   <label for="password">密码</label>
    <!--插入一个单行文本域，定义文本宽度为18，最多输入30个字符，并设置文本框类型为
密码-->
    <input  type="password"  name="password"  id="password"  size="18"
maxlength="30" />
    <br/>
  </div>
  <div class="cookiechk">
   <label>
   <!--插入一个复选框，定义复选框名称为CookieYN，选定值为1-->
   <input name="CookieYN" type="checkbox" id="CookieYN" value="1" />
    <a href="#" title="选择是否记录您的信息">记住我</a></label>
    <!--插入一个按钮，值为登录，动作是提交表单-->
  <input name="login791" type="submit" class="buttom" value="登录" />
    <!--插入一个按钮，值为清空，动作是重置表单-->
  <input name="login791" type="reset" class="buttom" value="清空" />
   </div>
   <!--显示文本-->
   <div  class="forgotpass"><a  href="#">您忘记密码？</a>    没有帐号，<a
href=""05-05.htm"">注册</a></div>
   </fieldset>
 </form>
```

135

浏览后效果如图 5.13 所示。

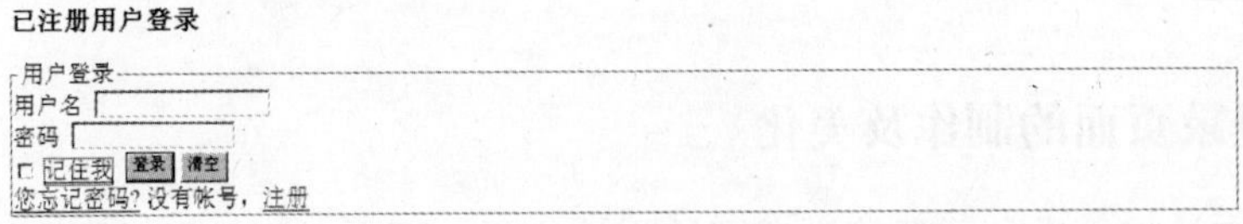

已注册用户登录

用户登录
用户名 _____
密码 _____
□ 记住我 登录 清空
您忘记密码? 没有帐号, 注册

图 5.13　登录页面

（3）从图 5.13 可以看到，尽管页面使用了<Div>标签布局，但没有使用 CSS 进行美化。接下来工作是应用 CSS 进一步美化页面。CCS 定义如下：

```css
<style type="text/css">
<!--
body {
font-family: Arial, Helvetica, sans-serif;/*定义 body 标签字体、字号、颜色、背景无双及文本对齐方式*/
font-size:12px;
color:#666666;
background:#fff;
text-align:center;
}
* {/*定义页面外边距和内边距为 0*/
margin:0;
padding:0;
}
a {/*定义超文本颜色及下画线*/
color:#1E7ACE;
text-decoration:none;
}
a:hover {
color:#000;
text-decoration:underline;
}
h3 {/*定义 h3 标签为字号 14px 粗体*/
font-size:14px;
font-weight:bold;
}
#formwrapper {/*外部区块定义宽度为 450px,外边距上下为 15px,居中对齐, 内边距为 20px,文本左对齐，边框宽度为 1px 颜色为#A4CDF2 实边*/
width:450px;
margin:15px auto;
padding:20px;
text-align:left;
border:1px solid #A4CDF2;
}
input, select,textarea {/*定义文本框、列表框及文本区域内边距 1px,外边距 2px,字号 11px*/
padding:1px;
margin:2px;
font-size:11px;
}
pre,p {
```

```
color:#1E7ACE;
margin:4px;
}
fieldset {/*字段集内边距为 10px,外边距为 5px,边框宽度为 1px 颜色为#A4CDF2 实边,背
景色为#fff*/
padding:10px;
margin-top:5px;
border:1px solid #A4CDF2;
background:#fff;
}
fieldset legend {/*字段集内标题颜色为#1E7ACE,文本为粗体,内边距上右下左分别为 3px
20px 3px 20px,边框宽度为 1px 颜色为#A4CDF2 实边,背景色为#fff*/
color:;
font-weight:bold;
padding:3px 20px 3px 20px;
border:1px solid ;
background:;
}
fieldset label {/*字段集内标签左浮动,宽度为 120px,文本右对齐,内边距为 4px,外边距
为 1px*/
float:left;
width:120px;
text-align:right;
padding:4px;
margin:1px;
}
fieldset div {/*字段集内区块清除左侧浮动,底部外边距*/
clear:left;
margin-bottom:;
}
.enter{ text-align:center;}/*文本居中*/
.clear {/*清除两侧浮动*/
clear:both;
}>
-->
</style>
```

图 5.14　Div+CSS 用户登录窗口

5.2.2　注册页面

单击图 5.14 的"注册"超链接,将跳转到注册页面。在注册页面中,添加了文件域控
件。在网站中有时需要把文件传送到服务端,以供访问用户浏览、使用,如图片、Office
文档等。此时就需要使用文件域,把客户端的文件上传到服务器。

（1）新建 HTML 文档并保存为 05/05-03.html；

（2）切换代码视图，在\<body\>和\</body\>间插入以下代码：

```
<div id="formwrapper">
  <h3>未注册创建账户</h3>
  <form action="" method="post" enctype="multipart/form-data" name="apForm"
id="apForm">
    <fieldset>
    <legend>用户注册</legend>
    <p><strong>您的电子邮箱不会被公布出去,但是必须填写.</strong> 在您注册之前请先
认真阅读服务条款.</p><div>
      <label for="Name">用户名</label>
      <input type="text" name="Name" id="Name" value="" size="20" maxlength
="30" /> *(最多30个字符)<br/></div>
    <div>
      <label for="Email">电子邮箱</label>
      <input type="text" name="Email" id="Email" value="" size="20" maxlength
="150" /> *<br/>
    </div>
    <div>
      <label for="password">密码</label>
      <input  type="password"  name="password"  id="password"  size="18"
maxlength="15" /> *(最多15个字符)<br/></div>
    <div>
      <label for="confirm_password">重复密码</label>
      <input type="password" name="confirm_password" id="confirm_password"
size="18" maxlength="15" />*<br/></div>
    <div>
        <label> 性别：</label>
        <input type="radio" name="sex" value="1" id="sex_0" />男
        <input type="radio" name="sex" value="2" id="sex_1" />女
        <input type="radio" name="sex" value="3" id="sex_2" />保密
    </div>
    <div>
    <label>知道本网站途径：</label>
    <input type="checkbox" name="from" value="1" id="from_0" />报纸
    <input type="checkbox" name="from" value="2" id="from_1" />电视
    <input type="checkbox" name="from" value="3" id="from_2" />网络
    </div>
    <div>
      <label for="MyImage">头像图片：</label>
      <input type="file" name="MyImage" id="MyImage" /> </div>
    <div>
      <label for="likeBlog">你对本网站的感觉：</label>
      <select name="likeBlog" id="likeBlog">
      <option value="1">非常好</option>
      <option value="2">很好</option>
      <option value="3">一般</option>
      <option value="4">很差</option>
      </select></div>
    <div><label for="txtShowMe">其他说明：</label>
      <textarea name="txtShowMe" id="txtShowMe" cols="35" rows="5"></text
```

```
area></div>
     <div><label for="AgreeToTerms">同意服务条款</label>
      <input type="checkbox" name="AgreeToTerms" id="AgreeToTerms" value=
"1"/>
      <a href="#" title="您是否同意服务条款">先看看条款？</a> * </div>
     <div class="enter">
      <input name="create791" type="submit" class="buttom" value="提交" />
      <input name="Submit" type="reset" class="buttom" value="重置" />
     </div>
     <p><strong>* 在提交您的注册信息时，我们认为您已经同意了我们的服务条款.<br/>* 这
些条款可能在未经您同意的时候进行修改.</strong></p>
     </fieldset> </form> </div>
```

在上面代码中，注册页面的"头像图片"使用了文件域控件，其作用是将本地图片上传至服务器，供用户浏览、下载。选择"插入｜表单｜文件域"菜单即可实现。由于 CSS 已在登录页面给出，单击"浏览"按钮可以看到整个页面浏览效果如图 5.15 所示。

图 5.15　注册页面

总结与回顾

在 Div+CSS 美化表单项目中，为了美观及方便用户的使用，需要把内容相近的表单控件放在一起，并进行标识，此时需要使用字段集<fieldset>标签，<fieldset>字段集能使表单按类进行排放，并且利用<fieldset>标签来定义字段集标题，从而使网页结构更清晰。

在实施环节主要完成了登录页面和注册页面的制作方法，既是对前面 Div+CSS 知识的复习，也是利用 Div+CSS 完成表单美化的一个实际应用。当然，表单布局还有许多技巧，将在拓展知识部分给予介绍。

拓展知识

Div+CSS 表单布局页面时有以下一些技巧。

1. 表单文本输入的移动选择

在文本输入栏中，有时需要加入提示，供浏览者进行参考。但加入了提示，来访者往往要用鼠标选取后删除，再输入有用的信息就比较麻烦。在控件代码中其实只要加入 onMouseOver="this.focus()" onFocus="this.select()" 代码，把鼠标移到控件上，就覆盖了提示信息，如：

```
<textarea    name=textarea    wrap=virtual    rows=2    cols=22    onMouseOver=
"this.focus()" onFocus="this.select()">Input English..</textarea>
```

同样地，可以加入代码到<input>。

2. 表单输入单元点击删除

本例同上面代码作用类似，只是使用鼠标上略有变化，单击控件后，提示信息就会删除。如：

```
<input  type=text  name="address"  size=19  value="输入地址..."onFocus=
"this.value=''">
```

3. 表单输入单元的边框设置

如果想修改传统的表单单元边框来使网页更加漂亮，可以对表单控件的样式进行修改。下面是以内嵌式样式进行修改，当然也可以以其他方式定义 CSS 样式。如：

```
<input type=radio name=action value=subscribe checked style="BORDER: dashed
1px;background-color: #FEF5C8">
```

其中"style=…"为左右上下控件边框及背景色设置。

4. 表单输入单元的文字设置

如果想使浏览者在添加表单时使用你所指定的文字字体、字号等，可以在表单控件中进行设置，如：

```
<input    type=text    name="address"    size=19    value="Enter,e-mail..."
style=font-family:"verdana";font-size:10px >
```

其中"style=***"为字体和字大小设置。

5. 修改表单属性为弹出窗口

大多数表单激活后，会在当前页面中打开，影响正常浏览。我们可以修改一下 target 属性，如：

```
<form method=POST action=url target=_blank>
```

其中"target=_blank"为控制在弹出窗口打开。

6. 文本区域自动适应内容的高度设置

根据文本区域（textarea）浏览者输入的内容多少来增加文本区域的高度，如：

```
<textarea    rows=1    cols=40    style='overflow:scroll;overflow-y:hidden;;
overflow-x:hidden'
```

```
      onfocus="window.activeobj=this;this.clock=setInterval(function(){activeo
bj.style.height=activeobj.scrollHeight+'px';},200);"
onblur="clearInterval(this.clock);"></textarea>
```

思考与训练

1. 简答题

（1）如何定义字段集及字段集标题?

（2）Div+CSS 表单布局有哪些技巧?

2. 实做题

（1）利用 Div+CSS 完成博客已注册用户登录表单的美化。

（2）利用 Div+CSS 完成博客注册表单的美化。

项目 6

Spry 控件及行为的使用

教学导航◎────────────────────────────────────

本项目主要讲述了 Spry 布局控件和 Spry 验证控件的相关知识及具体应用。Spry 控件广泛应用于页面布局、页面验证等方面，对美化页面，提高页面的可操作性具有非常重要的作用。

本项目共分 3 个工作任务，工作任务 1 主要介绍了 Spry 菜单栏、Spry 选项卡面板、Spry 折叠面板、Spry 可折叠面板的具体应用。工作任务 2 主要介绍了 Spry 各种验证控件，完成了注册页面的验证操作。工作任务 3 主要介绍了行为的使用，对各种行为尤其是 Spry 效果进行了详细的介绍。

通过本项目的学习，应达到以下的目标：

★　能利用 Spry 菜单栏制作精美菜单；

★　能利用 Spry 选项卡式面板制作选项卡；

★　能利用 Spry 折叠式制作隐藏显示菜单；

★　能利用 Spry 可折叠面板制作显示隐藏面板；

★　能利用 Spry 验证文本域验证文本；

★　能利用 Spry 验证密码验证密码文本域及验证文本；

★　能利用 Spry 验证确认验证重复密码文本；

★　能利用 Spry 验证选择验证下拉列表；

★　能利用 Spry 验证单选按钮组验证单选按钮组；

★　能利用 Spry 验证复选框验证复选框；

★　能利用行为面板的检查表单命令一次性验证所有选定表单控件；

★　能利用行为面板打开浏览器窗口；

★　能利用行为面板添加各种 Spry 效果；

★　能利用行为面板设置文本；

★　能利用行为面板调用 JavaScript 及跳转 URL。

工作任务 1　使用 Spry 布局控件

Spry 框架支持一组用标准 HTML、CSS 和 JavaScript 编写的可重用控件。在利用 Dreamweaver CS5 制作网页时，可以方便地插入这些控件，然后设置控件的样式。常用的 Spry 控件有 Spry 菜单栏、Spry 选项卡式面板、Spry 折叠式、Spry 可折叠面板。

学习目标

通过本工作任务的学习，应该达到：

1．知识目标

- 理解 Spry 布局控件的作用；
- 掌握 Spry 菜单栏属性的应用；
- 掌握 Spry 选项卡式面板属性的应用；
- 掌握 Spry 折叠式属性的应用；
- 掌握 Spry 可折叠面板属性的应用。

2．能力目标

- 能利用 Spry 菜单栏制作精美菜单；
- 能利用 Spry 选项卡式面板制作选项卡；
- 能利用 Spry 折叠式制作隐藏显示菜单；
- 能利用 Spry 可折叠面板制作显示隐藏面板。

引导案例

1．工作任务名称

Spry 布局控件的使用。

2．工作任务背景

小博在网上学习时，经常看到许多精美的下拉菜单，为节省页面空间制作的选项卡面板等，这些是如何制作的呢？

3．工作任务分析

其实 Dreamweaver CS5 提供了 Spry 控件，可以轻松地完成小博想要制作的内容，Spry 框架提供了菜单栏、选项卡式面板、折叠式选项卡及可折叠面板的应用，制作简单方便，可扩充性强，接下来就我们实际体验"Spry 布局控件"的魅力！

4．条件准备

Windows Server 2003、IIS 6.0、Dreamweaver CS5。

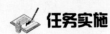 相关知识

　　Spry 是一个 JavaScript 框架,可以提供强大的 Ajax 功能,能够让设计人员为用户构建出更便于体验的 Web 页面。Spry 使用容易,代码简单,可以自己定义样式。

　　Spry 框架中的每个控件都关联着唯一的 CSS 和 JavaScript 文件,Dreamweaver CS5 会自动在网站中建立 SpryAssets 文件夹,并将这些文件存储在该文件夹中,方便日后管理。其中 CSS 文件包含了控件的所有样式信息,JavaScript 文件提供所有功能。在使用控件时页面要链接相应的这些文件,否则控件不能正常工作。控件关联的 CSS 和 JavaScript 文件同控件同名,因此可以很容易知道哪个文件对应哪个控件(例如关联 Spry 菜单栏的文件为 SpryTabbedPanels.css 和 SpryTabbedPanels.js)。

任务实施

　　随着 Web 技术的广泛应用,越来越多的网站更加注意用户的体验性,为用户提供良好的交互性和视觉效果。可以使用 Spry 控件轻松地制作折叠菜单、选项卡式面板等界面元素,增强用户的体验性。

6.1.1　Spry 菜单栏

　　在 Dreamweaver CS5 中,可利用“Spry 菜单栏”控件构建下拉式菜单,当将鼠标悬停在其中的某个按钮上时,将显示相应的子菜单。下面将以网易博客首页为例进行介绍,如图 6.1 所示。

图 6.1　网易博客下拉菜单

　　(1)新建 HTML 文档并保存为 06/06-01.htm;

　　(2)单击“插入 | Spry | Spry 菜单栏”或单击 Spry 工具栏中的“Spry 菜单栏”,将弹出如图 6.2 所示的对话框,在弹出的对话框中选择菜单项排列方式:水平或垂直,在此选择水平排列方式,单击“确定”按钮,如图 6.2 所示。

（3）在页面上将添加一个 Spry 下拉菜单，如图 6.3 所示。

图 6.2　Spry 菜单栏窗口

图 6.3　新建下拉菜单

（4）单击蓝色的"Spry 菜单栏:MenuBar1"区域，在属性面板中显示该菜单栏所对应的属性，在属性面板中有 3 个列表框，分别代表 3 级菜单项，如果想增加更多级别的菜单，切换到代码视图，在代码中进行添加。在属性面板中，最左边的列表框，是最高级别的菜单项，中间为第 2 级子菜单，右边是第 3 级子菜单，如图 6.4 所示。

图 6.4　菜单条属性窗口

（5）单击左边的列表框中的"项目 1"，在右边的文本框中输入相应的文字，在下面的链接框中输入链接的地址；在目标中输入以下属性值：_blank、_self、_parent 和_top，根据需要选择不同的目标。

（6）单击列表框上面的"+"或"-"号增加或删除菜单项，照这个方法将菜单的所有项目设置完成。

（7）单击向上或向下的箭头，调整菜单项的显示位置。

（8）切换到代码视图，在代码中，可以看到系统自动引用 JavaScript 文件和 CSS 文件，代码如下。并且在文件的右侧将会出现一个 js 文件和 css 文件，如图 6.5 所示。

```
<script src="../SpryAssets/SpryMenuBar.js" type="text/javascript"> </script>
<link href="../SpryAssets/SpryMenuBarHorizontal.css" rel=" style sheet"
type="text/css" />
```

图 6.5　自动生成两个文件

（9）在代码视图中，系统自动引用 js 文件和 CSS 文件，达到菜单栏的显示和行为效果，代码如下：

```
<script src="../SpryAssets/SpryMenuBar.js" type="text/javascript"> </script>
<link href="../SpryAssets/SpryMenuBarHorizontal.css" rel="stylesheet" type="
text/css"/>
```

另外可以看到 Dreamweaver CS5 会自动创建一个<ul>代码段，第一级别的<li>代表一级菜单，默认是显示的，第二级别的<li>代表的是二级菜单，默认是隐藏的。当鼠标放在第一级菜单时，JS 文件捕捉到鼠标事件，弹出二级菜单，并显示。至此，单击"浏览"按钮，在浏览器中将显示一个简洁的下拉菜单，如图 6.6 所示。

图 6.6　没有修改的 CSS 样式的下拉菜单

（10）可以看到图 6.6 显示效果不是特别理想，可以进行修改。选择<a></a>标签，在 CSS 面板中选择"当前"按钮，之所以选择"当前"而不选择"全部"，是因为可以更方便地对当前所选标签进行 CSS 控制，如图 6.7 所示。

（11）在图 6.7 中选择想要修改的项，进行以下设置"padding:2px 2px;font-size: 12px,color: #039;"，单击"浏览"按钮，如图 6.8 所示。

图 6.7　CSS 当前样式　　　　　　图 6.8　修改内边距、字号、颜色后菜单栏效果

（12）在图 6.8 中可以看到选中菜单项的颜色是蓝色的，如果想修改超链接样式，选中 a:hover，右键单击选择快捷菜单，如图 6.9 所示。

（13）在"SpryMenuBarHorizontal.css"文件中，选择以下代码，设置"background-color: #CCC;"，如图 6.10 所示。

（14）单击"浏览"按钮，在浏览器中显示效果如图 6.11 所示。

（15）当然，也可以进行其他设置，如修改背景图片。选择 background 项进行设置："background-image: url(SpryMenuBarRight.gif); "。修改菜单项的宽度："Background -position:60% 40%;"，显示效果如图 6.12 所示。

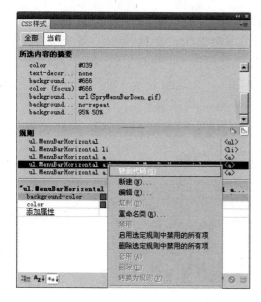

图 6.9　选中 a:hover 右键单击选择快捷菜单

图 6.10　"SpryMenuBarHorizontal.css"文件

图 6.11　修改菜单项背景颜色显示效果

图 6.12　修改背景图片和宽度的显示效果

6.1.2　Spry 选项卡式面板

构建网页时，选项卡式面板是最常用的一种控件，当网页内容较多时，用户浏览页面势必不断地滚动页面才能看到更多的页面内容，而页面下方的内容往往被忽略。如果页面中同时需要有多个重要内容呈现给用户，选项卡式面板无疑是一种较好的解决方法。选项卡式面板控件是一组面板，用来将内容存储到紧凑空间中，用户可以通过鼠标单击或滑过要访问面板上的选项卡标签来显示或隐藏存储在选项卡式面板中的内容。当访问者单击或滑过不同的选项卡标签时，控件的内容面板会相应地打开，在给定时间内，选项卡式面板控件中只有一个内容面板处于打开状态。在图 6.13 中显示的是网易首页中采用的选项卡式面板。

图 6.13　网易首页选项卡式面板

（1）新建 HTML 文档并保存为 06/06-02.html。

（2）单击"插入 | Spry | Spry 选项卡式面板"或单击 Spry 工具栏中的"Spry 选项卡式面板"，将在网页中插入如图 6.14 所示的选项卡。在代码视图中自动生成选项卡式面板控件的代码，其中包含一个含有所有面板的外部 div 标签、一个选项卡标签列表、一个用来包含内容面板的 div 标签 和以及各内容面板对应的 div 标签。代码如下：

```html
<div id="TabbedPanels1" class="TabbedPanels">
 <ul class="TabbedPanelsTabGroup">
  <li class="TabbedPanelsTab" tabindex="0">标签 1</li>
  <li class="TabbedPanelsTab" tabindex="0">标签 2</li>
 </ul>
 <div class="TabbedPanelsContentGroup">
   <div class="TabbedPanelsContent">内容 1</div>
   <div class="TabbedPanelsContent">内容 2</div>
 </div>
</div>
```

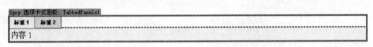

图 6.14　插入 Spry 选项卡式面板

（3）同样，在代码视图中系统会自动调用 JavaScript 文件和 CSS 文件，但文件是绝对路径。选择"保存"，将弹出如图 6.15 所示的窗口，单击"确定"按钮，Dreamweaver CS5 将会复制 JavaScript 文件和 CSS 文件并将路径转换为相对路径。切换到代码视图，自动引入 js 文件及 CSS 文件的代码如下：

```html
<script src="SpryAssets/SpryTabbedPanels.js" type="text/javascript "></script>
<link href="SpryAssets/SpryTabbedPanels.css" rel="stylesheet" type ="text/css" />
```

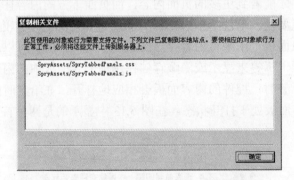

图 6.15　复制相关文件

（4）在"设计"视图中，选中"标签 1"文本修改为"新闻"，依次将"标签 2"修改为"图片"，单击蓝色的"Spry 选项卡式面板:TabbedPanels1"区域，在属性面板显示该选项卡式面板所对应的属性。在属性面板中，单击"面板"旁边的加号（+）按钮或减号（-）按钮可以增加或删除选项卡。单击向上或向下三角箭头可以调整初次打开网页时选项卡的显示顺序；单击"默认面板"的下拉菜单可以指定页面打开时默认选项卡。在此增加相应的选项卡并将选项卡标签进行相应的修改，如图 6.16 所示。

图 6.16　Spry 选项卡式面板属性

（5）在修改选项卡标签时，将鼠标移到选项卡标签，将会出现"眼睛"图标，单击就会显示相应的选项卡。在选项卡中选择"内容 1"，可以插入表格、Div、图片、文本等元素。在选项卡内容面板插入一张图片，单击"浏览"按钮，在浏览器中将显示如图 6.17 所示的Spry 选项卡式面板。

（6）在图 6.17 所示的选项卡面板中，宽度占满整个屏幕，改变选项卡的宽度，单击蓝色的"Spry 选项卡式面板:TabbedPanels1"区域，在 CSS 样式面板中选择"当前"模式，将宽度修改为 300px，如图 6.18 所示。

图 6.17　Spry 选项卡式面板　　　　图 6.18　修改 CSS 样式

（7）在图 6.17 所示的选项卡面板中，可以看到当单击某个选项卡时才能选中某个选项卡，如何使鼠标移过选项卡标签而发生变化呢？

在 SpryTabbedPanels.js 文件中，将下列语句中的"click"修改为"mouseover"即可实现鼠标移过选项卡标签即会发生改变。

```
Spry.Widget.TabbedPanels.addEventListener(tab,    "click",    function(e)
{ return self.onTabClick(e, tab); }, false);
```

修改为

```
Spry.Widget.TabbedPanels.addEventListener(tab, "mouseover", function(e)
{ return self.onTabClick(e, tab); }, false);
```

（8）在图 6.17 中还经常看到选项卡标签上的虚线框，如何去掉这个虚线框呢？在代码视图中可以看到以下代码：

```
<li class="TabbedPanelsTab" tabindex="0">首页</li>
```

其中"tabindex="0""这个参数是当依次按 Tab 键时会选择不同的选项卡。删除

图 6.19　修改后的选项卡面板

tabindex="0"时，虚线框就去掉了。至此，一个选项卡面板就完成了，浏览显示如图 6.19 所示。

刚刚提到过，Dreamweaver CS5 自动创建 SpryTabbedPanels.css 文件并定义 CSS 的默认规则，此文件中还包括有关适用于该控件的各种样式的有用的注释信息。利用属性面板可以简化对选项卡式面板控件的编辑，直接在相关联的 CSS 文件中方便地编辑选项卡式面板控件的规则，但是属性面板并不支持自定义的样式设置任务。如果需要修改选项卡样式，可以修改选项卡式面板控件的 CSS 规则，并创建根据自己的喜好设置样式的控件。

利用"CSS 样式"面板可以方便快捷地编辑选项卡式面板控件的 CSS，在使用面板时注意使用"当前"模式。

1．修改选项卡式面板控件的文本样式

通过设置整个选项卡式面板控件容器的属性或分别设置控件的各个组件的属性，可以设置选项卡式面板控件的文本样式。修改选项卡式面板控件的文本样式，使用表 6.1 来查找相应的 CSS 规则，然后添加自己的文本样式属性和值。

表 6.1　文本样式属性

要更改的文本	相关 CSS 规则	要添加的属性和值的示例
整个控件中的文本	.TabbedPanels	font: Arial; font-size:medium;
仅限面板选项卡中的文本	.TabbedPanelsTabGroup 或 .TabbedPanelsTab	font: Arial; font-size:medium;
仅限内容面板中的文本	.TabbedPanelsContentGroup 或 .TabbedPanelsContent	font: Arial; font-size:medium;

2．修改选项卡式面板控件的背景颜色

要修改选项卡面板控件不同部分的背景颜色，使用表 6.2 来查找相应的 CSS 规则，然后根据自己的喜好添加或修改背景颜色的属性和值。

表 6.2　背景颜色的属性

要更改的颜色	相关 CSS 规则	要添加或更改的属性和值的示例
面板选项卡的背景颜色	.TabbedPanelsTabGroup 或 .TabbedPanelsTab	background-color: #DDD;（这是默认值。）
内容面板的背景颜色	.Tabbed PanelsContentGroup 或 .Tabbed-PanelsContent	background-color: #EEE;（这是默认值。）
选定选项卡的背景颜色	.TabbedPanelsTabSelected	background-color: #EEE;（这是默认值。）
当鼠标指针移过面板选项卡上方时，选项卡的背景颜色	.TabbedPanelsTabHover	background-color: #CCC;（这是默认值。）

3．限制选项卡式面板的宽度

默认情况下，选项卡式面板控件会展开以填充可用空间。但是，可以通过设置折叠式容器 width 属性来限制选项卡式面板控件的宽度。

打开 SpryTabbedPanels.css 文件查找 .TabbedPanels CSS 规则，此规则可为选项卡式面

板控件的主容器元素定义属性；也可以选择选项卡式面板控件，然后在"CSS 样式"面板中进行查找，注意将该面板设置为"当前"模式。

例如向该规则中添加一个 width 属性和值，width:300px;。

6.1.3　Spry 折叠式

Spry 折叠式控件是一组可折叠面板，将内容存储到紧凑的空间中，用户单击控件的选项卡标签即可隐藏或显示存储在可折叠面板中的内容。可以利用 Spry 折叠式控件制作折叠菜单，具体操作步骤如下：

（1）新建一 HTML 文档并保存为 06/06-03.html；

（2）单击"插入｜Spry｜Spry 折叠式"或单击 Spry 工具栏中的"Spry 折叠式"，将在设计窗口插入如图 6.20 所示的 Spry 折叠式控件。在代码视图中自动生成 Spry 折叠式控件的代码，其中包含一个含有所有面板的外部 div 标签两个用来包含内容面板的 div 标签和以及各面板标签对应的 div 标签。

```
<div id="Accordion1" class="Accordion" tabindex="0">
  <div class="AccordionPanel">
   <div class="AccordionPanelTab">标签 1</div>
   <div class="AccordionPanelContent">内容 1</div>
  </div>
  <div class="AccordionPanel">
   <div class="AccordionPanelTab">标签 2</div>
   <div class="AccordionPanelContent">内容 2</div>
  </div>
</div>
```

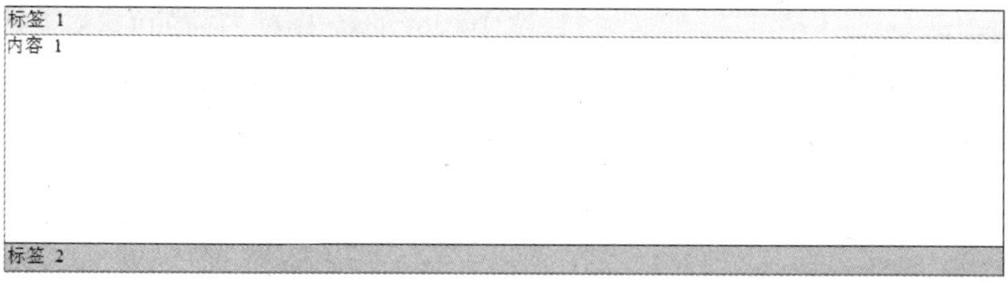

图 6.20　Spry 折叠式

（3）在代码视图中系统会自动调用 JavaScript 文件和 CSS 文件，代码如下：

```
<script src="../SpryAssets/SpryAccordion.js" type="text/javascript "></
script>
<link href="../SpryAssets/SpryAccordion.css" rel="stylesheet" type ="text/
css" />
```

（4）在"设计"视图中，选中"标签 1"文本修改为"学院概况"，将"标签 2"修改为"教学工作"。单击蓝色的"Spry 折叠式:Accordion1"区域，在图 6.21 所示的属性面板中显示该 Spry 折叠式的属性，在属性面板显示该 Spry 折叠式所对应的属性。在属性面板中，单击"面板"旁边的加号（+）按钮或减号（−）按钮可以增加或删除面板。单击向上或向下黑色箭头可以调整初次打开网页时面板的默认显示顺序；在此增加相应的面板并将面板标签进行相应的修改，修改"标签 1"文本为"学院概况"，依次按图 6.21 所示修改其他标签。

图 6.21 Spry 折叠式属性面板

（5）单击蓝色的"Spry 折叠式:Accordion1"区域,，在 CSS 样式面板中选择"当前"模式，将宽度修改为 150px。

（6）修改标签下相应的内容，根据前面学习的知识，插入<div>标签，并对其进行 CSS设置，如下代码所示，依次根据需要进行相应的修改。

```
<div class="AccordionPanelTab">学院概况</div>
  <div class="AccordionPanelContent">
    <div>
    <ul>
    <li><a href="#">学院简介</a></li>
    <li><a href="#">机构设置</a></li>
    <li><a href="#">学院领导</a></li>
    <li><a href="#">师资队伍</a></li>
    <li><a href="#">历史沿革</a></li>
    <li><a href="#">学院地图</a></li>
    <li><a href="#">校园风光</a></li>
    </ul>
    </div>
  </div>
</div>
```

图 6.22 修改后 Spry 折叠式效果

（7）选中相应的标签对当前的 CSS 进行字体、字号、颜色、背景色等内容进行相应的修改，修改后浏览效果如图 6.22 所示。

6.1.4 Spry 可折叠面板

可折叠面板可以在一个较小的空间内存储信息。用户可以通过单击面板元件的标题展开或收缩存储在收缩面板的内容。

（1）新建 HTML 文档并保存为 06/06-04.html;

（2）单击"插入｜Spry｜Spry 可折叠面板"或单击Spry 工具栏中的"Spry 可折叠面板"，将在设计窗口中插入如图 6.23 所示的 Spry 可折叠面板。切换到代码视图，可以看到可折叠面板面板控件的 HTML 由一个外部容器和其内的内容面板和标题容器组成。

图 6.23 Spry 可折叠面板

（3）在设计视图中，将鼠标指针移到该面板的选项卡上，该选项卡右侧将会出现"眼睛"图标，单击可以打开或关闭可折叠面板；或者在属性面板中的显示弹出菜单中选择"打开"或"已关闭"也可以打开或关闭可折叠面板。

（4）当系统在浏览器中加载网页时，可以设置可折叠面板控件的默认状态，在属性面板中的默认状态弹出菜单中选择"打开"或"已关闭"即可，如图 6.24 所示。

（5）在属性面板上还有一个"启用动画"复选框，当选中此复选框，该面板将缓缓平滑地"打开"或"关闭"，否则快速"打开"或"关闭"面板。

（6）选中"标签"修改为"热烈庆祝小博博客网开通"，在内容面板插入一幅图片，浏览效果如图 6.25 所示。

图 6.24　Spry 可折叠面板属性

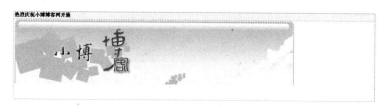

图 6.25　Spry 可折叠面板

（7）从图 6.25 中可以看到，如果想要更美观，可以修改 CSS 样式表的规则。关于样式的美化在此不再赘述。在图中还可以看到当单击标签时，内容面板"打开"或"关闭"，如果想将鼠标移到标签上面"打开"或"关闭"，如何处理呢？

打开 SpryCollapsiblePanel.js 窗口，对代码进行以下修改。

原代码如下：

```
Spry.Widget.CollapsiblePanel.prototype.onTabMouseOver = function(e)
{
    this.addClassName(this.getTab(), this.hoverClass);
    return false;
};
Spry.Widget.CollapsiblePanel.prototype.onTabMouseOut = function(e)
{
    this.removeClassName(this.getTab(), this.hoverClass);
    return false;
};
```

将上面代码修改为以下代码：

```
Spry.Widget.CollapsiblePanel.prototype.onTabMouseOver = function(e)
{
    this.open();
};
Spry.Widget.CollapsiblePanel.prototype.onTabMouseOut = function(e)
{
```

```
        this.close();
    };
```

运行后可以看到，当鼠标移到标签上面时面板打开，当移出时，面板关闭。

 总结与回顾

在本工作任务中，主要介绍了页面布局的 4 种控件，分别是 Spry 菜单栏、 Spry 选项卡面板、Spry 折叠式及 Spry 可折叠面板。在实际练习中，应根据需要灵活运用。

拓展知识

从以上 4 种 Spry 效果可以看到在代码视图中都包含头部的脚本和面板代码后面的脚本。以 Spry 可折叠面板为例，在下面的代码中，头部的 script 标签调用了可折叠面板控件需要的 JavaScript 及链接的外部 CSS 样式，代码如下：

```
<html>
<head>
<title>Spry 可折叠面板</title>
<script        src="../SpryAssets/SpryCollapsiblePanel.js"        type="text/
javascript"></script>
<link  href="../SpryAssets/SpryCollapsiblePanel.css"  rel="styles- heet"
type="text/css" />
</head>
<body>
<div id="CollapsiblePanel1" class="CollapsiblePanel">
  <div class="CollapsiblePanelTab" tabindex="0">标签</div>
  <div class="CollapsiblePanelContent">内容</div>
</div>
<script type="text/javascript">
var  CollapsiblePanel1  =  new  Spry.Widget.CollapsiblePanel("Collaps-
iblePanel1");
</script>
</body>
</html>
```

代码中，可以看到初始化 Spry 可折叠面板元件的 JavaScript，将 ID 为 CollapsiblePanel1 的静态 HTML 标签转换为动态交互页面元素。Spry.Widget. CollapsiblePanel 方法是框架中创建收缩面板对象的构造函数，初始化对象的代码已经包含在 JS 库文件 SpryCollapsiblePanel.js 中。

每个 Spry 可折叠面板元件的元素都有一个 CSS 样式名，这些样式控制可折叠面板元件的呈现，存放在外置 CSS 文件 SpryCollapsiblePanel.css 中。

可以通过修改对应的样式来改变可折叠面板控件每个部分的呈现。例如，如果希望改变折叠面板的标题的背景颜色，只要编辑 SpryCollapsiblePanel.css 文件中 CollapsiblePanel-Tab 样式。另外对于 HTML 中出现的样式名，可折叠面板元件包含了默认的行为，这些行为内建在 Spry 框架中，存放在 JS 库文件 SpryCollapsiblePanel.js 中。折叠面板库包含了鼠标浮上、单击、面板获得焦点、键盘导航的行为。

可以在 SpryCollapsiblePanel.css 文件中修改行为对应的样式（在 CSS 文件中，行为样式默认为空，但是可以增加属性）。如果想删除全部默认的行为样式，需要在 SpryCollapsible-

Panel.js 文件中删除它们。可以改变收缩面板的某些外观，但不能修改内建的行为。例如，Spry 总会给当前打开的面板增加一个 CollapsiblePanelOpen 样式，即便 SpryCollapsible-Panel.css 文件中的 CollapsiblePanelOpen 样式为空。

1. 改变折叠面板的元件的外观

（1）打开 widgets/collapsiblepanel 目录中的 SpryCollapsiblePanel.css 文件。

（2）找到要改变的 CSS 规则。例如希望改变折叠面板标题的背景颜色，需要编辑 .CollapsiblePanelTab 样式。

（3）保存文件。

如果愿意，可以同时将 CSS 文件中的样式名和 HTML 中的样式名统一换为自己定义的名称而不会影响面板的正常工作。

折叠面板的宽度在 CollapsiblePanel 样式中定义，内容面板的高度在 CollapsiblePanelContent 样式中定义。

2. 改变折叠面板行为

折叠面板有一些预定义的行为。这些行为当特定行为触发时通过增加或删除 CSS 样式实现。例如，当一个用户鼠标移到面板上时， CollapsiblePanelTabHover 样式被应用。这和 "a:hover" 的性质类似。要使用这些行为样式，需要修改这些行为使用的样式。如果不希望使用，只要将 CSS 样式置空。这些行为默认情况下是空的，但是可以增加自定义的规则。

（1）打开 widgets/Collapsible 目录中的 SpryCollapsiblePanel.css 文件。

（2）找到要修改的样式。内建行为如下：

CollapsiblePanelFocused：当面板获得焦点时的样式；

CollapsiblePanelTabHover：当面板标题在鼠标浮上时的样式；

CollapsiblePanelOpen：当面板打开时的样式；

CollapsiblePanelClosed：当面板内容区关闭时的样式。

（3）给要使用的行为增加样式。不能替换行为关联的样式名，因为行为的样式名内置在 Spry 框架中，但是可以通过折叠面板构造函数传递 CSS 样式名：

```
<script> var cp1 = new Spry.Widget.CollapsiblePanel("Acc2", {hover Class:
"hover", openClass: "open", closedClass: "closed", focusedClass: "focused" });
</script>
```

3. 键盘导航

让每个元件可以通过键盘访问是很重要的。键盘导航允许元件通过空格或 Enter 键控制，这对不能或不愿意使用鼠标的用户很重要。

在折叠面板元件上打开键盘导航很简单。键盘导航的基础是 TabIndex 属性。这个属性告诉浏览器怎样通过 Tab 键切换。

打开键盘导航，只需要在折叠面板的 Tab 容器上增加一个 tabindex 属性：

```
<div class="CollapsiblePanel" id="cp1" >
  <div class="CollapsiblePanelTab" tabIndex="0">Tab</div>
  <div class="CollapsiblePanelContent">Content</div>
</div>
```

现在键盘导航被打开了。如果有一个 0 值，浏览器将决定顺序。如果有一个正值，这个顺序值才被使用。键盘导航也可以在包含面板内容的<a>标记上使用。

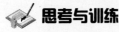 **思考与训练**

1. 简答题

（1）什么是 Spry？

（2）Spry 布局控件包含哪些控件？

2. 实做题

（1）利用 Spry 菜单栏制作一个 Spry 垂直菜单。

（2）利用 Spry 选项卡面板制作文章管理系统中文章内容选项卡。

（3）利用 Spry 折叠式制作一个左侧垂直菜单。

（4）利用 Spry 可折叠式面板制作一个可显示隐藏广告。

工作任务 2 使用 Spry 验证控件

利用 Spry 验证控件能够完成对文本域等多个控件的校验工作，并能结合行为面板一次性校验所有表单控件。

学习目标

通过本工作任务的学习，应该达到：

1. 知识目标

● 理解 Spry 验证控件的含义；

● 掌握 Spry 验证控件的种类及属性的作用；

● 理解 Spry 验证控件事件、动作的含义。

2. 能力目标

● 能利用 Spry 验证文本域验证文本域的最多字符、最少字符、必填、电子邮件地址、提示信息、验证时间等；

● 能利用 Spry 验证密码验证密码文本域；

● 能利用 Spry 验证确认验证重复密码文本域；

● 能利用 Spry 验证选择验证下拉列表；

● 能利用 Spry 验证文本区域验证文本区域；

● 能利用 Spry 验证单选按钮组验证单选按钮组；

● 能利用 Spry 验证复选框验证复选框；

● 能利用行为面板的检查表单命令一次性验证所有选定表单控件。

156

1. 工作任务名称

博客站点中 Spry 验证控件的应用。

2. 工作任务背景

小博在浏览网站时，尤其是新用户注册，经常要输入一系列信息，如输入电子邮件，如果不正确页面会给出提示，如何实现呢？

3. 工作任务分析

在这里小博就需要使用 Dreamweaver CS5 所提供的 Spry 验证控件。利用 Spry 表单验证控件就可以轻松实现表单验证功能，在本工作任务中，利用 Spry 验证控件完成注册表单页面的验证。

4. 条件准备

Windows Server 2003、IIS 6.0、Dreamweaver CS5。

相关知识

Spry 表单控件是一个内建的丰富用户交互功能的页面元素，为用户提供良好的体验。它由三部分组成。

- 组件结构：用来定义组件结构组成的 HTML 代码块；
- 组件行为：用来控制组件如何响应用户启动事件的 JavaScript；
- 组件样式：用来指定组件外观的 CSS。

表单中的 Spry 表单验证控件主要用于验证用户在对象域中所输入内容是否为有效的数据，并在这些对象域中内建了 CSS 样式和 JavaScript 特效，CSS 文件中包含设置组件样式所需的全部信息，而 JavaScript 文件则赋予组件功能。插入组件时，Dreamweaver CS5 会自动将这些文件链接到页面，以便组件中包含该页面的功能和样式。

Spry 验证文本域（Spry 文本框）与普通文本域的区别在于，它可以直接实现对用户输入的信息进行验证，并根据判断条件向用户发出相应的提示信息。该控件具有许多状态，如有效、无效和必需值等，用户可以根据所需的验证结果，使用属性面板来修改这些状态的属性。如当用户注册网站用户时通常需要输入电子邮件，如果用户在输入的文本域中电子邮件地址不包括"@"符号和句点，Spry 验证文本域控件会返回一条消息，声明用户输入的信息无效。又如"用户名"文本域中要求必须输入文本，如果不输入，会提示"用户名不许为空"。

Spry 验证文本区域其实就是多行的 Spry 文本框，两者的主要区别在于属性检查器的设置不同。该区域在用户输入几个文本句子时显示文本的状态（有效或无效）。如果文本区域是必填域，而用户没有输入任何文本，该控件将返回一条消息，声明用户必须输入值。

Spry 验证复选框与传统复选框相比，Spry 验证复选框的最大特点是当用户选择（或没有选择）复选框时会进行相应的操作提示，比如"至少要求选择一项"或"最多只能同时选择三项"等相关提示信息。

Spry 验证选择其实就是在列表/菜单的基础上增加 Spry 验证功能，它可以对下拉菜单所选值实施验证，当用户在下拉菜单中进行选择，或者选择的值无效时进行提示。

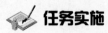

从前面注册页面中可以看到，表单中共有 4 个文本域，1 个单选按钮组，1 个复选框按钮组，1 个文件域，1 个下拉列表框，1 个文本区域，1 个复选框，2 个按钮及多个标签。在输入数据时，需要对数据有一定的要求，这就需要 Spry 验证控件，下面具体介绍 Spry 验证控件的使用方法。

6.2.1 利用 Spry 验证文本域完成注册页面验证

（1）将 06-05 另存为 06/06-05.htm；

（2）选中用户名文本域，单击"插入 | Spry | Spry 验证文本域"或单击 Spry 工具栏中的"Spry 验证文本域"按钮，弹出如图 6.26 所示的对话框。

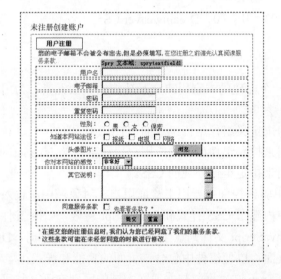

图 6.26　Spry 文本域

（3）单击蓝色区域"Spry 文本域：sprytextfield1"，在属性面板将会显示 Spry 文本域的属性，修改 Spry 文本域"id="sprytextfield1""为"id="stName""，"输入最小字符数"为 6，"最大字符数"为 30，选中"必需的"复选框，设置的含义是该文本域是必填字段，最小要输入 6 个字符，最大不能超过 30 个字符，否则会显示提示信息，设置如图 6.27 所示。

图 6.27　Spry 验证文本域属性面板

（4）选中"电子邮箱"文本域，单击"插入 | Spry | Spry 验证文本域"或单击 Spry 工具栏中的"Spry 验证文本域"按钮，修改 Spry 文本域属性"id="sprytextfield2""为"id="stEmail""，"类型"选择电子邮件地址，选中"必需的"复选框，设置含义是该文本域

要求输入的是必填字段并且是电子邮件地址，否则会显示提示信息，设置如图 6.28 所示。如果想要对提示信息进行修改，选择预览状态右侧的下拉列表框，选择"无效的格式"，在设计窗口将会选择电子邮箱文本域后面的提示信息，修改为"E-Mail 格式无效"即可，或切换到代码视图，对提示信息进行修改即可。

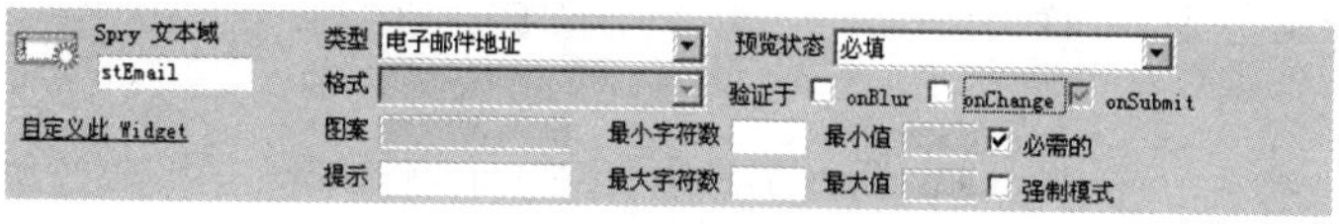

图 6.28　Spry 验证电子邮箱属性面板

（5）选中"密码"文本域，单击"插入｜Spry(S)｜Spry 验证密码"或单击 Spry 工具栏中的"Spry 验证密码"按钮，修改 Spry 验证密码属性面板"最小字符数"和"最大字符数"。也可以修改其他的一些设置，如最小的字母数和最大的字母数等，设置如图 6.29 所示。

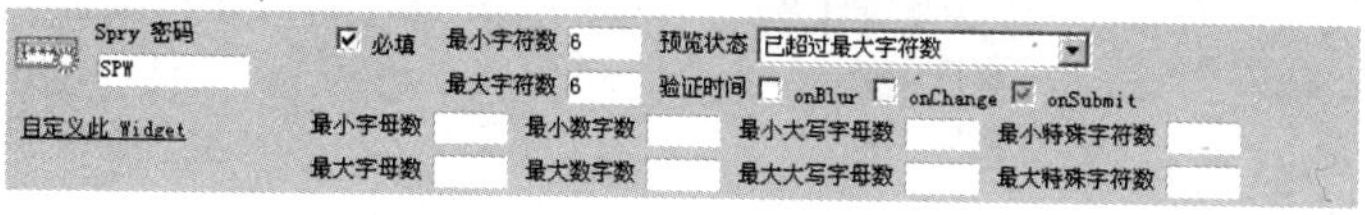

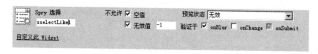

图 6.29　Spry 验证密码属性面板

（6）选择"重复密码"文本域，单击"插入｜Spry(S)｜Spry 验证确认"或单击 Spry 工具栏中的"Spry 验证确认"按钮，修改 Spry 验证确认属性面板，验证参照对象选择密码文本域，即"password"在表单"apForm"，设置如图 6.30 所示。

图 6.30　Spry 验证确认属性面板

（7）选择"你对本网站的感觉后"的下拉列表框，单击"插入｜Spry(S)｜Spry 验证选择"或单击 Spry 工具栏中的"Spry 验证选择"按钮，修改 Spry 验证选择属性面板，选中不允许空值，并将 onBlur 事件选中，设置如图 6.31 所示。

图 6.31　Spry 验证选择属性面板

（8）选择"其他说明后"的文本区域，单击"插入｜Spry(S)｜Spry 验证文本区域"或单击 Spry 工具栏中的"Spry 验证文本区域"按钮，修改 Spry 验证文本区域属性面板，设置"最小字符数"为 6 个字符，最大字符数为 300 个字符，选择字符计数，并将 onBlur 事件选中，这就要求在文本区域输入的字符数最少是 6 个字符，最多不超过 300 个字符，并在输入过程中字符能够显示输入的字符数，设置如图 6.32 所示。

图 6.32　Spry 验证文本区域属性面板

（9）选择"性别"单选按钮组，单击"插入｜Spry(S)｜Spry 验证单选按钮组"或单击

Spry 工具栏中的"Spry 验证单选按钮组"按钮，修改 Spry 验证单选按钮组属性面板，选中必填项，设置如图 6.33 所示。

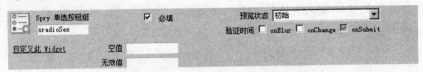

图 6.33　Spry 验证单选按钮组属性面板

（10）选择"同意服务条款后"的复选框，单击"插入 | Spry(S) | Spry 验证复选框"或单击 Spry 工具栏中的"Spry 验证复选框"按钮，修改 Spry 验证复选框属性面板，选中必填项，设置如图 6.34 所示。

图 6.34　Spry 验证复选框属性面板

至此，注册页面控件验证结束，浏览效果如图 6.35 所示。

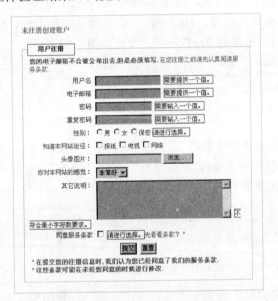

图 6.35　注册页面验证效果图

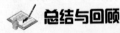
总结与回顾

　　本工作任务主要介绍了利用 Spry 验证控件验证注册表单的操作步骤，Spry 验证控件包括 Spry 验证文本域、Spry 验证密码、Spry 验证确认验证、Spry 验证选择、Spry 验证文本区域、Spry 验证单选按钮组、Spry 验证复选框等验证控件。在具体使用过程中，根据控件的不同设置不同的验证方式，如最多字符、最少字符、必填、电子邮件地址、提示信息、验证时间等。

 **拓展知识**

1. Spry 行为特效

SpryEffects.js 包含了所有的 Spry 特效。这个文件相对较小(大概 9 KB)并且可以同其他库独立使用，它没有其他依赖，必须在 HTML 的头部调用这个文件。

目前，Spry 包括以下 7 个特效。

- 渐显/渐隐：使元素渐显或隐藏；
- 高亮：闪烁一个元素的背景色；
- 扩展/收缩：模拟一个窗口扩展或收缩，影响的元素内容位置不变；
- 滑动：模拟一个窗口滚动，影响的元素向上/下滚动或向左/右；
- 展开/收起：收缩或扩展元素；
- 晃动：快速左右移动元素；
- 挤压：从元素的左上角扩展/收缩。

对于前面的 Spry 数据集及其附带的元件，我们将 Spry 特效设计成当框架工作时更方便地集成到页面。不需要新的标签或陌生的语法。设计师只需要基本的 JavaScript 知识就可以方便地部署这些效果。高级的用户也可以将基本的特效合并创建更复杂更炫的特效。

下面演示了一个基本的特效：

```
onClick="Spry.Effect.AppearFade('target',{duration: 1000,from: 0, to: 100,
toggle: true;});"
```

2. 一次性检查表单

在网上浏览时，经常会填写一些表单并提交，大多数时候都会由程序自动校验表单填写的内容，对用户输入信息加以适当限制。"检查表单"行为可检查指定文本字段的内容，以确保用户输入了正确的数据类型。此行为配合 onBlur 事件，则将检查表单动作附加到各文本字段，则在用户填写表单时就对该域进行检查；配合 onSubmit 事件，则将检查表单动作附加整个表单，当用户单击"提交"按钮后，一次校验所有填写内容的合法性。具体操作步骤如下：

（1）将 06/06-05.htm 文件另存为 06/06-06.htm，分别选中表单内的文本域或文本区域。

（2）若要在用户提交表单时验证多个域，选中状态栏上的<form>标记（选择红色虚线单击即可，该行为主要针对<form>添加），在行为面板中单击按钮添加行为，从弹出菜单中选择"检查表单"命令，弹出"检查表单"对话框，如图 6.36 所示。

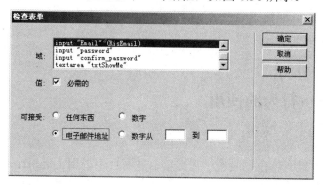

图 6.36 "检查表单"对话框

在图 6.36 "检查表单"对话框中，参数说明如下：

● 域：该列表框中列出了表单中需要检查的文本字段。

● 值：是否要求用户必需填写此项，选中该复选框，则此项为必填项目。

● 可接受：该选项组设置表单填写内容的要求。"任何东西"对用户的填写内容不做限制；"数字"要求用户填写的内容只能是数字；"电子邮件地址"浏览器会自动检查用户填写内容是否有邮件的 "@" 符号；"数字从"将对用户填写的数字范围作出规定。

（3）单击"确定"按钮后，该行为激活事件 onSubmit 事件自动出现在"事件"菜单中，如图 6.37 所示。当用户单击"提交"按钮时，行为一次校验表单的有效性。在用户填写了不符合规范的信息后，浏览器会根据用户填写的情况给出警告。

（4）若要在用户填写表单时分别验证各个域，则分别检查默认事件是否为 onBlur 或 onChange。如果不是，请将事件修改为其中一个事件。当用户从该域移开焦点时，这两个事件都会触发"检查表单"行为。如果需要该域，最好使用 onBlur 事件。

图 6.37　行为面板

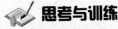 **思考与训练**

1．简答题

（1）Spry 验证控件有哪几类，各应用于什么场合？

（2）Spry 验证控件中对象、事件、动作的关系是什么？

2．实做题

（1）利用 Spry 验证控件完成对已注册用户登录页面的验证。

（2）利用 Spry 验证控件完成对注册页面的验证。

工作任务 3　行为的使用

行为（Behaviors）是响应某一事件（Event）而采取的一个动作（Action）。行为是 Dreamweaver CS5 中最有特色的功能，它实质上是网页中调用 JavaScript 代码，以实现网页的动态效果，但使用了 Dreamweaver CS5 的行为功能，就不需要掌握复杂的 JavaScript 代码而轻松完成一个需要几十行甚至几百行代码才能完成的功能。

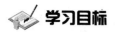 **学习目标**

通过本项目的学习，应该达到：

1. 知识目标

- 理解行为的作用及组成；
- 理解行为、事件、动作的关系。

2. 能力目标

- 能利用行为面板打开浏览器窗口；
- 能利用行为面板添加各种 Spry 效果；
- 能利用行为面板设置文本；
- 能利用行为面板调用 JavaScript 及跳转 URL。

 **引导案例**

1. 工作任务名称

Spry 行为的使用。

2. 工作任务背景

小博通过前面的学习，感觉 Dreamweaver CS5 太神奇了，不用手写代码就可以做了这么多漂亮的控件，还有没有其他特殊的功能呢？

3. 工作任务分析

Dreamweaver CS5 的神奇之处就是不用编写太多的代码就能获得你意想不到的效果。如果想要使网页更"聪明"的话，就要使用行为来感知外界的信息并做出相应的响应。这些外界信息包括鼠标的活动，如页面的调用与关闭、鼠标移动到页面元素上点击元素或移开元素，以及焦点的改变和键盘的情况等各种变化，对不同的页面内容有不同的事件，从而产生不同的动作，也就是对事件的响应。现在就进入 Dreamweaver CS5 行为使用的神奇之旅。

4. 条件准备

Windows Server 2003、IIS 6.0、Dreamweaver CS5。

 **相关知识**

行为是用来动态响应用户操作、改变当前页面效果或是执行特定任务的一种方法。行为是由事件和动作构成。如当鼠标移动到对象上，这个对象会发生预定义的变化，鼠标移动到对象上是事件，发生的变化是动作。事件是为大多数浏览器理解的通用代码，浏览器通过编译来执行动作，动作是用于完成特别使命的预先编好的 JavaScript 代码。一个事件可以触发许多动作，这时可以定义它们执行的顺序。这样就可以实现丰富的动态页面结果，达到用户与页面的交互。

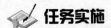

6.3.1　打开行为面板

（1）单击"窗口 | 行为"，打开如图 6.38 所示的行为面板。

（2）在行为面板上面有一些按钮，分别是"显示设置事件"、"显示所有事件"、"添加行为"、"删除事件"、"降低事件值"和"增加事件值"，如图 6.39 所示。

（3）单击"添加行为"按钮，在图 6.40 中列出当前可用的行为。如果行为是灰色，说明当前没有可操作的对象。

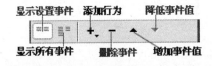

图 6.38　行为面板　　　　　　图 6.39　行为面板按钮　　　　　　图 6.40　添加行为

6.3.2　打开浏览器窗口

当浏览许多网站时，当打开主页时，经常跳出其他的窗口，或是广告，或是重要通知等，在 Dreamweaver CS5 中利用行为面板的打开浏览器窗口就可以轻松地实现。具体操作步骤如下：

（1）新建 HTML 文档，保存为 06-07.htm。

（2）打开行为面板，添加行为，选择"打开浏览器窗口"选项，如图 6.41 所示。在该对话框中，输入要显示的 URL 地址，窗口的高度和宽度以及窗口的一些属性及名称。

（3）单击"确定"按钮，将在行为面板中添加相应的事件及动作，默认事件是"onLoad"，当加载网页时，打开浏览器窗口，如图 6.42 所示。

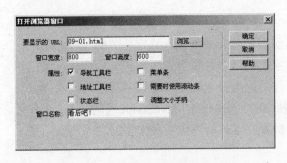

图 6.41　"打开浏览器窗口"对话框　　　　　　图 6.42　行为面板中的事件

164

当选定某个动作时，事件右侧出现一个箭头，按此箭头产生一个事件处理的下拉列表框，通过下拉列表框可选择触发动作发生的条件，以下是常用事件及描述。

OnClick：当访问者在指定的元素上单击时产生。

onDblClick：当访问者在指定的元素上双击时产生。

onKeyDown：当按下任意键的同时产生。

onKeyPress：当按下和松开任意键时产生，此事件相当于把 onKeyDown 和 onKeyUp 这两个事件合在一起。

onKeyUp：当按下的键松开时产生。

onLoad：当一图像或网页载入完成时产生。

onMouseDown：当访问者按下鼠标时产生。

onMouseMove：当访问者将鼠标在指定元素上移动时产生。

onMouseOut：当鼠标从指定元素上移开时产生。

onMouseOver：当鼠标第一次移动到指定元素时产生。

onMouseUp：当鼠标弹起时产生。

onSubmit：当访问者提交表格时产生。

onUnload：当访问者离开网页时产生。

6.3.3 添加弹出信息窗口

（1）新建 HTML 文档，保存为 06-08.htm。

（2）打开行为面板，添加行为，选择"弹出信息"选项，如图 6.43 所示。在该对话框中，输入要显示的消息内容。

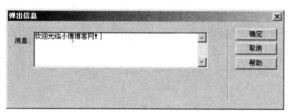

图 6.43 "弹出信息"对话框

（3）单击"确定"按钮，在行为面板中添加"弹出信息"行为，如图 6.44 所示。浏览显示如图 6.45 所示。

图 6.44 添加"弹出信息"行为　　　　图 6.45 弹出信息效果图

6.3.4 设置文本

（1）将登录页面另保存为 06-09.htm。

（2）选择用户名后的文本域，打开行为面板，添加行为，选择"设置文本 | 设置文本

域文本"选项,弹出如图 6.46 所示的对话框。在该对话框中,输入要显示的消息内容。

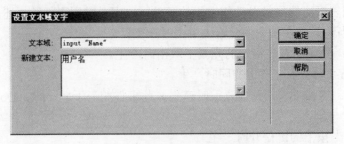

图 6.46 "设置文本域"对话框

(3)单击"确定"按钮,在行为面板中添加了"设置文本域文字"行为,选择事件下拉列表框下的 onMouseMove,即当鼠标移到此文本域时,显示提示信息。

(4)再次添加行为,选择"设置文本 | 设置文本域文本"选项,在该对话框中,提示信息为空,将事件选择为"onMouseOut",即将鼠标移出此文本域时,不显示任何提示信息。

(5)将鼠标移到空白部分,添加行为,选择"设置文本 | 设置状态栏文本",弹出如图 6.47 所示的对话框,输入要在状态栏显示的文本。

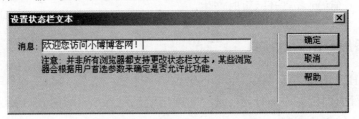

图 6.47 "设置状态栏文本"对话框

(6)单击"确定"按钮,在行为面板中添加了"设置状态栏文本",选择事件为"onLoad"。显示效果如图 6.48 所示。

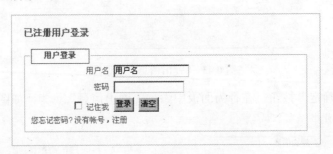

图 6.48 设置文本效果图

6.3.5 Spry 效果

(1)新建 HTML 页面,保存为 06-10.htm。

(2)在其中插入一幅图片,选中图片,打开行为面板,添加行为,选择"效果 | 增大/收缩"选项,弹出如图 6.49 所示的对话框。可以根据需要设置效果持续时间、效果、增大或收缩的比例及收缩到的位置。

图 6.49 "增大/收缩" 对话框

（3）单击"确定"按钮，在行为面板中添加了"增大/收缩"行为，事件为"onClick"。

（4）选择图片，添加行为，选择"效果|挤压"选项，弹出如图 6.50 所示的对话框。

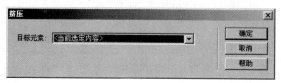

图 6.50 "挤压" 对话框

（5）单击"确定"按钮，在行为面板中添加了"增大/收缩"行为，事件选择为"onDblClick"，即当鼠标双击时发生。

（6）选择图片，添加行为，选择"效果|显示/渐隐"选项，弹出如图 6.51 所示的对话框。在此对话框中，设置效果持续时间、效果及渐隐显示的比例，效果为显示时，比例从小到大，为渐隐时，比例从大到小。

图 6.51 "显示/渐隐" 对话框

（7）单击"确定"按钮，在行为面板中添加了"显示/渐隐"行为，事件选择为"onMouseOver"，即当鼠标移到图片上面时发生。

（8）选择图片，添加行为，选择"效果|晃动"选项，弹出如图 6.52 所示的对话框。

图 6.52 "晃动" 对话框

（9）单击"确定"按钮，在行为面板中添加了"晃动"行为，事件选择为"onMouseMove"，即当鼠标移过图片时发生。

（10）选择图片，添加行为，选择"效果|高亮颜色"选项，弹出如图 6.53 所示的对话

框。设置效果持续时间、起始颜色、结束颜色及应用效果后的颜色。

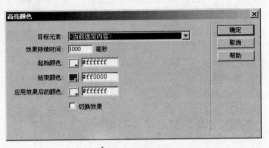

图 6.53 "高亮颜色"对话框

（11）单击"确定"按钮，在行为面板中添加了"高亮颜色"行为，事件选择为"onMouse Out"，即当鼠标移出图片时发生。

（12）新建 HTML 页面，保存为 06-11.htm，在页面中插入一个 Div，id 为 DivTest，在 Div 标签中插入一幅图片要使滑动效果正常工作，必须将目标元素封装在具有唯一 ID 的容器标签中。用于封装目标元素的容器标签必须是 blockquote、dd、form、div 或 center 标签。

（13）选择 Div 标签，添加行为，选择"效果｜滑动"选项，弹出如图 6.54 所示的对话框。设置效果持续时间、效果、上滑或下滑比例。如果向上滑动，比例从大到小，相反，如果下滑，比例从小到大。

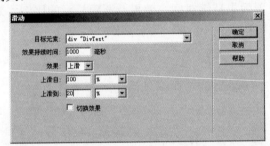

图 6.54 "滑动"对话框

（14）单击"确定"按钮，在行为面板中添加了"滑动"行为，事件选择为"onMouseOver"，即当鼠标移到区块上面时发生。

（15）选择 Div 标签，添加行为，选择"效果｜遮帘"选项，弹出如图 6.55 所示的对话框。设置效果持续时间、效果、向上遮帘或向下遮帘比例。如果向上滑动，比例从大到小，相反，如果下滑，比例从小到大。

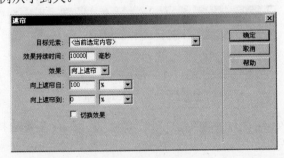

图 6.55 "遮帘"对话框

（16）单击"确定"按钮，在行为面板中添加了"遮帘"行为，事件选择为"onClick"，即当鼠标单击时发生。

 **总结与回顾**

本工作任务简要介绍了行为的使用，行为是由对象、事件和动作构成。对象是产生行为的主体。网页中的很多元素都可以成为对象，例如，整个 HTML 文档、插入的一个图片、一段文字、一个媒体文件等。对象也是基于成对出现的标签的，在创建时首先选中对象的标签。事件是触发动态效果的条件，网页事件分为不同的种类，有的与鼠标有关，有的与键盘有关，如鼠标单击、键盘某个键按下；有的事件和网页相关，如网页下载完毕，网页切换等。对于同一个对象，不同版本的浏览器支持的事件种类和多少是不一样的。

动作是最终产生的动态效果。动态效果可能是图片的翻转、连接的改变、声音播放等。

行为可以附加到整个文档，还可以附加到链接、图像、表单元素或其他 HTML 元素中的任何一种，用户可以为每个事件指定多个动作。动作按照它们在行为面板的动作列表中列出的顺序发生，但应注意的是不同的浏览器支持的行为事件可能是不一样的。

Dreamweaver CS5 提供了 Spry 效果库，可以轻松地向页面中添加多种视觉效果，无需刷新即可显示。Spry 效果库包括增大/收缩、挤压、显示/渐隐、晃动、滑动、遮帘、高亮颜色等 7 种效果。此外还介绍了设置文本、打开浏览器窗口等行为。在 Dreamweaver CS5 中，还有其他许多行为，如跳转菜单、调用 JavaScript 及跳转 URL 等其他行为，将在拓展知识部分进行介绍。

拓展知识

1. 跳转菜单

利用 Dreamweaver CS5 中的跳转菜单功能，可以很轻松地完成"友情链接"的制作，具体操作步骤如下：

（1）新建 HTML 页面，保存为 06-12.htm。

（2）单击"插入 | 表单 | 跳转菜单"，弹出如图 6.56 所示的对话框。

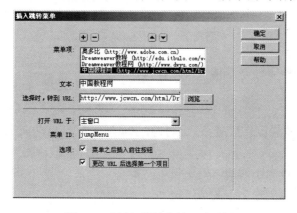

图 6.56　"插入跳转菜单"对话框

项目 6 Spry 控件及行为的使用

（3）在对话框中，输入超链接的文本、选择时，转到 URL、打开 URL 的位置及其他选项后，单击"确定"按钮，浏览显示如图 6.57 所示。当然，也可以修改按钮上显示的文本，选择文本，在属性面板中选择值为"Go"即可进行修改。在行为面板中可以看到添加了"跳转菜单"行为。

2．调用 JavaScript 及跳转 URL

"调用 JavaScript"行为在事件发生时执行自定义的函数或 JavaScript 代码行。（可以自己编写 JavaScript，也可以使用 Web 上各种免费的 JavaScript 库中提供的代码。）

（1）选择一个对象，然后从行为面板的添加"调用 JavaScript"行为。

（2）准确输入要执行的 JavaScript 或输入函数的名称。例如，若要创建一个"关闭"按钮，可以输入 window.close();

（3）单击"确定"按钮，在行为面板中可以看到添加了"调用 JavaScript"行为。浏览时单击"关闭"按钮即可关闭窗口。

（4）再次添加一个按钮，将按钮名字修改为"首页"，选择该按钮对象并打开"行为"面板，添加"转到 URL"行为，弹出"转到 URL"对话框，如图 6.58 所示。

图 6.57　跳转菜单　　　　　　　　　　图 6.58　"转到 URL"对话框

（5）从"打开在"列表中选择 URL 的目标。"打开在"列表自动列出当前框架集中所有框架的名称以及主窗口。如果没有任何框架，则主窗口是唯一的选项。单击"浏览"按钮选择要打开的文档，或在"URL"文本框中输入该文档的路径和文件名。这样当单击按钮时，将跳转到其他网页。

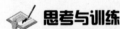 思考与训练

1．简答题

（1）什么是行为？

（2）行为中有哪些事件？具体含义是什么？

2．实做题

（1）利用 Spry 效果制作广告条。当打开主页时，广告自动向上滑动（类似网易首页广告）。

（2）利用行为面板为小博博客网站设置文本。

（3）利用跳转菜单制作一个友情链接。

项目 7

Web 数据库基础

教学导航◎

本项目主要讲述了 Web 开发中数据库的基础知识，分别对连接 Aceess 数据库、连接 SQL Server 数据库以及 ADO.NET 与数据库的访问做了介绍。在开发 Web 程序过程中，Web 数据库将 Web 技术与数据库技术有机地融合在一起，用户通过浏览器就可以完成对后台数据库中数据的插入、删除、查询和修改等操作。

本项目共分 3 个工作任务，工作任务 1 主要介绍在 Access 2003 中创建、管理数据库和数据表，以及如何在 Web 程序中连接 Access2003 数据库。工作任务 2 主要介绍如何在 SQL Server 2005 中创建、管理数据库和数据表，以及如何在 Web 程序中连接 SQL Server 2005 数据库。工作任务 3 主要介绍 ADO.NET 的内置对象以及使用 ADO.NET 对象访问数据的方法。

通过本项目的学习，应达到以下的目标：
★　掌握 SQL 的基本语法；
★　学会创建、管理以及连接 Access 2003 数据库和表；
★　学会创建、管理以及连接 SQL Server 2005 数据库和表；
★　掌握 ADO.NET 的内置对象；
★　掌握如何使用 ADO.NET 对象访问数据库；
★　掌握如何使用 Datalist 控件和 Repeater 控件绑定数据源并显示数据。

工作任务 1　连接 Access 数据库

纵观现在的 Web 网页，几乎都是动态网页，例如各大搜索引擎、含有会员注册的网站、网站邮件系统、购物网站以及本书介绍的博客等，要创建这样一个动态网站常常需要存储和组织海量数据，为了方便对这些数据进行操作，就需要利用一些常用的数据库管理系统来完成这些功能，如 SQL Server，Access，MySQL，Oracle 等，数据库技术的使用在创建网站中占有十分重要的地位。本工作任务主要介绍在 Web 站点开发过程中 Access 数据库的使用和管理方法。

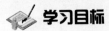 **学习目标**

通过本工作任务的学习，应该达到：

1. 知识目标

- 了解 Web 数据库的相关知识；
- 掌握 Access 数据库的相关知识；
- 掌握访问 Access 数据库的连接字符串设置方法。

2. 能力目标

- 能创建 Access 数据库及数据表；
- 能添加、删除 Access 数据表以及修改数据表结构；
- 能连接 Access 数据库。

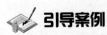 **引导案例**

1. 工作任务名称

在博客站点中连接 Access 数据库。

2. 工作任务背景

经过上面基础篇的介绍，小博已经学会了利用 Dreamweaver CS5 制作动态网站的页面，那么如何新建数据库和数据库表，以及如何将数据库中的数据连接到网页中，给小博带来了一个新的学习课题。

3. 工作任务分析

小博发现微软公司的 Access 2003 是一款功能强大、方便灵活的小型关系数据库管理系统，非常适合初学者的学习和使用。无须编写任何代码，只需要通过直观的可视化操作就可以完成大部分数据库管理任务。

4. 条件准备

Dreamweaver CS5，Access 2003。

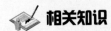 **相关知识**

1. 数据库基本概念

数据库是计算机软件的一个重要分支，是近年来发展迅速的一门学科。从广义上说，数据库可以理解为长期保存在计算机外存上的、有结构的、可共享的数据集合。简单地说，可以把数据库定义为数据的集合，或者说数据库就是为了实现一定的目的而按某种规则组织起来的数据集合。

数据库是管理信息的常规方法，可以将庞大而复杂的信息以有序的方式组织起来，便于修改和查询，可以免除管理人员手工处理这些庞杂的数据，同时在数据的保护、存取控制、备份上附加了很多重要的功能。

数据库管理系统是一种操纵和管理数据库的大型软件，用于建立、使用和维护数据，简称 DBMS。目前常用的有 Microsoft Access 2003、Microsoft SQL Server 2005、Oracle 9i 等。用户通过 DBMS 访问数据库中的数据，数据库管理员也通过 DBMS 进行数据库的维护工作。它提供多种功能，可使多个应用程序和用户用不同的方法在同时或不同时刻去建立、修改和查询数据库。目前使用最多的是基于关系代数的关系数据库管理系统（RDBMS）。数据按照表存放，一个数据库可以有多个数据表，每个表由行和列组成。而不同行中相同的字段具有相同的属性。使用结构化查询语言 SQL 可对其进行操作。

2．Web 数据库简介

数据库是指按照一定的结构和规则组织起来的相关数据的集合，是存放数据的"仓库"，据此将 Web 数据库定义为以后台数据库为基础的，加上一定的前台程序，通过浏览器完成数据存储、查询等操作的系统。

数据库技术是计算机处理与存储数据的最有效、最成功的技术，而计算机网络的特点是资源共享，因此数据与资源共享这两种技术的结合即成为今天广泛应用的 Web 数据库。

一个 Web 数据库就是用户利用浏览器作为输入接口，输入所需要的数据，浏览器将这些数据传送给网站，而网站再对这些数据进行处理，例如，将数据存入后台数据库，或者对后台数据库进行查询操作等，最后网站将操作结果传回给浏览器，通过浏览器将结果告知用户。网站上的后台数据库就是 Web 数据库。

通常，Web 数据库由硬件元素和软件元素组成。硬件元素包括 Web 服务器、客户机、数据库服务器、网络。软件元素包括客户端必须有能够解释执行 HTML 代码的浏览器(如 IE，Netscape 等)；在 Web 服务器中，必须具有能执行可以自动生成 HTML 代码的程序的功能，如 ASP，CGI 等；具有能自动完成数据操作指令的数据库系统，如 Access，SQL Server 等。

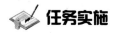 **任务实施**

7.1.1　创建 Access 数据库

Access 的数据库文件包含了该数据库中的全部数据表、查询等其他对象，把它们放在同一个数据库文件中。Access 的数据库文件默认的扩展名是：.mdb。现在小博需要做的是，创建一个文件名为"blog.mdb"的 Access 数据库，数据库中共有 BlogAdmin、BlogArticle、BlogClass、BlogDiscuss、BlogSystem 共 5 个数据表，下面将介绍如何新建 Access 数据库。

（1）启动"Microsoft Access 2003"，选择"文件"｜"新建"命令，或单击工具栏上的"新建"按钮，就会在窗口右边显示出"新建文件"子对话框，如图 7.1 所示。

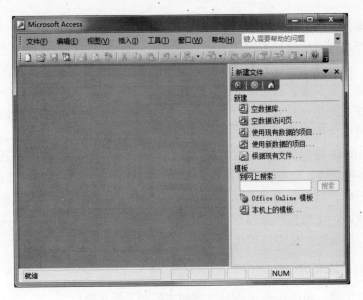

图 7.1 "新建文件"对话框

（2）选择"空数据库"选项，然后在如图 7.2 所示的"文件新建数据库"对话框中选择保存位置并输入文件名"blog"。

图 7.2 "文件新建数据库"对话框

（3）单击"创建"按钮即可完成新建 blog 数据库，此时 Access 程序就会弹出 blog 数据库窗口，如图 7.3 所示。

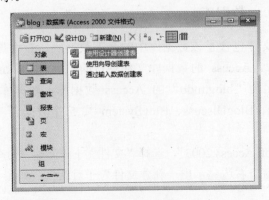

图 7.3 "blog"数据库窗口

7.1.2　创建 Access 数据表

经过上面所述的 3 个步骤，小博需要的"blog.mdb"数据库就新建完成了，紧接着小博开始新建数据库中 5 个数据表了。在 Access 数据库中，创建新数据表有 3 种方式，它们分别为使用设计图创建表、使用向导创建表和通过输入数据创建表。本工作任务中，小博选择了使用设计图创建表方式创建数据表。

（1）双击"使用设计图创建表"选项，弹出创建表的输入界面，如图 7.4 所示，在界面中依次添加 ID、BlogName、BlogURL、BlogPage、BlogDisplay、BlogMusic、BlogCopyRight 共 7 个字段，分别表示博客 ID、博客名称、博客地址、博客每页显示文章数、博客文章显示类别、博客在线音乐、博客版权信息，并把 ID 设为该表的主键，其他字段类型为"自动编号"，操作界面如图 7.5 所示。

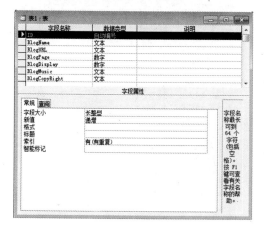

图 7.4　创建新表窗口　　　　　　　　图 7.5　设置主键

（2）单击"保存"按钮，弹出"另存为"对话框。在"表名称"文本框中输入"BlogSystem"，如图 7.6 所示。单击"确定"按钮即可创建表 BlogSystem。最后在该表中添加所需要的数据。

图 7.6　保存数据表对话框

（3）按照同样方法可以创建该数据库的其他数据表。

7.1.3　索引字段

索引（Index）字段是表中用来区别不同记录、决定排列次序或数据检索的依据，在每一个表中都必须有索引字段，尤其在检索数据时，利用索引字段可以提高数据检索的效率，这一节小博将学习索引字段的概念与操作技巧。

1. 主键字段

所谓主键（Primary Key）是指所有字段中用来区别不同数据记录的依据，主键字段所存的数据是唯一能识别表中的每一条记录，换句话说，在主键字段中的数据必须具有唯一性，不可以重复。

在上面讲到创建数据表时，小博手动指定了一个字段 ID 为主键，当然也可以不用指定，Access 2003 会自动产生一个主键字段"编号"（类型为自动编号），并在行选择格中出现 ♥ 符号，表示该字段为主键字段。

2. 更改主键字段

主键字段设置好后，设计者也可以自行指定、更改主键字段，具体方法如下：

（1）在想要编辑的表名称处单击右键，选择"设计视图"，弹出图 7.7 所示的对话框。

（2）右键单击需要修改的字段行，选择"主键"，如图 7.8 所示。单击"保存"按钮即完成修改。

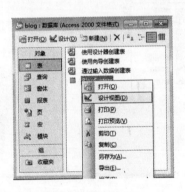

图 7.7 设计视图

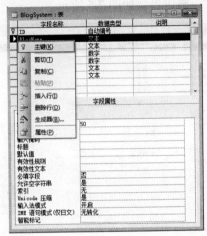

图 7.8 修改主键字段

若表中原本已设定主键字段，更改主键字段后，原本主键字段前面的 ♥ 符号就会消失。一个表可以将一个字段设为主键字段，也可以选取多个字段（最多 10 个字段）设定为主键字段（使用字段组作为主键）。但通常尽可能选择占用空间较小的字段作为主键字段比较好，因为这样在检索、排序时速度会快一些。

3. 设定索引字段

主键字段是为了辨识不同的数据记录，而索引字段则用来检索、搜索、排序数据。经常需要用来检索、排序的字段就可以将它设定为索引字段。

此外，Access 会自动在表的主键字段中建立索引，并使用该索引找出记录。

设定索引字段的操作方法如下：

打开表的设计窗口，然后在要设定为索引的字段上单击鼠标左键，在下面的字段属性中，单键"索引"后面的下拉框，选择"有（可重复）"或者"有（无重复）"，如图 7.9 所示。

4. 显示索引字段状态

字段被设定为索引字段或主键字段后，可以将所有字段的索引状态显示出来，以便了解目前的设定情况。具体操作方法如下：

（1）打开表的设计视图，然后鼠标左键单击表设计工具栏上的"索引"按钮，如图 7.10 所示。

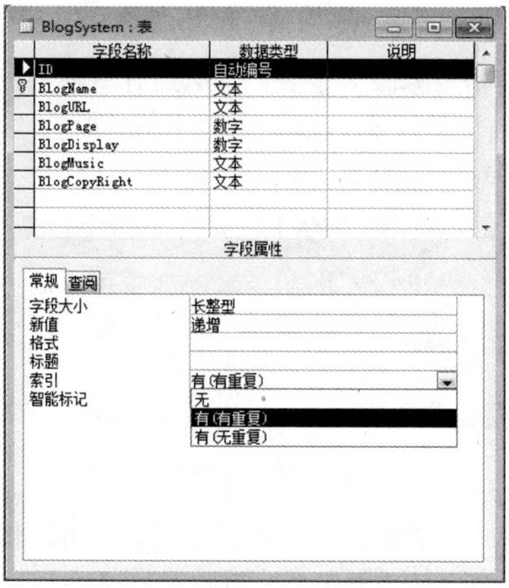

图 7.9　修改索引字段

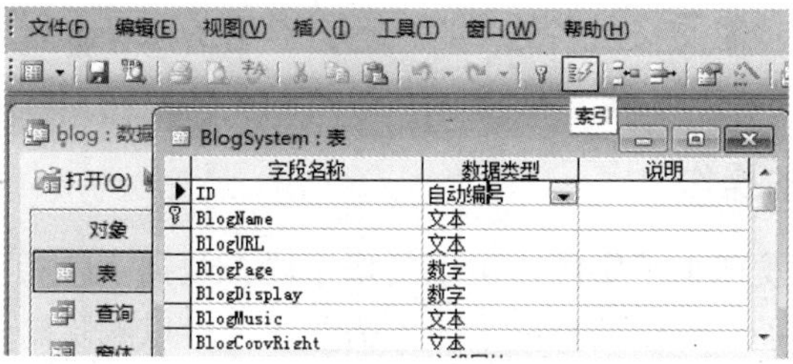

图 7.10　表设计工具条上的"索引"按钮

（2）完成后，出现索引窗口，显示目前索引字段的设定状态，如图 7.11 所示。

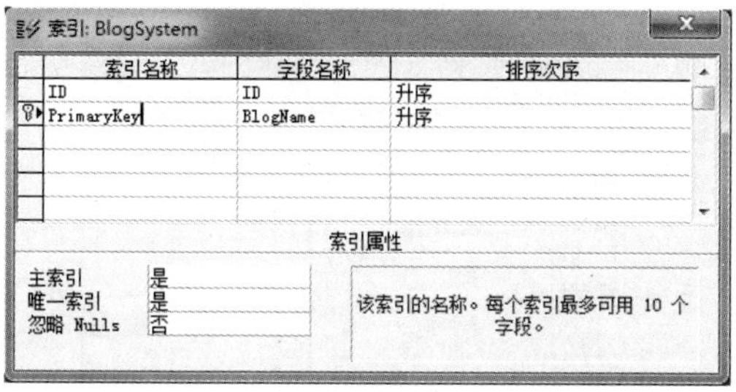

图 7.11　目前索引字段的设定状态

7.1.4　管理表及数据

在创建数据库、表、表的索引、表的主键之后，随着用户对所建数据库的应用更加深入，就会发现，当初所建数据库、表有很多需要改动的地方，这就涉及到修改数据库、表的工作。

1. 对数据表的操作

在使用中，用户可能会对已有的数据库进行修改。在修改之前，用户应该考虑全面，因为表是数据库的核心，它的修改将会影响到整个数据库及应用程序。打开的表或正在使用的表是不能进行修改的，必须先将其关闭。如果 Web 程序正在使用，必须保证所有用户均已退出使用。

（1）备份表。如果用户需要修改多个表，那么最好将整个数据文件备份。数据库文件的备份，与 Windows 下普通文件的备份一样，复制一份即可。复制方法很简单，就是"文件"菜单下的"另存为"选项，如图 7.12 所示。

图 7.12　备份表

（2）删除表。如果数据库中含有用户不再需要的表，可以将其删除。删除数据表必须慎重考虑，不可轻举妄动，要考虑清楚了，方可实施，它是一个危险的动作。具体方法为：选中所要删除的数据表，右键选择"删除"，然后单击"确定"按钮即可。

（3）更改表名。有时需要将表名更改，使其具有新的意义，以方便数据库的管理。通过右键表名选择"重命名"可以很快地更改表名。

2. 对数据表结构的操作

数据表建立后，若发现少了字段，可以新增字段；数据字段相似，可以复制后再加以修改，字段顺序不恰当了，可以调整；字段不需要了，可以删除。下面简要介绍数据库中表结构的操作方法，这些方法都将在 Access 的设计视图中进行，如图 7.7 所示。

（1）插入新字段。操作的方法是在所需要添加字段的位置，单击右键选择"插入行"，如图 7.13 所示，然后输入字段名称和数据类型。

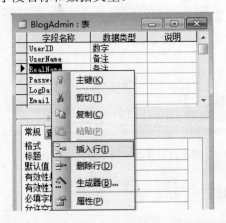

图 7.13　插入新字段

（2）移动字段。可以拖住所要移动顺序的字段，移动到目标位置上后松开鼠标左键。

（3）复制字段。Access 2003 提供了复制字段功能，以便在建立相同或相似的字段时使用。它通过剪贴板操作完成，也可以右键单击相似字段所在行，选择"复制"。

（4）删除字段。选中所要删除字段的行，右键单击选择"删除行"。应当注意：删除字段将导致该字段的数据无法恢复。

（5）修改字段属性。用户可以在设计表结构之后，重新更改字段的属性。其中最主要的是更改字段的数据类型和字段长度。具体方法为左键单击要修改字段的行，在字段属性里修改相应值，如图 7.14 所示。

图 7.14　修改字段属性

3. 对数据表记录的操作

当数据库和数据表新建完成后，里面没有任何数据，下面就将介绍如何在表中对数据记录进行操作。

（1）新增记录。双击打开所要修改的数据表，如图 7.15 所示，将光标移到最后一条记录处，输入各字段数据。新增记录数据时，会将新的记录排在原有记录的后面，无法从中间插入新的记录数据。

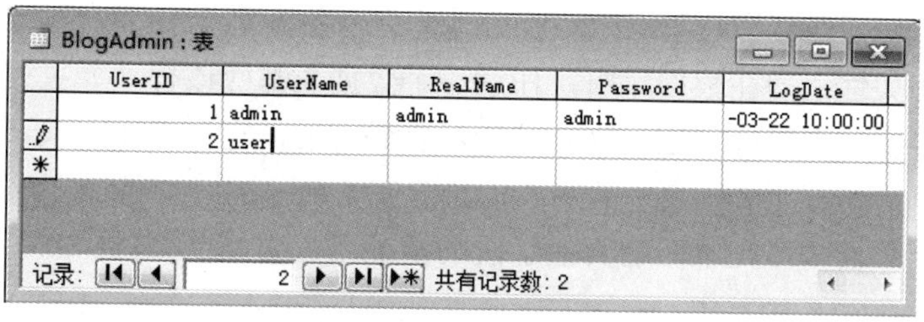

图 7.15　新增一条记录

（2）删除记录。选中要删除的那条记录行，单击右键选择"删除记录"，如图 7.16 所示。也可删除多行记录，方法为选中多行记录，然后删除。

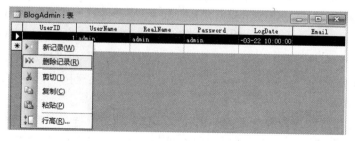

图 7.16　删除一条记录

7.1.5　连接 Access 数据库

ASP.NET 配置数据存储在 XML 文本文件中，且都命名为 Web.config。在 Web.config 文件中可以使用配置节<connectionStrings>来配置应用程序的配置数据库连接字符串。在配置数据库连接字符串时，使用了<add…></add>方式，小博的博客在 Web.config 中关于使用 oleDB 数据访问技术来配置连接字符串的具体序代码如下：

```
<connectionStrings>
    <appSettings>
        <add key="connectionstring" value= "provider=microsoft.jet. oledb.
4.0; data source= blog.mdb;"/>
    </appSettings>
<connectionStrings/>
```

 **总结与回顾**

Access 2003 数据库是所有相关对象的集合，包括表、查询、窗体、报表、宏、模块、Web 页等。每一个对象都是数据库的一个组成部分，其中，表是数据库的基础，它存储数据库中的数据。而其他对象只是 Access 提供的用于对数据库进行维护的工具而已。正因为如此，设计一个数据库的关键，就集中在建立数据库中的基本表上。

关系型数据库不管设计得好坏，都可以存取数据，但是不同的数据库在存取数据的效率上有很大的差别。为了更好地设计数据库中的表，下面提供几条一般规则供大家讨论。

（1）字段唯一性，即表中的每个字段只能含有唯一类型的数据信息。在同一字段内不能存放两类信息。

（2）记录唯一性，即表中没有完全一样的两条记录。在同一个表中保留相同的两条记录是没有意义的。要保证记录的唯一性就必须建立主关键字。

（3）功能相关性，即在数据库中，任意一个数据表都应该有一个主关键字段，该字段与表中记录的各实体相对应。这一规则是针对表而言的，它一方面要求表中不能包含与该表无关的信息，另一方面要求表中的字段信息能完整地描述某一记录。

（4）字段无关性，即在不影响其他字段的情况下，必须能够对任意字段进行修改（非主关键字段）。

拓展知识

除了上面讲的通过 Web.config 中配置数据库连接字符串，Dreamweaver CS5 中也提供了多种连接到数据库的方法，除了最常用的是使用 ASP 进行连接（Dreamweaver 从 CS4 版本开始，就已经不支持 JSP、ASP.NET 用"数据库"面板进行连接数据库操作了），还提供了两种连接到数据库的方法，分别为"数据源名称（DSN）"和"自定义连接字符串方法"两种。下面我们就介绍一下利用"数据库"面板的"自定义连接字符串方式"方式把 ASP 连接到 Access 数据库。

（1）首先选择"新建"命令，在弹出的"新建文档"中选择"空白页"选项，然后再选择"ASP VBScript"，单击"确定"按钮新建一个 ASP 文档，如图 7.17 所示。

图 7.17　新建文档

（2）单击"数据库"面板上的"添加"图标，从出现的子菜单中选择"自宝义连接字符串"选项，如图 7.18 所示。

（3）在弹出的"自定义连接字符串"对话框中，输入连接名（如 test），在"连接字符串"文本框中输入 "provider=microsoft.jet.oledb.4.0;data source=blog.mdb;uid=admin;pwd=;"，如图 7.19 所示。

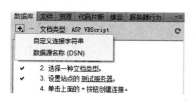

图 7.18　选择"数据库"面板的"自定义连接字符串"

图 7.19　"自定义连接字符串"对话框

（4）单击"测试"按钮，可以对设置的参数进行测试，弹出"成功创建连接脚本"后，表明连接到数据库的操作成功，如图 7.20 所示。

（5）在"自定义连接字符串"对话框中单击"确定"按钮，系统自动创建名为 test 的数据库连接，如图 7.21 所示。

图 7.20　成功创建连接脚本

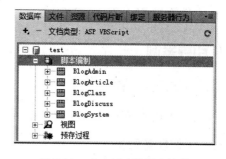

图 7.21　成功创建数据库连接

思考与训练

1. 简答题

（1）什么是数据库？什么是数据库管理系统？

（2）什么叫索引字段，如何设置索引字段？

（3）在 Access 2003 中如何复制一个表？

（4）在 Dreamweaver CS5 中如何创建 Access 数据库连接字符串？

2. 实做题

在 Access 2003 中设计一个新闻信息发布系统的数据库。

工作任务 2　连接 SQL Server 数据库

Microsoft SQL Server 2005 是用于大规模联机事务处理（OLTP）、数据仓库和电子商务应用的数据库和数据分析平台，被微软视为跃上企业级数据库舞台的代表作品。它是当前比较流行和常用的网络数据库之一，特别是比较大型的网络应用系统很多都选择 Microsoft SQL Server 2005 作为应用系统数据库。本工作任务将主要介绍 SQL Server 2005 数据库在 Web 开发中的使用和管理。

 学习目标

通过本工作任务的学习，应该达到：

1. 知识目标

● 理解 SQL Server 2005 的相关概念；
● 掌握 SQL 的常用语法。

2. 能力目标

● 能创建 SQL Server 2005 数据库及数据表；
● 能设置 SQL Server 2005 数据表中的主键及索引；
● 能连接 SQL Server 2005 数据库。

 引导案例

1. 工作任务名称

在博客中连接 SQL Server 数据库。

2. 工作任务背景

小博通过上一个工作任务的学习，学会了创建 Access 数据库及数据表和怎样连接 Access 数据库，本工作任务他将学习如何在 Microsoft SQL Server 2005 中创建数据库和数据表，以及如何连接 SQL Server 数据库。

3. 工作任务分析

Access 适合在数据量小的 Web 开发中使用，而 Microsoft SQL Server 2005 更适合作为大型数据库管理系统，小博为了能够提高博客的数据访问吞吐量，希望使用 Microsoft SQL Server 2005 来作为博客的后台数据库。

4. 条件准备

Dreamweaver CS5，Microsoft SQL Server 2005。

 **相关知识**

关系数据库系统的应用开始于 20 世纪 80 年代，到目前为止它已成为最为流行的数据库系统。在关系数据库系统中，数据是基于关系进行逻辑组织的。一个关系数据库是由若干个关系（即二维表格）所组成的。通常在关系数据库系统中，这些关系又被称为关系表。在关系数据库系统中，可以通过数据描述语言对其数据库中的各关系表进行描述。这种描述通常包括两个部分，即对关系表本身以及关系表中所包含的各属性集合进行描述。

为了对数据库中的各关系表进行存取，就必须提供基于关系数据模型的操作语言。从关系的角度出发，对关系的操作，理论上讲就是对集合的操作，而对关系进行各种不同操作及运算的总和就是关系代数，自 20 世纪 70 年代提出关系代数以来，它在关系数据操作语言的发展与研究中，一直起着较为重要的作用。这里，我们着重介绍与关系数据库数据操作密切相关的关系代数运算，即选择、投影和连接。

1. 选择运算(Selection)

选择运算是将关系作为元组的集合，从中选择出满足一定要求的元组，其运算结果是一个新的关系。简单地说，就是对关系表的行进行选择操作，从中选择出满足一定要求的行组成一个新的关系表。选择运算可以表示为：

Select <关系表名> where <选择条件>。

2. 投影运算(Projection)

投影运算是从构成一个关系的若干基本属性集合出发，从中选取某些基本属性集合，重新构造出另一关系，因此其运算结果也是产生一个新的关系。简单地说，就是对关系表的列进行选择操作，从中选择出若干列组成一个新关系表。投影运算可以表示为：

Project <关系表名> On <属性名>。

3. 连接运算(Join)

连接运算是对两个关系进行运算，从构成这两个关系的所有基本属性集合中，选择同满足一定要求的基本属性集合，重新构造一个新的关系，因此其运算结果也是产生一个新的关系。简单地说，就是对两张关系表的行进行合并操作，从中选择出满足对列一定要求的行，组成一个新关系表。连接运算可以表示为：

Join <关系表名 1> And <关系表名 2> Where <连接条件>。

选择运算、投影运算和连接运算是关系代数中最基本的数据操作运算，这些基本运算为建立关系数据库系统的操作语言奠定了基础。无论要检索满足何种条件的数据，其检索过程涉及到几个关系（表），运用这三种运算操作都可以实现，从而保证了数据库的完备性。目前，实际上应用的关系数据库的数据操作语言都是基于这三种关系代数运算而构造的。

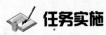
任务实施

7.2.1 创建 SQL Server 数据库

SQL Server 2005 数据库的物理存储结构是在磁盘上以文件为单位存储的，由数据库文件（.mdf）和事务日志文件（.ldf）组成，一个数据库至少应该包含一个数据库文件和一个事务日志文件。

在 SQL Server 2005 中包含着两种类型数据库：系统数据库和用户数据库，系统数据库包括 master 数据库、model 数据库、msdb 数据库和 tempdb 数据库，而用户数据库是由用户自行建立的。在 SQL Server 2005 中创建用户数据库有两种方法：一种是使用 SQL Server Management Studio 对象资源管理器建立数据库，此方法直观简单，以图形化的方式完成数据库的创建和数据库属性的设置；另一种是在 SQL Server Management Studio 查询分析器中使用 Transact-SQL 命令创建数据库，此方法可以把创建数据库的脚本保存下来，在其他计算机上运行以创建相同的数据库。下面我们就将介绍如何使用第一种方法新建 SQL Server 2005 用户数据库。

（1）启动"SQL Server Management Studio"，输入连接用户名和密码，单击"连接"按钮，如图 7.22 所示。

（2）进入 SQL Server Management Studio 主界面，如图 7.23 所示。

图 7.22　连接到服务器

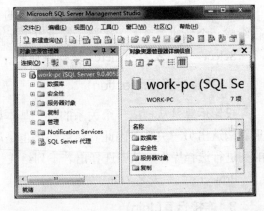

图 7.23　SQL Server Management Studio 主界面

（3）展开 SQL Server 服务器，右键单击"数据库"对象，选择"新建数据库"，如图 7.24 所示。

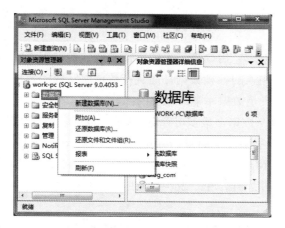

图 7.24　右键单击"数据库"对象

（4）在弹出"新建数据库对话框"的"常规"页中，输入数据库名称并且可以修改存储数据库文件的位置，用户也可以选中"数据库文件"中的"初始大小"和"自动增长"选项，对数据文件的默认属性进行修改，如图 7.25 所示。

图 7.25　"新建数据库"对话框

（5）单击"确定"按钮，在"对象资源管理器"的"数据库"中就会出现新建立的 blog_com 数据库，即完成新建数据库操作，如图 7.26 所示。

图 7.26　完成新建数据库

7.2.2 创建 SQL Server 数据表

在上面完成创建数据库之后，接下来的工作是创建数据表。因为要使用数据库就需要利用数据表来存储用户输入的各种数据，而且在数据库完成的各种操作也是在数据表的基础上进行的，所以数据表是数据库中最重要的部分。

在 SQL Server 中每个数据库最多可存储 20 亿个数据表，每个数据表可以有 1024 列，每行最多可以存储 8060 字节。下面我们将介绍在 SQL Server 2005 中如何新建数据表。

（1）在 SQL Server Management Studio 的"对象资源管理器"面板中，找到刚才新建的"blog_com"数据库并展开，在"表"对象中右键单击选择"新建表"命令，如图 7.27 所示。

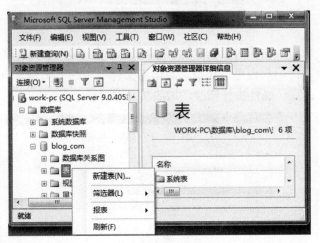

图 7.27　新建数据表

（2）在弹出的"编辑"面板中分别输入各字段的名称、数据类型、长度、是否允许为空等属性，如图 7.28 所示。

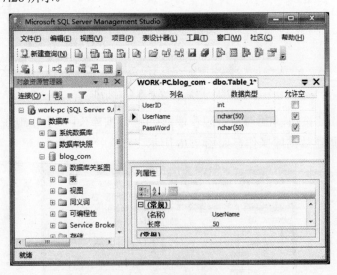

图 7.28　输入数据表各字段值

（3）输入完各数据属性后，单击"保存"按钮，弹出"选择名称"对话框，如图 7.29 所示，在"选择名称"对话框中输入表的名称，然后单击"确定"按钮，即完成新建数据表的工作。

图 7.29　保存数据表

7.2.3　主键

为保证数据的完整性（指存储在数据库中数据的一致性和正确性），SQL Server 提供了定义、检查和控制数据完整性的机制。根据数据完整性所作用的数据库对象和范围的不同，数据完整性分为实体完整性、域完整性、参照完整性和用户定义完整性 4 种。

保证数据的完整性在数据库管理系统中十分重要，在数据库系统中必须采取一些措施来防止数据混乱的产生。约束就是 SQL Server 强制实行的应用规则，它通过限制列、行和表中的数据来保证数据的完整性。建立和使用约束的目的正是保证数据的完整性，当删除表时，表所带的约束也随之被删除。

SQL Server 中的约束包括 CHECK 约束、DEFAULT 约束、PRIMARY KEY（主键）约束、FOREIGN KEY 约束和 UNIQUE 约束 5 种。在表中经常有一列或多列的组合，其值能唯一标识表中的每一行。这样的一列或多列成为表的主键（PRIMARY KEY），通过它可以强制表的实体完整性。一个表只能有一个主键，而且主键约束中的列不能为空值。下面我们将主要介绍在上节新建的 NS_BlogSystem 表中主键约束的设置方法。

（1）在 SQL Server Management Studio 的"对象资源管理器"面板中，找到刚才新建的"blog_com"数据库并展开，然后再展开"表"并右键单击"dbo.NS_BlogSystem"，如图 7.30 所示。

图 7.30　数据表"设计"选项

（2）单击"设计"，在弹出的"设计表"窗口中，选择要作为主键的字段，单击右键选择"设置主键"命令，如图 7.31 所示。

（3）设置完成后，在主键的列前面就会出现图标，最后保存即可完成主键的创建。如果再次单击"设置主键"，就可以取消刚才设置的主键。如果主键由多列组成，先选中此列，然后按 Ctrl 键不放，同时用鼠标选择其他列，单击"设置主键"，即可将多列组合设置成主键。

图 7.31　设置主键

7.2.4　索引

索引是以表列为基础的数据库对象，它保存着表中排序的索引列，并且记录了索引列在数据表中的物理存储位置，实现了表中数据的逻辑排序。在数据库中，索引使数据库程序无须对整个表进行扫描，就可以在其中找到所需要的数据，其主要目的是提高 SQL Server 系统的性能，加快数据的查询速度和减少系统的响应时间，在 Web 开发中应用非常广泛。根据数据库的功能，可以在数据库设计器中创建 3 种类型的索引：聚焦索引、非聚焦索引和唯一索引。

下面我们就介绍如何在 SQL Server 2005 中设置索引。

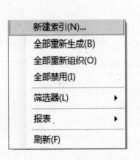

（1）在 SQL Server Management Studio 的"对象资源管理器"面板中，展开要创建索引的表，在"索引"选项中单击右键选择"新建索引"命令，如图 7.32 所示。

（2）在弹出的"新建索引"窗口中，列出了表上要建立的索引，包含其名称、是不是聚焦索引、是否设置唯一索引等，输入索引名称"ix_system"，选择"非聚焦"选项，如图 7.33 所示。

图 7.32　新建索引

（3）单击"添加"按钮弹出如图 7.34 所示的"选择列"界面，在列表中选择需要创建索引的列，对于复合索引，可以选择多个组合列。

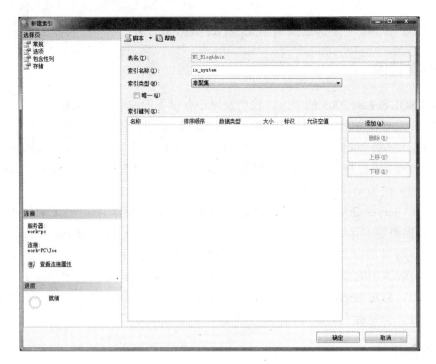

图 7.33 "新建索引"窗口

图 7.34 新建索引选择列

7.2.5 连接 SQL Server 数据库

当数据库创建好后,如果不能访问到数据库,那么数据库可以说没有实际的意义。上一个工作任务小博已经学会了通过配置 web.config 文件来连接到 Access 数据库中,现在再介绍一下如何利用 ASP.NET 中的 SQLConnection 技术来连接 SQL Server 数据库。

打开 web.config 文件,在<configuration><connectionStrings/>之间添加下面的代码:

```
<connectionStrings>
<appSettings>
   <add key="ConnectionString" value="Server=(local);database=blog _com;
uid=sa;pwd=12345;"/>
</appSettings>
<connectionStrings/>
```

其中 key 为新建的连接字符串名称,Server 为数据库所在的服务器名称,database 为数据库名称，uid 和 pwd 分别为连接到 SQL Server 数据库的用户名和密码。

 总结与回顾

经过对 SQL Server 2005 的学习，我们发现还有以下的内容需要注意：

（1）在手动备份.mdf 文件时，必须将 SQL Server 的服务停止才能操作；

（2）SQL Server 2005 安装完后，原来的服务管理器没有，如果需要对 SQL Server 2005 的服务进行操作，应打开"SQL Server 配置管理器"，下级列表中有"SQL Server 2005 服务"，用它来进行服务的启动和停止操作。

（3）SQL Server 2005 中引入了 max 说明符。此说明符增强了 varchar、nvarchar 和 varbinary 数据类型的存储能力。varchar(max)、nvarchar(max) 和 varbinary(max) 统称为大值数据类型。可以使用大值数据类型来存储最大为 $2^{31}-1$ 个字节的数据。

（4）以前版本中的查询分析器和企业管理器都从 SQL Server 2005 中删除了。取代它们的是一个工具，SQL Server 管理套件(SQL Server Management Studio)。这个工具具有前任的大多数特性，但是拥有升级后的用户界面和很多经过改善的功能。

 拓展知识

SQL(Structured Query Language)结构化查询语言，是一种数据库查询和程序设计语言，用于存取数据以及查询、更新和管理关系数据库系统。1992 年 ISO（国际标准化组织）和 IEC（国际电子技术委员会）共同发布了名为 SQL-92 的 SQL 国际标准。ANSI（美国国家标准局）在美国发布了相应的 ANSL SQL-92 标准，该标准也称 ANSI SQL。尽管不同的关系数据库使用各种不同的 SQL 版本，但多数都按 ANSI SQL 标准执行。SQL Server 使用 ANSI SQL-92 的扩展集，即通常所说的 Transact-SQL，简写为 T-SQL，它是对标准 SQL 程序语言的增强，是用于应用程序和 SQL Server 之间通信的主要语言。

在动态网站开发过程中，对数据表的数据进行操作，用到最多的就是 T-SQL 语句，下面对常用的 SQL 语法进行介绍。

1. SQL 常用语句

1）SELECT 语句

① SELECT 语句。SELECT 语句可以从一个或多个表中选取特定的行和列。因为查询和检索数据是数据库管理中最重要的功能，所以 SELECT 语句在 SQL 中是工作量最大的部分。

SELECT 语句的完整语法为：

```
SELECT[ALL|DISTINCT|DISTINCTROW|TOP]
{*|talbe.*|[table.]field1[AS alias1][,[table.]field2[AS alias2] [,…]]}
FROM tableexpression[,…][IN externaldatabase]
[WHERE…]
[GROUP BY…]
[HAVING…]
[ORDER BY…]
[WITH OWNERACCESS OPTION]
```

说明：用中括号([])括起来的部分表示是可选的，用大括号({})括起来的部分是表示必须从中选择其中的一个。

② FROM 子句。FROM 子句指定了 SELECT 语句中字段的来源。FROM 子句后面是包含一个或多个的表达式(由逗号分开)，其中的表达式可为单一表名称、已保存的查询或由 INNER JOIN、LEFT JOIN 或 RIGHT JOIN 得到的复合结果。如果表或查询存储在外部数据库，在 IN 子句之后指明其完整路径。

③ ALL、DISTINCT、DISTINCTROW、TOP 谓词。

ALL：返回满足 SQL 语句条件的所有记录。如果没有指明这个谓词，默认为 ALL。

DISTINCT：如果有多个记录的选择字段的数据相同，只返回一个。

DISTINCTROW：如果有重复的记录，只返回一个。

TOP：显示查询头尾若干记录。也可返回记录的百分比，这是要用 TOP N PERCENT 子句（其中 N 表示百分比）。

④ 用 AS 子句为字段取别名。如果想为返回的列取一个新的标题，或者，经过对字段的计算或总结之后，产生了一个新的值，希望把它放到一个新的列里显示，则用 AS 保留。

2）INSERT 语句。

此语句作用是新建一条数据到表格当中。

新建多条记录语法：

```
INSERT INTO target [IN externaldatabase][(field1[,field2[,...]])]
SELECT [source.]field1[,field2[,...]
FROM tableexpression
```

新建单条记录语法：

```
INSERT INTO target[(field1[,field2[,...]])]
VALUES(value1[,value2[,...])
```

说明：

- Target：新建记录的表格名称。
- Externaldatabase：外部数据库的路径，搭配 IN 条件子句使用。
- Source：若是记录从其他表格中复制时，指明该表格的名称。
- field1，field2：欲增加数据的字段名称。
- Tableexpression：表格名称或描述记录是从哪一个表格中插入的表格名称。配合 INNER JOIN、LEFT JOIN 或 RIGHT JOIN 运算符一起使用。
- value1，value2：欲插入表格中的数值。

3）DELETE 语句

可以利用 DELETE 语句，将表格中的记录删除 (注意：记录被删除后，无法再复原，所以条件设置要正确)。

```
DELETE[table.*]
FROM tableexpression
WHERE criteria
```

说明：

- Table：欲删除记录的表格名称，也可以用*来取代。

- Tableexpression：一个或一个以上表格的名称。此参数可以为单一的表格名称或是从 INNER JOIN、LEFT JOIN 或 RIGHTJOIN 等运算所得到的结果。
- Criteria：决定表格中记录要被删除的标准。

4）UPDATE 语句

可以利用 UPDATE 语句通过条件的限制来修改特定的数据。

```
UPDATE table
SET newvalue
WHERE criteria;
```

说明：
- Table：欲修改数据的表格名称。
- Newvalue：欲修改成的数值(将该项数值插入到特定的字段当中)。
- Criteria：查询条件，用来决定要修改哪些记录。

2. SQL 基本操作符

（1）算术运算符。SQL 中常用的算术运算符有：加（+）、减（-）、乘（*）、除以（/）、取模（%）等。

（2）比较操作符。SQL 中常用的比较操作符有：=、!= 、<>、<、>、<=、>=。

（3）字符操作符。谓词操作符是一种集合操作符。例如：LIKE 'stud%'，表示如果一个字符串的前 4 个为 stud，后面为零个或多个任意字符，都满足集合条件；LIKE 'stud_t'，表示如果一个字符串的前 4 个为 stud，第 6 个字符为 t，第 5 个为任意字符，都满足集合条件；BETWEEN 200 AND 300 ，表示数值在 200 和 300 之间。

（4）逻辑操作符。SQL 中常用的逻辑操作符有 AND、OR、NOT。逻辑运算符 NOT 可与比较运算符连用，表示非。例如：NOT age>=20 表示 age 小于 20。

3. SQL 常用函数

1）字符转换函数

ASCII()，返回字符表达式最左端字符的 ASCII 码值。在 ASCII()函数中，纯数字的字符串可不用 ' ' 括起来，但含其他字符的字符串必须用 ' ' 括起来使用，否则会出错。

CHAR()，将 ASCII 码转换为字符。如果没有输入 0～255 之间的 ASCII 码值，CHAR()返回 NULL。

STR()，把数值型数据转换为字符型数据。

```
STR (<float_expression>[, length[, <decimal>]])
```

length 指定返回的字符串的长度，decimal 指定返回的小数位数。如果没有指定长度，默认的 length 值为 10，decimal 默认值为 0。当 length 或者 decimal 为负值时，返回 NULL；当 length 小于小数点左边（包括符号位）的位数时，返回 length 个*；先服从 length，再取decimal；当返回的字符串位数小于 length，左边补足空格。

2）去空格函数

LTRIM()把字符串头部的空格去掉。

RTRIM()把字符串尾部的空格去掉。

3）取子串函数

LEFT()，返回 character_expression 左起 integer_expression 个字符。

```
LEFT (<character_expression>, <integer_expression>)
```

RIGHT()，返回 character_expression 右起 integer_expression 个字符。

```
RIGHT (<character_expression>, <integer_expression>)
```

SUBSTRING()，返回从字符串左边第 starting_position 个字符起 length 个字符的部分。

```
SUBSTRING (<expression>, <starting_position>, length)
```

4）字符串比较函数

CHARINDEX()，返回字符串中某个指定的子串出现的开始位置。

```
CHARINDEX (<'substring_expression'>, <expression>)
```

其中，substring_expression 是所要查找的字符表达式，expression 可为字符串也可为列名表达式。如果没有发现子串，则返回 0 值。

此函数不能用于 TEXT 和 IMAGE 数据类型。

PATINDEX()，返回字符串中某个指定的子串出现的开始位置。

```
PATINDEX (<'%substring_expression%'>, <column_name>)
```

其中，子串表达式前后必须有百分号"%"否则返回值为 0。

与 CHARINDEX 函数不同的是，PATINDEX 函数的子串中可以使用通配符，且此函数可用于 CHAR、VARCHAR 和 TEXT 数据类型。

5）字符串操作函数

REPLACE()，返回被替换了指定子串的字符串。

```
REPLACE (<string_expression1>, <string_expression2>, <string_expression3>)
```

用 string_expression3 替换在 string_expression1 中的子串 string_expression2。

STUFF()，用另一子串替换字符串指定位置、长度的子串。

```
STUFF (<character_expression1>, <start_position>, <length>,<character_
expression2>)
```

如果起始位置为负或长度值为负，或者起始位置大于 character_expression1 的长度，则返回 NULL 值。

如果 length 长度大于 character_expression1 中 start_position 以右的长度，则 character_expression1 只保留首字符。

6）数据类型转换函数 CONVERT()

```
CONVERT (<data_type>[ length ], <expression> [, style])
```

① data_type 为 SQL Server 系统定义的数据类型，用户自定义的数据类型不能在此使用。

② length 用于指定数据的长度，默认值为 30。

③ 把 CHAR 或 VARCHAR 类型转换为诸如 INT 或 SAMLLINT 这样的 INTEGER 类型、结果必须是带正号或负号的数值。

④ TEXT 类型到 CHAR 或 VARCHAR 类型转换最多为 8000 个字符，即 CHAR 或

VARCHAR 数据类型是最大长度。

⑤ IMAGE 类型存储的数据转换到 BINARY 或 VARBINARY 类型,最多为 8000 个字符。

⑥ 把整数值转换为 MONEY 或 SMALLMONEY 类型,按定义的国家的货币单位来处理,如人民币、美元、英镑等。

⑦ BIT 类型的转换把非零值转换为 1,并仍以 BIT 类型存储。

⑧ 试图转换到不同长度的数据类型,会截短转换值并在转换值后显示"+",以标识发生了这种截断。

⑨ 用 CONVERT()函数的 style 选项能以不同的格式显示日期和时间。style 是将 DATATIME 和 SMALLDATETIME 数据转换为字符串时所选用的由 SQL Server 系统提供的转换样式编号,不同的样式编号有不同的输出格式。

7)日期函数

```
day(date_expression)
```

返回 date_expression 中的日期值。

```
month(date_expression)
```

返回 date_expression 中的月份值。

```
year(date_expression)
```

返回 date_expression 中的年份值。

```
GETDATE()
```

以 DATETIME 的默认格式返回系统当前。

 思考与训练

1. 简答题

(1)什么叫关系数据库系统?

(2)SQL Server 2005 支持的数据类型都有哪些?

(3)如何将外部数据库文件导入到 SQL Server 2005 中。

2. 实做题

利用"数据库"面板来连接 SQL Server 2005 数据库。

工作任务 3 ADO.NET 与数据库的访问

ADO.NET 是微软在.NET 平台下提出的数据库访问模型,它能够和 XML 进行无缝集成。ADO.NET 是一组用于和数据源进行交互的面向对象类库。ADO.NET 允许和不同类型的数据源以及数据库进行交互。一些老式的数据源使用 ODBC 协议,许多新的数据源使用 OLE DB 协议,并且现在还不断出现更多的数据源,这些数据源都可以通过 ADO.NET 类库来进行连接。也可以这么说,ADO.NET 是与数据源交互的.NET 技术,在 Web 开发中我们需要这种数据访问技术来对数据库以及数据表进行操作。

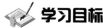 **学习目标**

通过本工作任务的学习，应该达到：

1. 知识目标

- 了解 ADO.NET 的基本概念；
- 理解 ADO.NET 的 5 大内置对象。

2. 能力目标

- 能使用 DataAdapter 对象和 DataReader 对象访问数据；
- 能使用 DataList 控件、Repeater 控件绑定数据并显示数据。

 **引导案例**

1. 工作任务名称

利用 DataList 控件完成博客后台管理中编辑分类的页面显示。

2. 工作任务背景

通过前面两个工作任务的学习，小博已经掌握如何连接数据库了，但是接着问题又来了，数据库连接之后，如何在页面中使用数据？以及用什么方式来显示数据？小博带着这些疑问开始了这个工作任务。

3. 工作任务分析

在 ASP.NET 中，应用程序利用数据访问技术访问数据库，并且利用 ASP.NET 的控件来绑定数据、显示数据，摆脱了原来的 ASP 动态网页所需要的循环才能控制显示出数据来，为编程人员带来很大的便利。

 **相关知识**

1. ADO.NET 内置对象

ADO.NET 是一组包括在.NET 框架中的类库，用于在.NET 应用程序和数据库之间的通信。为了实现数据访问和数据操作，ADO.NET 使用了两大组件 DataProvider（数据提供器）和 DataSet（数据集），二者的关系如图 7.35 所示。DataProvider 用于实现连接数据库、执行命令等操作，主要包括 Connection（用于数据库的连接）、Command（用于执行数据库的命令）、DataReader（用于读取数据库）和 DataAdapter（数据库的适配器，主要用来操作数据库填充 DataSet 并操作 DataSet）对象模型。DataSet 提供了一个与数据源无关的数据表示方式。下面将分别对这五大对象模型进行介绍。

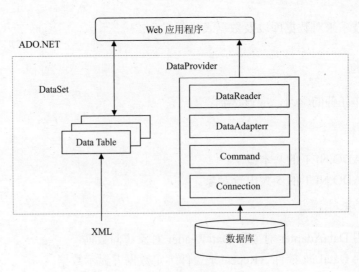

图 7.35　数据集与数据提供器关系

1）Connection 对象

在 ADO.NET 中，Connection 对象主要提供对数据库的连接功能，即可以实现把数据库的操作指令传送到数据存储器等功能。这个对象在 ADO.NET 的最底层，没有它 Web 应用程序是无法从数据库中取出数据的，它是操作数据库的基础。在大多数的 Web 应用程序中经常把 Connection 对象保存为全局级或模块级，这样就不用每次执行一个操作时都去创建这个对象。

Connection 对象包含连接方法以及描述当前连接状态的属性，其常用属性有：

（1）ConnectionString 属性。ConnectionString 是连接数据源的字符串，包含了各种所需要信息，它也是 Connection 对象中最重要的属性，该属性用来指定服务器名称、数据源信息以及其他登录信息。ConnectionString 用多项"设置项=值"的方式来设定与数据源的连接，每个项之间用分号隔开。对于连接字符串的写法，不同类型数据库有各自的设置项。在上个工作任务介绍连接 SQL Server 数据库时就用到了 ConnectionString 属性，在小博博客的 web.config 文件中具体连接语句如下：

```
<appSettings>
<add  key="ConnectionString"  value="Server=(local);database=blog_com;uid
=sa;pwd=12345;"/>
</appSettings>
```

（2）ConnectionTimeout 属性。设置连接时的最长等待时间，默认为 15 秒，超时还未连接成功的话，中止连接，并返回出错信息。

（3）Mode 属性。该属性指定了该 Connection 对象的读写权限，该属性值为枚举变量 ConnectionModeEnum 中的一个，有 adModeRead、adModeReadWrite 等。

（4）DefaultDatabase 属性。该属性为 Connection 对象指定一个默认的数据库。

（5）State 属性。查看一个 Connection 对象当前状态是已经建立还是关闭。

Connection 对象除了上面介绍的属性外，还有两个重要的方法：open 方式、close 方法。open 方法是使 Connection 对象获得初始化的方法，只有使用了该方法，Connection 对象才真正在内存中存在。close 方法是关闭一个数据连接对象，使该连接对象只留在本机内存中，可对其属性更改后再新建立连接。

下面的程序代码为小博修改博客信息的函数，该函数清晰地反映出如何使用 Connection 对象连接到 SQL Server 的数据库，以及如何打开和关闭这个连接。

```
protected void Button_Click(object sender, EventArgs e)
    {
string txtBlogName=repString(this.BlogName.Text);
string txtBlogURL=repString(this.BlogURL.Text);
string txtBlogMusic=this.BlogMusic.Text;
string txtBlogCopyRight=this.BlogCopyRight.Text;
///新建连接 Sqlconn
SqlConnection Sqlconn =
 new SqlConnection(ConfigurationManager.AppSettings["Connection String"].
ToString());
Sqlconn.Open();                      ///打开 Sqlconn 连接
string StrSQL = "update NS_BlogSystem set BlogName='" + txtBlogName +
"',BlogURL='"  +  txtBlogURL  +  "',BlogMusic='"  +  txtBlogMusic  +  "',
BlogCopyRight='"  +  txtBlogCopyRight  +  "',BlogPage='"  +  this.BlogPage.
SelectedValue+ "',BlogDisplay='" + this.BlogDisplay.SelectedValue+ "' where
ID=1";
SqlCommand Res2 = new SqlCommand(StrSQL, Sqlconn);
Res2.ExecuteNonQuery();
Sqlconn.Close();                      ///关闭 Sqlconn 连接
Response.Write("<script> alert('基本设置修改成功! ')</script>");
Response.Write("<script>location.href='BlogSystem.aspx'</script>");
    }
```

2）Command 对象

在建立数据源的连接之后，可以用 Command 对象来执行对数据库的查询、修改、插入、删除等操作，以及返回结果。Command 对象是架构在 Connection 对象上的，所以 Command 对象是通过连接到数据源的 Connection 对象来下达命令的。

有两种方式可以创建 Command 对象。

（1）使用 Command 对象的构造函数。构造函数可以带有两个参数，分别为要执行的 SQL 语句和所连接的 Connection 对象，如：

```
sqlCommand cm= new sqlCommand("select * from student",cn);
```

（2）使用 Command 对象的 CreatCommand()方法。如上面的创建过程等效为：

```
sqlCommand cm= cn.CreatCommand();
cm.commandText="select * from student";
```

在创建了 Command 对象后，可以使用它的一系列 Execute 方法来执行查找、插入、更新、删除等操作。

- ExecuteNonQuery 方法，该方法用于对连接执行 SQL 语句并返回受影响的行数。该方法执行 UPDATA、INSERT、DELETE 等语句更改数据库中的数据，只返回执行命令所影响到表的行数。
- ExecuteScalar 方法，执行查询，返回结果集中的第一行，第一列，其他的行和列将被忽略，因此该方法主要是从数据库中检索单个值，多用于聚合函数，如 SUM()、COUNT()。
- ExecuteReader 方法，返回一个只读的、向前的、数据库记录流的 DataReader 对象。

在上面修改博客信息函数的代码中，就有介绍 Command 对象的创建及使用：

```
string StrSQL = "update NS_BlogSystem set BlogName='" + txtBlogName +
"',BlogURL='" + txtBlogURL + "',BlogMusic='" + txtBlogMusic + "',
BlogCopyRight='" + txtBlogCopyRight + "',BlogPage='" + this.BlogPage.
SelectedValue+ "',BlogDisplay='" + this.BlogDisplay.SelectedValue+ "' where
ID=1";
SqlCommand Res2 = new SqlCommand(StrSQL, Sqlconn);    ///新建Command对象
Res2.ExecuteNonQuery();                    ///执行ExecuteNonQuery()方法
```

3）DataReader 对象

DataReader 也是 ADO.NET 中很重要的对象，它可以从数据库中读取数据，并且它是一种向前的、行流的、读取数据的方式，即在使用 DataReader 对象时，数据库的连接必须处于打开状态，访问该对象时必须以一种前进的方式访问。DataReader 对象一次只读取一笔记录，而且只能只读，所以效率很好而且可以降低网络负载。它具有以下 3 个特点：

● 只能读取数据，不能对数据库的记录进行创建、修改、删除。

● 是一种向前的读取数据的方式，不能再次回头读取上一条记录。

● 不能在 IIS 的内容中保持数据，直接传递数据到显示对象。

表 7.1 为 DataReader 常用的属性。

表 7.1　DataReader 常用的属性

属　　性	说　　明
FieldCount	只读，表示记录中有多少字段
HasMoreResults	表示是否有多个结果，本属性和 SQL Script 搭配使用
HasMoreRows	只读，表示是否还有资料未读取
IsClosed	只读，表示 DataReader 是否关闭
Item	只读，本对象是集合对象，以键值（Key）或索引值（Index）的方式取得记录中某个字段的数据
RowFetchCount	用来设定一次取回多少笔记录，预设值为 1 笔

了解 DataReader 对象有什么属性后，我们就可以利用 DataReader 所提供的方法来取回资料了。表 7.2 为 DataReader 常用的方法。

表 7.2　DataReader 常用的方法

方　　法	说　　明
Close	将 DataReader 对象关闭
GetDataTypeName	取得指定字段的数据形态
GetName	取得指定字段的字段名称
GetOrdinal	取得指定字段名称在记录中的顺序
GetValue	取得指定字段的数据
GetValues	取得全部字段的数据
IsNull	用来判断字段内是否为 Null 值
NextResult	用来和 SQL Script 搭配使用，表示取得下一个结果
Read	让 DataReader 读取下一笔记录，如果有读到数据传回 True，若没有记录则传回 False

4）DataAdapter 对象

DataAdapter 对象相当于 DataSet 和数据存储之间的桥梁。DataAdapter 对象利用 Connection 对象连接的数据源，使用 Command 对象规定的操作从数据源中检索出数据送往

数据集，或者将数据集中经过编辑后的数据送回数据源。DataAdapter 对象通过其 Fill 方法将数据添加到 DataSet 中。在对数据完成添加、更新、删除操作后再调用 Update 方法更新数据源。

DataAdapter 对象有 4 个主要属性：SelectCommand、InsertCommand、UpdateCommand、DeleteCommand。

5）DataSet 对象

可以把 DataSet 想象成内存中的数据库，它是不依赖于数据库独立的数据集，这里的独立是指即使断开数据连接或关闭数据连接，DataSet 仍然是可用的。在 ADO.NET 中，DataSet 是专门用来处理从数据源获得的数据，而且不依赖于具体的数据库，DataSet 的行为是一致的，可以使用相同的方式来操作从不同数据源取得的数据。DataSet 内部是用 XML 来描述数据的。XML 是一种与平台和数据无关且能描述复杂数据关系的数据描述语言。

DataSet 对象是 ADO.NET 中最核心的成员之一，也是各种开发基于.NET 平台程序语言开发数据库应用程序最常接触的对象。之所以 DataSet 对象在 ADO.NET 中具有特殊的地位，是因为 DataSet 在 ADO.NET 实现从数据库抽取数据中起到关键作用，在从数据库完成数据抽取后，DataSet 就是数据的存放地，它是各种数据源中的数据在计算机内存中映射成的缓存，所以有时说 DataSet 可以看成是一个数据容器。同时它在客户端实现读取、更新数据库等过程中起到了中间部件的作用（DataReader 只能检索数据库中的数据）。

各种.NET 平台开发语言开发数据库应用程序，一般并不直接对数据库操作（直接在程序中调用存储过程等除外），而是先完成数据连接和通过数据适配器填充 DataSet 对象，然后客户端再通过读取 DataSet 来获得需要的数据，同样更新数据库中数据，也是首先更新DataSet，然后再通过 DataSet 来更新数据库中对应的数据的。

2. Repeater 控件和 DataList 控件

ASP.NET 中数据绑定控件主要有 Repeater、DataList 和 DataGrid，这些控件都位于System.Web.UI.WebControls 命名空间中，从 WebControl 基类中直接或间接派生出来的。这些方法都是通过 HTML 来显示数据的内容。这些控件可以让你捕获其子控件的事件。当子控件产生一个事件时，事件就"冒泡"传给包含该子控件的容器控件，并且容器控件就可以执行一个子程序来处理该事件。下面我们介绍一下 Repeater 控件和 DataList 控件的使用方法。

1）Repeater 控件

Repeater 控件是一个数据容器控件，可以以表格形式显示数据源的数据。若该控件的数据源为空，则什么都不显示。该控件允许用户创建自定义列，并且还能够为这些列提供布局。然而，Repeater 控件本身不提供内置呈现功能。若该控件需要呈现数据，则必须为其提供相应的布局。Repeater 控件最主要的用途是可以将数据依照制定的格式逐一显示出来。只要将想要显示的格式先定义好，Repeater 控件就会依照定义的格式来显示。

（1）Repeater 控件的使用语法如下：

```
<ASP:Repeater  Id="被程序代码所控制的名称"  Runat="Server"
DataSource='<%#数据源绑定%>'  >
<Template Name="模板名称">  以 HTML 所定义的模板 </Template >
```

其他模板定义……
`</ASP:Repeater>`

（2）Repeater 控件支持下面的 5 种模板。

ItemTemplate：项模板，定义如何显示控件中的项；

AlternatingItemTemplate：交替项模板，定义如何显示控件中的交替项；

HeaderTemplate：头模板，定义如何显示控件的标头部分；

FooterTemplate：脚注模板，定义如何显示控件的注脚部分；

SeparatorTemplate：分隔模板，定义如何显示各项之间的分隔符。

HeaderTemplate 和 FooterTemplate 模板分别在 Repeater 控件的开始和结束处呈现文本和控件。ItemTemplate 和 AlternatingItemTemplate(如果存在)模板交替呈现 Repeater 控件的数据源中的数据项。如果不存在 AlternatingItemTemplate 模板，则重复显示 ItemTemplate 模板的内容。

SeparatorTemplate 模板是 ItemTemplate 之间、AlternatingItemTemplate 之间或者两者之间的分隔项。

2）DataList 控件

DataList 控件默认使用表格方式来显示数据，其使用方式和 Repeater 控件相似，也是使用模板标记。不过，DataLis 控件新增 SelectedItemTemplate 和 EditItemTemplate 模板标记，可以支持选取和编辑功能。

（1）DataList 控件的使用语法如下：

```
<ASP:DataList Id="被程序代码所控制的名称" Runat="Server" CellPadding="像素"
CellSpacing="像素"  DataKeyField="数据源的主键字段"
DataSource='<%#数据系结叙述%>' GridLines="None | Horizontal | Verti- cal | Both"
RepeatColumns="ColumnCount" RepeatDirection="Vertical | Horizontal"
RepeatLayout="Flow | Table" ShowFooter="True | False" ShowHeader=" True | False"
OnSCancelCommand="事件程序"  OnDeleteCommand="事件程序"
OnEditCommand="事件程序"  OnItemCommand="事件程序"
OnItemCreated="事件程序"  OnUpdateCommand="事件程序">
<Template Name="模板名称">以 HTML 所定义的模板</Template >
其他模板定义……
AlternatingItemStyle-Property="value"
EditItemStyle-Property="value"
FooterStyle-Property="value"  HeaderStyle-Property="value"
ItemStyle-Property="value"  SelectedItemStyle-Property="value"
SeparatorStyle-Property="value"
</ASP:DataList>
```

（2）DataList 控件提供了大量的属性 GridLines、RepeatColumns、RepeatDirection、ShowHeader、ShowFooter 等，这些属性可以设置控件的行为、样式、外观。

（3）DataList 控件提供了 5 个静态只读字段。

SelectCommandName：【选择】命令名，只读字段；

EditCommandName：【编辑】命令名，只读字段；

UpdateCommandName：【更新】命令名，只读字段；

CancelCommandName：【取消】命令名，只读字段；

DeleteCommandName：【删除】命令名，只读字段。

（4）DataList 控件与 Repeater 控件相比，新增了如下两个模板。

SelectedItemTemplate：选定项的模板；

EditItemTemplate：编辑项的模板。

 **任务实施**

7.3.1 显示留言列表

（1）首先选择"文件 | 新建"命令，新建一个 classlist.aspx 文件，如图 7.36 所示。

（2）在页面中新建表格插入背景图，完成界面的设计，如图 7.37 所示。

（3）选择"文件 | 新建"命令，在"新建文档"对话框中选择"其他"选项卡里的"C#"页面类型，新建一个 classlist.aspx.cs 文件，如图 7.38 所示。

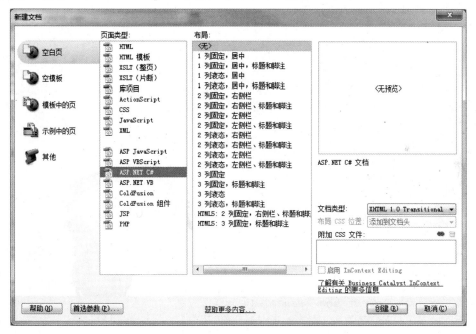

图 7.36 "新建文档"窗口

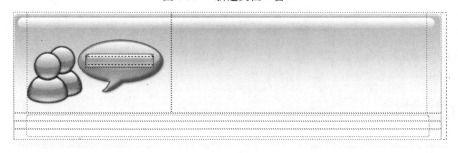

图 7.37 页面布局

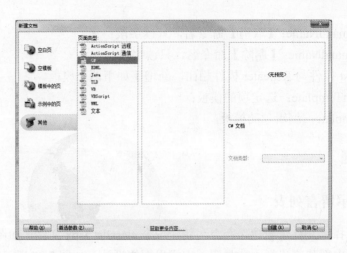

图 7.38 新建 C#页面文件

（4）在新建的 classlist.aspx.cs 文件中，编写 classlist.aspx 页面文件中将要用到的函数及事件，其中显示留言列表的代码如下。

```
public void BindData()//显示留言列表
{
int ClassID = Convert.ToInt32(repString(Request.QueryString["ClassID"]));
//新建连接字符串
SqlConnection  Sqlconn  =  new  SqlConnection(ConfigurationManager.App
Settings["ConnectionString"].ToString());
//连接到数据库
Sqlconn.Open();
//创建获取数据的 SQL 语句
string StrSQL = "select * from NS_BlogArticle Where ClassID='" + ClassID +
"' order by ID Desc";
//新建一个 DataAdapter
SqlDataAdapter myAdapter = new SqlDataAdapter(StrSQL, Sqlconn);
//新建一个数据集
DataSet ds = new DataSet();
//用新建的数据集填充 myAdapter
myAdapter.Fill(ds, "NS_BlogArticle");
int CurPage;
if (Request.QueryString["Page"] != null)
CurPage = Convert.ToInt32(Request.QueryString["Page"]);
else
CurPage = 1;
PagedDataSource ps = new PagedDataSource();
ps.DataSource = ds.Tables["NS_BlogArticle"].DefaultView;
ps.AllowPaging = true;
//每个页面显示的留言数
ps.PageSize = 5;
this.onepage.Text = ps.PageSize.ToString();
//求留言总数
this.allmsg.Text = ps.DataSourceCount.ToString();
//ps.CurrentPageIndex = curPage - 1;
ps.CurrentPageIndex = CurPage - 1;
//求总页
this.allpage.Text = ps.PageCount.ToString();
this.allpage1.Text = ps.PageCount.ToString();
```

```
this.nowpage.Text = CurPage.ToString();
this.DataList1.DataSource = ps;
this.DataList1.DataBind();
//上一页
if (!ps.IsFirstPage)
prepage.NavigateUrl = Request.CurrentExecutionFilePath + "?ClassID= "+
ClassID+"&Page=" + Convert.ToString(CurPage - 1);
//下一页
if (!ps.IsLastPage)
nextpage.NavigateUrl = Request.CurrentExecutionFilePath + "?ClassID ="+
ClassID+"&Page=" + Convert.ToString(CurPage + 1);
//关闭数据库的连接
Sqlconn.Close();
}
```

（5）回到 classlist.aspx 页面文件中，将光标移到将要添加 DataList 控件的地方，切换到
"代码"视图，然后添加下面的代码。

```
<asp:DataList ID="DataList1" runat="server">
<ItemTemplate>
<DIV class=Content>
<P align=left><IMG src="images/030307system693.gif">
<A class=WritingTitle href="ArticelDetail.aspx?ID=<%#Eval("ID")%> "><%#
Eval("Title") %></A> <%#Eval("WriteTime")%>
</P>
<a href="ClassList.aspx?ClassID=<%#Convert.ToString(Eval("ClassID "))%>">
类别： <%# GetClassName(Convert.ToString(Eval("ClassID")))%> </a> | 浏览
(<%#Eval("Hits")%>) | <a href="ArticelDetail.aspx?ID=<%#Eval ("ID")%> #comment
">评论 (<%# TotalComment(Convert.ToString(Eval("ID ")))%>)</a> <%# IsLogin
(Convert.ToString(Eval("ID")))%>
<HR style="BORDER-TOP-WIDTH: 0px; BORDER-LEFT-WIDTH: 0px; BORDER- LEFT-COLOR:
#cccccc; BORDER-TOP-COLOR: #cccccc; BORDER-BOTTOM: #cccccc 1px solid; BORDER-
RIGHT-WIDTH: 0px; BORDER-RIGHT-COLOR: #cccccc" SIZE=1 width="700">
</DIV>
</ItemTemplate>
</asp:DataList>
```

（6）切换到"设计"视图，添加完 DataList 控件以后的效果，如图 7.39 所示。
（7）完成相应的操作后，在浏览器中运行最终的结果，如图 7.40 所示。

图 7.39　添加 DataList 控件后的效果

图 7.40　最终结果

总结与回顾

ADO.NET 不是 ADO 为适应.NET 基础构造而进行改进的版本，它是一个全新的访问编程模型。

DataList 控件的最大特点是可以分列显示数据，并且对数据模板设置的支持也很完善，可以控制输出用户感兴趣的数据。

Repeater 控件，它在输出数据时候不会添加任何控制标记，也因此需要我们手工编写数据控制代码，该控件适用于数据结构简单，要求功能简单的数据环境中。

拓展知识

1. ODBC 通用接口

ODBC 是 Open Database Connectivity 的缩写，意为"开放数据库互连"。这是一种用 C 语言开发的由多种函数组成的应用程序接口（Application Program Interface，API）。这些接口将数据库底层的操作隐藏在 ODBC 的驱动程序之中。应用程序只需要用统一的接口指向 ODBC，然后再由 ODBC 调用系统提供的驱动程序就能驱动不同类型的数据库。有了这个统一的接口，网站（或 Windows 应用程序）的设计者只需要相同（或相似）的语句即可调用不同类型的数据库了。ODBC 接口的情况如图 7.41 所示。

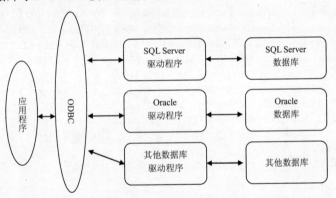

图 7.41　ODBC 接口

尽管通过 ODBC 已经能够驱动大多数常用的数据库，但因为这种编程接口还过于复杂，而且还没有进行优化，所以后来微软又在 ODBC 的基础上专门针对 Access 库（*.mdb）创建了优化编程 DAO（Data Access Object，数据访问对象）；针对 SQL Server 数据库，创建了优化编程接口 RDO（Remote Data Object，远程数据对象），这种接口还能应用于 Oracle 数据库。

2. ADO 通用接口

ADO（Active Data Object，动态数据对象）是微软进军 Internet 后的产品，它是建立在 OLE DB 技术基础上的接口技术，OLE DB 在 ODBC 的基础上，用面向对象的思想对 ODBC 的函数重新进行了分类和包装，形成了一种新的标准。可以说 ODBC 是 OLE DB 的子类，而 OLE DB 是 ODBC 的基类。利用 OLE DB 不仅能访问关系型数据库，还能访问非关系型数据。

ADO 又对 OLE DB 的接口进行了优化。ADO 是 ODBC 和 OLE DB 的上层接口技术。它比 RDO、DAO 等接口具有更高的性能、更小的容量及更简便的操作。使用 ADO 接口几乎能够访问全部常用的数据库，如 Access、SQL Server、Oracle、Informix 等，还能访问非关系型文件。

3. ADO、OLE DB 和 ODBC 三者之间的关系

ADO、OLE DB 和 ODBC 三者之间的关系如图 7.42 所示。

图 7.42 ADO、OLE DB 和 ODBC 三者之间的关系

 **思考与训练**

1. 简答题

（1）ADO.NET 的五大内置对象分别是什么？

（2）DataList 控件和 Repeater 控件的主要区别是什么？

（3）DataList 控件支持的模板有哪些？作用是什么？

2. 实做题

在 ASP 页面中绑定数据源，并用 Repeater 控件显示出查询的数据。

项目 8

C#基本语法

教学导航◎

本项目主要讲述了使用 C#语言编码的基础知识和基本方法，是掌握使用 C#语言开发 Web 应用程序的基础，对提高 Web 页面的开发能力和手段起着至关重要的作用。

本项目共分 3 个工作任务，工作任务 1 主要介绍使用 Dreamweaver CS5 完成程序调试、运行等任务；工作任务 2 主要介绍了 C#的基本语法；工作任务 3 主要介绍了 C#语言的选择结构和循环结构的用法。

通过本项目的学习，应达到以下的目标：

★ 掌握声明变量以及变量初始化的方法；

★ 掌握在 C#程序中使用循环和条件语句的方法；

★ 掌握 C#中的标识符和关键的使用；

★ 掌握 C#编程的推荐规则和约定。

工作任务 1　使用 ASP.NET 第一步

ASP.NET 至少可以使用 3 种语言，包括 C#(读作 C Sharp)、VB 及 Java 等。设计人员甚至在一个 Web 系统的不同位置使用不同语言。本书所使用的是 C#语言，C#语言是一种专门为 ASP.NET 而设计的程序语言。使用 C#语言可以编写出动态 Web 页面、XML Web 服务、分布式应用程序的组件、数据库访问组件、传统的 Windows 桌面应用程序等，本工作任务主要完成 C#的编码规则和基本编码方法的学习。

 **学习目标**

通过本工作任务的学习,应该达到:

1. 知识目标

- 理解 ASP.NET 程序的运行机制;
- 了解 C#程序基本规则;
- 掌握在 DreamWeaver CS5 编写 C#程序的方法。

2. 能力目标

- 能学会在 Windows 2003+IIS6.0 平台下建立 ASP.NET 站点;
- 能学会使用 Dreamweaver CS5 和 IIS6.0 运行调试 C#程序;
- 能学会 C#程序的基本写法。

引导案例

1. 工作任务名称

编写第一个 C#程序。

2. 工作任务背景

小博已经能够非常熟练地使用 Dreamweaver CS5 工具制作出精美的站点来,可是还不能完成博客上的很多动态功能,比如,判断用户输入的信息得到确认的结果。小博想有没有办法完成这个目标呢?

3. 工作任务分析

要完成这些功能必须掌握一种面向对象程序设计语言,C#语言是微软公司最新推出的专门面向.NET 的一种全新语言。C#快速流行,使之成为 Web 开发人员无可争议的选择。C#派生于 C/C++的简洁语法,但 C#仍保持了 C++原来的功能。本工作任务简要介绍在 Dreamweaver CS5+IIS6.0 下完成一个 ASP.NET 程序。

4. 条件准备

Windows Server 2003、IIS 6.0、Dreamweaver CS5。

 **相关知识**

1. 命名空间

(1)命名空间的概念。C#中命名空间是用来限定名称的解析和使用范围的。比如,我们在家庭环境下可以直呼小名;在工作场合就必须称呼全名;如果到其他单位,还必须说明本人是某单位的某人。这其中,家庭、单位和其他单位就是不同的命名空间,也就是说同一个人在不同的环境或场合(命名空间)下对他的称呼是不同的。

(2)using 语句。

C#中的 using 语句为使用命名空间及其中定义的类型提供了方便的途径。我们可以很

项目 8 C#基本语法

方便地调用.NET Framework 提供的命名空间。

使用命名空间的一般语句格式为：

```
Using [别名=] 命名空间完全限定名；
```

例如：using System；

2. ASPX 网页及代码存储模式

用 ASP.NET 2.0 创建的网站中虽然可以包括多种类型的网页，如.htm 文件、.asp 文件等。但是最基本的网页是以.aspx 作为后缀的网页，这种网页又简称为 ASPX 网页(或称为Web 窗体页)。从用户的角度看，好像这些网页的使用并没有什么区别，但实际上，它们背后的运行机制却有着本质的不同。ASP.NET 是一个完全的面向对象的系统，网页是网站的基本组成部分。每个 ASPX 网页都直接或间接地从类库中的 System.Web.UI.Page 类继承。由于在 Page 类中已经定义了网页所需要的基本属性、事件和方法，因此只要新网页生成，就从它的基类中继承这些成员，因而也就具备了网页的基本功能。设计者可以在这个基础上高起点地进行各项设计。

例如，在 Page 类中已经定义了以下成员。

Request：这是一个与 HTTP 通信的属性，该属性返回 HTTP Runtime Request 对象。通过这个对象可以获取来自 HTTP 请求的数据。

Response：这也是一个与 HTTP 通信的属性，返回 HTTP Runtime Response 对象。和Request 对象的作用正好相反，这个对象允许向浏览器端发送信息。

ViewState、Session、Application 对象：这些对象用来保持网页的各种状态。具体内容在后面的项目讲述。

Init、Load 等事件：网页初始化和刚被装载时触发的事件。

每个 ASPX 网页中实际上包含两方面的代码：用于定义显示的代码和用于逻辑处理的代码。用于显示的代码包括 HTML 标记以及对 Web 控件的定义等；用于逻辑处理的代码主要是用 C# .NET(或其他语言)编写的事件处理程序。

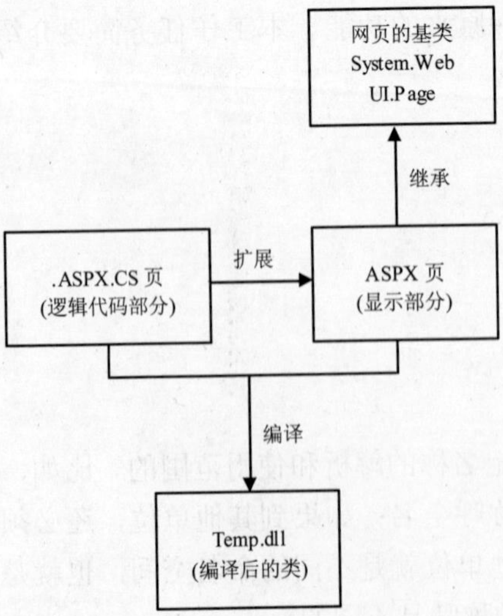

在 ASPX 网页中，这些代码可以用两种模式存储：一种是代码分离模式，另一种是单一模式。在代码分离模式中，显示信息的代码与逻辑处理的代码分别放在不同的文件中；在单一模式中，将两种代码放置在同一个文件中。在代码分离模式中用于显示的代码(HTML 标记、服务器控件的定义等)将仍然放在后缀为.aspx 的文件中，而用于逻辑处理的代码放到另一个文件中，该文件的后缀依据使用的程序语言而确定，如图 8.1 所示。如果使用 C#.NET 语言时，文件的后缀是"aspx.cs"；如果使用 VB .NET 语言时，文件的后缀是"aspx.vb"。此文件有时又可称为代码隐藏(Code-Behind)文件。本书所涉及工作任务都使用

```
          ┌─────────────┐
          │  网页的基类   │
          │ System.Web  │
          │  UI.Page    │
          └─────────────┘
                 ↑
                 │ 继承
┌───────────┐ 扩展 ┌───────────┐
│ .ASPX.CS 页 │───→│  ASPX 页   │
│(逻辑代码部分)│     │ (显示部分) │
└───────────┘     └───────────┘
                       │
                       │ 编译
                       ↓
                 ┌───────────┐
                 │  Temp.dll  │
                 │(编译后的类) │
                 └───────────┘
```

图 8.1　代码分离模式的结构

代码分离模式，在此对单一模式不再介绍。

**任务实施**

8.1.1 登录界面的实现

首先说明一个简单的 ASP.NET 的范例，图 8.2 是我们第一个程序运行后的界面，程序会根据用户输入的 ID 和密码判断其输入是否正确。

完成图 8.2 的程序一共需要生成两个文件，分别是 Login.aspx 和 login.aspx.cs。

1）生成 Login.aspx 文件

生成这个文件主要是完成程序界面的功能，按图 8.3 所示进行设计。

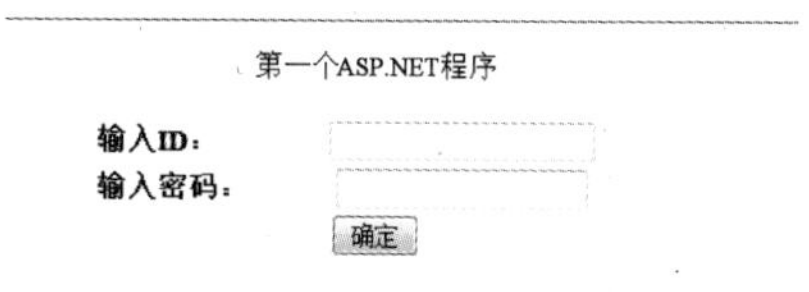

第一个ASP.NET程序	第一个ASP.NET程序
输入ID： 输入密码： 确定	输入ID： 输入密码： 确定

图 8.2 Login.aspx 界面 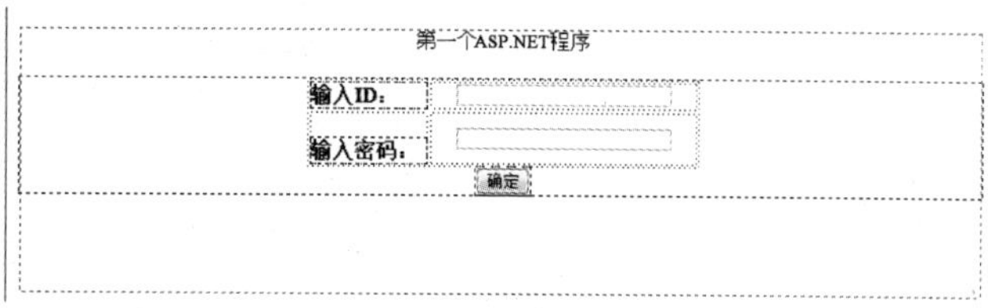　　　　　　　图 8.3 设计界面的过程

在"确定"按钮处单击右键选择"编辑标签"，打开标签编辑器的界面如图 8.4 所示，在事件中选择"OnClick"，即当发生单击事件时触发相应的代码，在右面代码文本框中输入事件名，这个事件名要和.CS 中的事件名称完全一致。输入"LoginButton_click"，单击"确定"按钮。

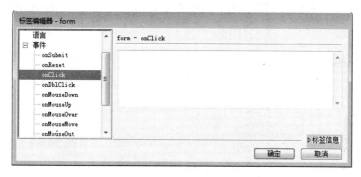

图 8.4 标签编辑器

到此为止，Login.aspx 文件中的设置就完成了，下面就在 Login.aspx.cs 中进行代码编写工作了。

2）生成程序文件

新建一个文档，选择"文件|新建"。在"新建文档"对话框中选择"其他"，页面类型选"C#"，然后单击"创建"按钮，如图 8.5 所示。

在新的文件中首先输入下列代码：

```
using System;
using System.Configuration;
using System.Web;
using System.Web.Security;
```

```
using System.Web.UI;
using System.Web.UI.WebControls;
using System.Web.UI.WebControls.WebParts;
using System.Web.UI.HtmlControls;
```

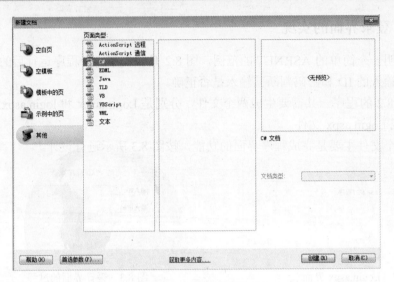

图 8.5　创建.cs 文件

输入上述代码的目的是引用 namespace，namespace 是 ASP.NET 中相当重要的设计，其内含一个或多个 Class（即对象），若要在网页中使用特定对象，就必须引用该对象的 namespace。

引用方式通常在网页的代码第一行，也就是加载时立即引用。引用 namespace 的语法是：

```
Using 对象名称;
```

完成引用 namespace 后，就可以编写完成功能的代码了。

先输入下列代码，我们的 C#语言就在下面代码中的两个{ }内书写。

```
public partial class default1 : System.Web.UI.Page
{
}
```

这个程序主要是完成对用户所输入的用户名和密码进行校验，当用户名和密码都是"123"时显示"用户名和密码正确"，得到如图 8.6 所示的结果；输入其他则显示"用户名和密码错误请重新输入！"得到图 8.7 所示的结果。

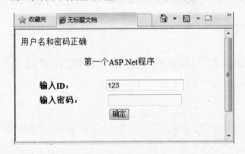

图 8.6　运行结果 1

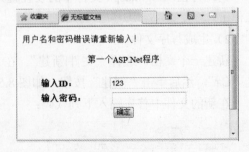

图 8.7　运行结果 2

为了完成这个功能，需要输入下面代码：

```
protected void logbottom_click(object sender, EventArgs e)
{
    if (user_id.Text =="123" && pw.Text =="123")
    {
        Response.Write("用户名和密码正确");}
    else
    {
        Response.Write("用户名和密码错误请重新输入！");}
```

其中，protected void logbottom_click(object sender, EventArgs e)是事件的标识，它用来可以告诉计算机当 logbotton 按钮发生单击事件时运行下面{}中的内容。{}中的代码是判断用户名和密码的程序。

在 Login.aspx 中用<asp:TextBox ID="user_id" runat="server"/>来显示输入用户名的文本框，在 cs 文件中就必须用 user_id 表示这个文本框，那么 user_id.text 就是文本框中的内容即用户输入的内容。判断输入内容的代码是一个标准的选择分支结构，我们将在后面的内容中向大家详细介绍。

把编写好的文件放入 IIS 6.0 中，就能得到结果，读者可以在光盘中找到代码。

拓展知识

注释就是对代码的解释和说明。目的是为了让其他开发者和自己很容易看懂。下面就了解一下如何给代码添加注释。

在本章开头提到过，C#使用传统的 C 风格注释方式：单行注释使用// …，多行注释使用/* … */，代码如下所示。

```
// This is a single-line comment
/* This comment
spans multiple lines */
```

单行注释中的任何内容，即//后面的内容都会被编译器忽略。多行注释中/* 和 */之间的所有内容也会被忽略。显然不能在多行注释中包含*/组合，因为这会被当做注释的结尾。

思考与训练

1. 简答题

（1）C#中命名空间的概念是什么，有什么作用？
（2）简述代码分离模式的结构是什么样的？

2. 实做题

（1）试着将登录程序与前面所学的界面内容结合起来，自己设计一个漂亮的登录界面。
（2）生成博客系统中所需的代码文件。

工作任务 2　变量和表达式

变量和表达式是学习编程语言的第一步，也是最重要的一步。变量是语句操作的对象，表达式是语句操作的内涵。

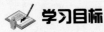 学习目标

通过本任务的学习，应该达到：

1. 知识目标

- 了解 C#的数值类型和字符串类型；
- 初步了解 C#表达式写法；
- 掌握顺序语句的一般写法。

2. 能力目标

- 能在 C#中声明使用各种变量；
- 能对变量进行简单操作；
- 能掌握数学表达式、字符串表达式的使用方法。

引导案例

1. 工作任务名称

编写顺序结构的 C#程序。

2. 工作任务背景

小博已经能够按照教材使用 Dreamweaver CS5 完成一个 C#程序了，但是程序里写的是什么内容，小博还不是十分清楚，而且小博还不能按照自己的思路编写程序。小博决定继续学习 C#语言的编码规则。

3. 工作任务分析

要能熟练地使用 C#语言开发 ASP.NET 程序就必须从基础学起，把变量和表达式作为学习计算机语言的基础，是因为在程序语言的运行过程中，大多数都是表达式对变量进行操作的。因此小博更应该认真地完成本工作任务的工作。

4. 条件准备

Windows Server 2003、IIS 6.0、Dreamweaver CS5。

相关知识

1. 变量

在 C#中声明变量使用下述语法：

```
datatype identifier;
```

例如：

```
int i;
```

该语句声明 int 变量 i。编译器不会让我们使用这个变量，除非我们用一个值初始化该变量。

一旦它被声明之后，就可以使用赋值运算符(=)给它分配一个值：

```
i = 10;
```

还可以在一行代码中声明变量，并初始化它的值：

```
int i = 10;
```

如果在一个语句中声明和初始化了多个变量，那么所有的变量都具有相同的数据类型：

```
int x = 10, y =20;   // x and y are both ints
```

要声明类型不同的变量，需要使用单独的语句。在多个变量的声明中，不能指定不同的数据类型：

```
int x = 10;
bool y = true;    // Creates a variable that stores true or false
int x = 10, bool y = true;  // This won't compile!
```

2. 变量的初始化

C#编译器需要用某个初始值对变量进行初始化之后才能在操作中引用该变量。例如：

```
int x;
int y;
y=x;
```

系统会提示 x 未初始化的错误，因此在使用 x 之前必须将其初始化。

```
int x;
x=1;
int y;
y=x;
```

这样系统就不会提示错误了。

3. 数值类型

内置的值类型表示基本数据类型，例如整型和浮点类型、字符类型和 bool 类型。

1）整型

C#支持 8 个预定义整数类型，如表 8.1 所示。

如果对一个整数是 int、uint、long 或是 ulong 没有任何显式的声明，则该变量默认为 int 类型。为了把输入的值指定为其他整数类型，可以在数字后面加上如下字符：

```
uint ui = 1234U;
long l = 1234L;
ulong ul = 1234UL;
```

表 8.1   预定义整数类型

名　称	类　型	说　明	范　围
sbyte	System.SByte	8 位有符号的整数	−128 到 127 (-2^7 到 2^7-1)
short	System.Int16	16 位有符号的整数	−32 768 到 32 767 (-2^{15} 到 $2^{15}-1$)
int	System.Int32	32 位有符号的整数	−2 147 483 648 到 2 147 483 647 (-2^{31} 到 $2^{31}-1$)
long	System.Int64	64 位有符号的整数	−9 223 372 036 854 775 808 到 9 223 372 036 854 775 807 (-2^{63} 到 $2^{63}-1$)
byte	System.Byte	8 位无符号的整数	0 到 255 (0 到 2^8-1)
ushort	System.Uint16	16 位无符号的整数	0 到 65535 (0 到 $2^{16}-1$)
uint	System.Uint32	32 位无符号的整数	0 到 4 294 967 295 (0 到 $2^{32}-1$)
ulong	System.Uint64	64 位无符号的整数	0 到 18 446 744 073 709 551 615 (0 到 $2^{64}-1$)

也可以使用小写字母 u 和 l，但后者可能会与整数 1 混淆。

2）浮点类型

C#提供了许多整型数据类型，也支持浮点类型，如表 8.2 所示。

表 8.2   浮点类型

名　称	类　型	说　明	位　数	范围（大致）
float	System.Single	32 位单精度浮点数	7	$\pm1.5 \times 10^{-45}$ 到 $\pm3.4 \times 10^{38}$
double	System.Double	64 位双精度浮点数	15/16	$\pm5.0 \times 10^{-324}$ 到 $\pm1.7 \times 10^{308}$

float 数据类型用于较小的浮点数，因为它要求的精度较低。double 数据类型比 float 数据类型大，提供的精度也大一倍(15 位)。

如果在代码中没有对某个非整数值(如 12.3)硬编码，则编译器一般假定该变量是 double。如果想指定值为 float，可以在其后加上字符 F(或 f)：

```
float f = 12.3F;
```

3）decimal 类型

另外，decimal 类型表示精度更高的浮点数，如表 8.3 所示。

表 8.3   decimal 类型

名　称	类　型	说　明	位　数	范围(大致)
decimal	System.Decimal	128 位高精度十进制数表示法	28	$\pm1.0 \times 10^{-28}$ 到 $\pm7.9 \times 10^{28}$

C#一个重要的作用是提供一种专用类型表示财务计算，这就是 decimal 类型，使用 decimal 类型提供的 28 位的方式取决于用户。换言之，可以用较大的精确度（带有美分）来表示较小的美元值，也可以在小数部分用更多的舍入来表示较大的美元值。但应注意，decimal 类型不是基本类型，所以在计算时使用该类型会有性能损失。

要把数字指定为 decimal 类型，而不是 double、float 或整型，可以在数字的后面加上字符 M（或 m），如下所示。

```
decimal d = 12.30M;
```

4）bool 类型

C#的 bool 类型用于包含 bool 值 true 或 false，如表 8.4 所示。

表 8.4　bool 类型

名　称	CTS 类型	值
bool	System.Boolean	true 或 false

bool 值和整数值不能相互转换。如果变量(或函数的返回类型)声明为 bool 类型，就只能使用值 true 或 false。如果试图使用 0 表示 false，非 0 值表示 true，就会出错。

5）字符类型

为了保存单个字符的值，C#支持 char 数据类型，如表 8.5 所示。

表 8.5　char 数据类型

名　称	类　型	值
char	System.Char	表示一个 16 位的(Unicode)字符

char 类型的字面量是用单引号括起来的，例如'A'。如果把字符放在双引号中，编译器会把它看做是字符串，从而产生错误。

除了把 char 表示为字符之外，还可以用 4 位 16 进制的 Unicode 值(例如'\u0041')，带有数据类型转换的整数值(例如(char)65)，或 16 进制数('\x0041')表示它们。它们还可以用转义序列表示，如表 8.6 所示。

表 8.6　转义序列

转义序列	字　符	转义序列	字　符
\'	单引号	\"	双引号
\\	反斜杠	\n	换行
\0	空	\r	回车
\a	警告	\t	水平制表符
\b	退格	\v	垂直制表符
\f	换页		

6）预定义的引用类型

C#支持两个预定义的引用类型，如表 8.7 所示。

表 8.7　预定义的引用类型

名　称	类	说　明
object	System.Object	根类型，CTS 中的其他类型都是从它派生而来的(包括值类型)
string	System.String	Unicode 字符串

① object 类型。在 C#中，object 类型就是最终的父类型，所有内在和用户定义的类型都从它派生而来。这是 C#的一个重要特性，所有的类型都隐含地最终派生于 System.Object类，这样，object 类型就可以用于两个目的：

● 可以使用 object 引用绑定任何特定子类型的对象。

● object 类型执行许多基本的一般用途的方法，包括 Equals()、GetHashCode()、GetType()和 ToString()。

② string 类型。C#有 string 关键字，在翻译为.NET 类时，它就是 System.String。有了它，像字符串连接和字符串复制这样的操作就很简单了：

```
string str1 = "Hello";
string str2 = "World";
string str3 = str1 + str2; // string concatenation
```

字符串自变量放在双引号中("...")；如果试图把字符串放在单引号中，编译器就会把它当做 char，从而引发错误。C#字符串和 char 一样，可以包含 Unicode、16 进制数转义序列。因为这些转义序列以一个反斜杠开头，所以不能在字符串中使用这个非转义的反斜杠字符。而需要用两个反斜杠字符("\\")来表示它：

```
string filepath = "C:\\ProCSharp\\First.cs";
```

即使用户相信自己可以在任何情况下都记住要这么做，但输入两个反斜杠字符会令人迷惑。幸好，C#提供了另一种替代方式。可以在字符串字面量的前面加上字符@，在这个字符后的所有字符都看做是其原来的含义——它们不会被解释为转义字符：

```
string filepath = @"C:\ProCSharp\First.cs";
```

这甚至允许在字符串字面量中包含换行符：

```
string jabberwocky = @"'Twas brillig and the slithy toves
Did gyre and gimble in the wabe.";
```

那么 jabberwocky 的值就是：

```
'Twas brillig and the slithy toves
Did gyre and gimble in the wabe.
```

4. 表达式

在了解了 C#中的数据类型、变量的声明和初始化方式，以及类型转换等基本知识后，就需要了解如何进行表达式的编写。表达式在 C#应用程序开发中非常重要，本工作任务将说明如何使用运算符创建和使用表达式。

表达式和运算符是应用程序开发中最基本也是最重要的一个部分，表达式和运算符组成一个基本语句，语句和语句之间组成函数或变量，这些函数或变量通过某种组合形成类。

（1）定义表达式是运算符和操作符的序列。运算符是个简明的符号，包括实际中的加减乘除，它告诉编译器在语句中实际发生的操作，而操作数即操作执行的对象。运算符和操作数组成完整的表达式。

（2）运算符类型在大部分情况下，对运算符类型的分类都是根据运算符所使用的操作数的个数来分类的，一般可以分为三类。

① 一元运算符：只使用一个操作数，如（!），自增运算符（++）等等，如 i++。

② 二元运算符：使用两个操作数，如最常用的加减法，i+j。

③ 三元运算符：三元运算符只有（?:）一个。

除了按操作数个数来分以外，运算符还可以按照操作数执行的操作类型来分：关系运算符、逻辑运算符、算术运算符、位运算符、赋值运算符、条件运算符、类型信息运算符、内存访问运算符和其他运算符。

在应用程序开发中，运算符是最基本也是最常用的，它表示着一个表达式是如何进行运算的。常用的运算符如表 8.8 所示。

表 8.8　常用的运算符

运算符类型	运 算 符
元运算符	(x),x.y,f(x),a[x],x++,x--,new,typeof,sizeof,checked,uncheck
一元运算符	+,-,~!,++x,--x,(T)x,
算术运算符	+,-,*,/,%
位运算符	<<,>>,&,|,^,~
关系运算符	<,>,<=,>=,is,as
逻辑运算符	&,|,^
条件运算符	&&,||,?
赋值运算符	=,+=,-=,*=,/=,<<=,>>=,&=,^=,|=

下面学习几种常用的运算符。

1）算术运算符

程序开发中常常需要使用算术运算符，算术运算符用于创建和执行数学表达式，以实现加、减、乘、除等基本操作，示例代码如下：

```
int a = 1; //声明整型变量
int b = 2; //声明整型变量
int c = a + b; //使用+运算符
int d = 1 + 2; //使用+运算符
int e = 1 + a; //使用+运算符
int f = b - a; //使用-运算符
int f = b / a; //使用-运算符
```

注意：当除数为 0，系统会抛出 DivideByZeroException 异常，在程序开发中应该避免出现逻辑错误，因为编译器不会检查逻辑错误，只有在运行中才会提示相应的逻辑错误并抛出异常。在算术运算符中，运算符 "%" 代表求余数，示例代码如下所示。

```
int a = 10; //声明整型变量
int b = 3; //声明整型变量
Response.Write ((a%b).ToString()); //求 10 除以 3
```

上述代码实现了 "求 10 除以 3" 的功能，其运行结果为 1。

在 C#的运算符中还包括自增和自减运算符，如 "++" 和 "--" 运算符。++和--运算符是一个单操作运算符，将目的操作数自增或自减 1。该运算符可以放置在变量的前面和变量的后面，都不会有任何的语法错误，但是放置的位置不同，实现的功能也不同，示例代码如下：

```
int a = 10; //声明整型变量
int a2 = 10; //声明整型变量
int b = a++; //执行自增运算
int c = ++a2; //执行自增运算
Response.Write("a is " + a); //输出 a 的值
Response.Write("b is " + b); //输出 b 的值
Response.Write("c is " + c); //输出 c 的值
```

运行结果为：

```
a is 11
b is 11
c is 11
```

由运行结果所示，变量 a、a2 为 10，在使用了++运算符后，a 和 a2 分别变为了 11，而 b 的赋值语句代码中使用的为后置自增运算符，示例代码如下：

```
int b = a++; //b=10
```

当执行了上述代码后，b 的值为 10，而 a 会自增为 11，因为上述代码首先会将变量 a 的值赋值给 b 变量，赋值后再进行自增。而 c 的赋值语句中使用的为前置自增运算符，示例代码如下：

```
int c = ++a2; //c=11
```

当执行了上述代码后，变量 c 的值为 11，是因为在执行自增操作时，首先进行自增，再将 a2 变量的值赋值给 c。当运算符在操作数后时，操作数会赋值给新的变量，然后再自增 1，当运算符在操作数前时，操作数会先进行自增或自减，然后再赋值给新变量。

2）关系运算符

关系运算符用于创建一个表达式，该表达式用来比较两个对象并返回布尔值。示例代码如下所示。

```
string a="nihao"; //声明字符串变量a
string b="nihao"; //声明字符串变量b
if (a == b) //使用比较运算符
{ Response.Write("相等"); //输出比较相等信息 }
else { Response.Write("不相等"); //输出比较不相等信息 }
```

关系运算符如 ">"，"<"，">="，"<=" 等同样是比较两个对象并返回布尔值，示例代码如下所示。

```
string a="nihao"; //声明字符串变量a
string b="nihao"; //声明字符串变量b
if (a == b) //比较字符串，返回布尔值
{ Response.Write((a == b).ToString()); //输入比较后的布尔值 }
else { Response.Write((a == b).ToString()); //输入比较后的布尔值 }
```

编译并运行上述程序后，其输出为 true。若条件不成立，即如 a 不等于 b 的变量值，则返回 false。该条件可以直接编写在 if 语句中进行条件筛选和判断。

技巧：在使用判断的时候，可以直接使用表达式，只要表达式的返回值是布尔型的即可，同样也可以使用类型转换 Convert.ToBoolean 方法转换。

初学者很容易错误地使用关系运算符中的 "==" 号，因为初学者通常会将其等同于运算符编写为 "=" 号，示例代码如下所示。

```
if (a = b) //使用布尔值
```

在这里，"=" 号不等于 "==" 号，"=" 号的意义是给一个变量赋值，而 "==" 号是比较两个变量的值是否相等，如果写成上述代码，虽然编译器不会报错，但是其运行过程就不是开发人员想象的流程。

3）逻辑运算符

逻辑运算符和布尔类型组成逻辑表达式。NOT 运算符 "!" 使用单个操作数，用于转换布尔值，即取非，示例代码如下所示。

```
bool myBool = true; //创建布尔变量
```

```
bool notTrue = !myBool; //使用逻辑运算符
```

C#使用 AND 运算符"&&"。该运算符使用两个操作数做与运算，当有一个操作数的布尔值为 false 时，则返回 false，示例代码如下所示。

```
bool myBool = true; //创建布尔变量
bool notTrue = !myBool; //使用逻辑运算符取反
bool result = myBool && notTrue; //使用逻辑运算符计算
```

同样，C#中使用"||"运算符来执行 OR 运算，当有一个操作数的布尔值为 true 时，则返回 true。当使用"&&"运算符和"||"运算符时，它们是短路（short-circuit）的，这也就是说，当一个布尔值能够由前一个或前几个操作数决定结果，那么就不取使用剩下的操作数继续运算而直接返回结果，示例代码如下所示。

```
bool myBool = true; //创建布尔变量
bool notTrue = !myBool; //使用逻辑运算符取反
bool result = myBool && notTrue; //使用逻辑运算符计算
bool other = true; //创建布尔变量
if (result&&other) //短路操作
{ Response.Write("true");} //输出布尔值
else { Response.Write("false"); //输出布尔值 }
```

从上述代码可以看到，变量 other 的值为 true,而 result 的值为 false，那么 result&&other 语句中，会直接返回 false，说明条件失败。另外，在逻辑运算符中还包括 XOR 异或运算符"^"，该运算符确定操作数是否相同，若操作数的布尔值相同，则表达式将返回 false。

4）赋值运算符

C#提供了几种类型的赋值运算符，最常见的就是"="运算符。C#还提供了组合运算符，如"+="、"-="、"*="等。"="运算符通常用来赋值，示例代码如下。

```
int a,b,c; //声明三个整型变量
a = b = c = 1; //使用赋值运算符
```

上述代码声明并初始化 3 个整型变量 a、b、c，初始化这些变量的值为 1。加法赋值运算符"+="是将加法和赋值操作组合起来，先把第一个数值的值加上第二个数值的值再存放到第一个数值的，示例代码如下所示。

```
a += 1; //进行自加运算
```

上述代码会将变量 a 的值加上 1 并再次赋值回 a,上述代码实现的功能和以下代码等效。

```
a = a + 1; //不使用+=运算符
```

同样，"-="，"*="，"/="都是将第一个数值的值与第二个数值的值做操作再存放到第一个数值。

5）条件运算符

条件运算符"?:"需要三个操作数，示例代码如下所示。

```
bool ifisTrue=true; //创建布尔值
string result = ifisTrue ? "true" : "false"; //使用三元条件运算符
Response.Write(result.ToString()); //输出布尔值
```

上述代码中，使用了条件运算符"?:"，条件运算符"?:"会执行第一个条件，若条件

成立，则返回 ":" 运算符前的一个操作数的数值，否则返回 ":" 运算符后的操作数的数值。上述代码中，变量 ifisTrue 为 true，则返回 "true"。

5. 运算符的优先级

开发人员需要经常创建表达式来执行应用程序的计算，简单的有加减法，复杂的有矩阵、数据结构等，在创建表达式时，往往需要一个或多个运算符。在多个运算符之间的运算操作时，编译器会按照运算符的优先级来控制表达式的运算顺序，然后再计算求值。例如在生活中也常常遇到这样的计算，如 1+2*3。如果在程序开发中，编译器优先运算 "+" 运算符并进行计算就会造成错误的结果。

表达式中常用的运算符的运算顺序如表 8.9 所示。

表 8.9　运算符优先级

运算符类型	运　算　符
元运算符	X.y,f(x),a[x],x++,x--,new,typeof,checked,unchecked
一元运算符	+,-,!,~,++x,--x,(T)x
算术运算符	*,/,%
位运算符	<<,>>,&,|,^,~
关系运算符	<,>,<=,>=,is,as
逻辑运算符	&,^,|
条件运算符	&&,||,?
赋值运算符	=,+=,-=,*=,/=,<<=,>>=,&=,^=,|=

任务实施

编写一个程序，计算用户给定半径的圆的周长和面积。

8.2.1　根据给定的半径计算圆的周长和面积

（1）生成 banjing.aspx 文件。按照图 8.8 所示的样式设计界面。

图 8.8　计算界面

将文本框的 ID 设置为 "raid"，将按钮的 ID 设置为 "compute"。在 banjing.aspx 文件中生成以下代码：

```
<%@ Page Language="C#" ContentType="text/html" ResponseEncoding ="utf-8"
codefile="banjing.aspx.cs" inherits="banjing"%>
<!DOCTYPE html PUBLIC "-//W3C//DTD XHTML 1.0 Transitional//EN"
"http://www.w3.org/TR/xhtml1/DTD/xhtml1-transitional.dtd">
<html xmlns="http://www.w3.org/1999/xhtml">
<head>
<meta http-equiv="Content-Type" content="text/html; charset=utf-8" />
<title>计算圆的周长面积</title>
</head>
<body>
<form id="form1" name="form1" method="post" action="" runat="server">
```

```
  <asp:TextBox ID="raid" runat="server"  />
  <asp:Button ID="compute" runat="server" Text="计算" OnClick=" com- pute_
click" />
  </form>
  </body>
  </html>
```

（2）生成 banjing.aspx.cs 文件。创建 banjing.aspx.cs 文件，在代码区输入以下代码。

```
using System;
using System.Data;
using System.Configuration;
using System.Web;
using System.Web.UI;
using System.Web.UI.WebControls;
using System.Web.UI.WebControls.WebParts;
using System.Web.UI.HtmlControls;
public partial class banjing : System.Web.UI.Page
{
    protected void compute_click(object sender, EventArgs e)
    {
        double r;
        r = Convert.ToDouble(this.raid.Text);
        Response.Write(2*r*3.14 );
Response.Write("</p>");
Response.Write(r*r*3.14 );
}
}
```

在程序中，r = Convert.ToDouble(this.raid.Text)先将文本框中输入的内容转换成双精实型的数字，然后将数值赋给变量 r；Response.Write(2*r*3.14)是计算周长的语句。图 8.9 就是输入 1.2 后计算的结果。

7.536

4.5216

图 8.9   计算结果

✒ 拓展知识

在编写 C#语言程序中，经常会碰到类型转换问题。例如整型数和浮点数相加，C#会进行隐式转换。详细记住哪些类型数据可以转换为其他类型数据，是不可能的，也是不必要的。程序员应记住类型转换的一些基本原则，编译器在转换发生问题时，会给出提示。C#语言中类型转换分为隐式转换、显示转换、加框(boxing)和消框(unboxing)等 3 种。

1. 隐式转换

隐式转换就是系统默认的、不需要加以声明就可以进行的转换。例如从 int 类型转换到 long 类型就是一种隐式转换。在隐式转换过程中，转换一般不会失败，转换过程中也不会导致信息丢失。例如：

```
int i=10;
long l=i;
```

2．显示转换

显式类型转换，又叫强制类型转换。与隐式转换正好相反，显式转换需要明确地指定转换类型，显示转换可能导致信息丢失。下面的例子把长整型变量显式转换为整型：

```
long l=5000;
int i=(int)l;//如果超过int取值范围，将产生异常
```

3．加框和消框

加框（boxing）和消框（unboxing）是 C#语言类型系统提出的核心概念，加框是值类型转换为 object（对象）类型，消框是 object（对象）类型转换为值类型。有了加框和消框的概念，对任何类型的变量来说最终都可以看做是 object 类型。

（1）加框操作（装箱）。把一个值类型变量加框也就是创建一个 object 对象，并将这个值类型变量的值复制给这个 object 对象。例如：

```
int i=10;
object obj=i;//隐式加框操作，obj为创建的object对象的引用
```

也可以用显式的方法来进行加框操作，例如：

```
int i =10;
object obj=object(i);//显式加框操作
```

值类型的值加框后，值类型变量的值不变，仅将这个值类型变量的值复制给这个 object 对象。看一下下面的程序：

```
using System
class Test
{    public static void Main()
{    int n=200;
object o=n;
o=201;//不能改变n
Console.WriteLine("{0},{1}",n,o);
}
}
```

输出结果为：200，201。这就证明了值类型变量 n 和 object 类对象 o 都独立存在着。

（2）消框操作（拆箱）。和加框操作正好相反，消框操作是指将一个对象类型显式地转换成一个值类型。消框的过程分为两步：首先检查这个 object 对象，看它是否为给定的值类型的加框值，如是，把这个对象的值复制给值类型的变量。我们举个例子来看看一个对象消框的过程：

```
int i=10;
object obj=i;
int j=(int)obj;//消框操作
```

可以看出消框过程正好是加框过程的逆过程，必须注意加框操作和消框操作必须遵循类型兼容的原则。

（3）加框和消框的使用。定义如下函数：

```
void Display(Object o)//注意，o为Object类型
{    int x=(int)o;//消框
System.Console.WriteLine("{0},{1}",x,o);
}
```

调用此函数：int y=20;Display(y);在此利用了加框概念，虚参被实参替换：Object o=y，也就是说，函数的参数是Object类型，可以将任意类型实参传递给函数。

✎ 总结与回顾

本工作任务主要介绍了 C#语言的顺序结构的编写方法，主要包括变量的定义和初始化、表达式和运算符的用法，以及一些常用规则。特别是对数学表达式和字符表达式做了详细介绍。

✎ 思考与练习

1．简答题

（1）C#中数值类型都有哪些？
（2）C#中运算符的优先级是怎么划分的？

2．实做题

试着编写一个计算器程序。

工作任务 3   控制语句

学会在 ASP.NET 中控制程序流的语句，这些语句不是按代码在程序中的排列位置顺序执行的，而是根据用户的输入进行判断或根据既定的方式执行的。

✎ 学习目标

通过本工作任务的学习，应该达到：

1．知识目标

● 理解选择分支结构和循环结构的控制方式；
● 掌握选择分支语句的结构；
● 掌握循环结构。

2．能力目标

● 能掌握选择分支结构的用法；
● 能掌握循环结构的用法。
● 根据要求，能够运用控制语句完成相应的功能。

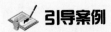 引导案例

1．工作任务名称

使用 C#语言完成对程序流的控制。

2．工作任务背景

经过前面的学习，小博已经能完成简单的 ASP.NET 的程序设计，但还不能在程序中进行判断，例如我们还不能判断用户输入的密码是否正确。同时在需要完成重复操作的任务时，小博编写的程序还无能为力，为此小博一直很着急，我们看看控制语句是否能够帮助小博完成想要的功能。

3．工作任务分析

分支结构和循环结构是计算机的精髓所在。通过实施本项任务我们能深入了解分支结构和循环结构的用法。

4．条件准备

Windows Server 2003、IIS 6.0、Dreamweaver CS5。

 相关知识

本节将介绍 C#语言的重要语句：控制程序流的语句。它们不是按代码在程序中的排列位置顺序执行的。

1．条件语句

条件语句可以根据条件是否满足或根据表达式的值控制代码的执行分支。C#有两个分支代码的结构：if 语句，测试特定条件是否满足；switch 语句，它比较表达式和许多不同的值。

1）if 语句

对于条件分支，其语法是非常直观的：

```
if (condition)
   statement(s)
else
   statement(s)
```

如果在条件中要执行多个语句，就需要用花括号({ … })把这些语句组合为一个块。(这也适用于其他可以把语句组合为一个块的 C#结构，例如 for 和 while 循环)。

```
bool isZero;
if (i == 0)
{
   isZero = true;
   Response.Write("i is Zero");
}
else
{
   isZero = false;
   Response.Write("i is Non-zero");
}
```

还可以单独使用 if 语句，不加 else 语句。也可以合并 else if 子句，测试多个条件。

```
using System;
namespace Wrox.ProCSharp.Basics
{
   class MainEntryPoint
   {
     static void Main(string[] args)
     {
        Response.Write("Type in a string");
        string input;
        input = Response.ReadLine();
        if (input == "")
        {
           Response.Write("You typed in an empty string");
        }
        else if (input.Length < 5)
        {
           Response.Write("The string had less than 5 characters");
        }
        else if (input.Length < 10)
        {
        Response.Write("The string had at least 5 but less than 10
              characters");
        }
        Response.Write("The string was " + input);
     }
   }
}
```

添加到 if 子句中的 else if 语句的个数没有限制。

注意在上面的例子中，我们声明了一个字符串变量 input，让用户在命令行上输入文本，把文本填充到 input 中，然后测试该字符串变量的长度。代码还说明了在 C#中如何进行字符串处理。例如，要确定 input 的长度，可以使用 input.Length。

对于 if，要注意的一点是如果条件分支中只有一条语句，就无需使用花括号：

```
if (i == 0)
   Response.Write("i is Zero");//当 i 等于 0 时执行;
Response.Write("i can be anything");//当 i 不等于 0 时执行;
```

但是，为了保持一致，许多程序员只要使用 if 语句，就使用花括号。

前面介绍的 if 语句还演示了比较值的一些 C#运算符。特别注意，C#使用 "=="对变量进行等于比较。此时不要使用 "="。"="用于赋值。

在 C#中，if 子句中的表达式必须等于布尔值。C#中的 if 语句不能直接测试整数(例如从函数中返回的值)。在 C#中，必须明确地把返回的整数转换为布尔值 true 或 false，例如，比较值 0 和 null：

```
if (DoSomething() != 0)
{
   // Non-zero value returned
}
```

项目 8 C#基本语法

225

```
else
{
  // Returned zero
}
```

2）switch 语句

switch…case 语句适合于从一组互斥的分支中选择一个执行分支。

其形式是 switch 参数的后面跟一组 case 子句。如果 switch 参数中表达式的值等于某个 case 子句旁边的某个值，就执行该 case 子句中的代码。此时不需要使用花括号把语句组合到块中；只需使用 break 语句标记每个 case 代码的结尾即可。也可以在 switch 语句中包含一个 default 子句，如果表达式不等于其他 case 子句的值，就执行 default 子句的代码。下面的 switch 语句测试 integerA 变量的值：

```
switch (integerA)
{
  case 1:
    Response.Write("integerA =1");
    break;
  case 2:
    Response.Write("integerA =2");
    break;
  case 3:
    Response.Write("integerA =3");
    break;
  default:
    Response.Write("integerA is not 1,2, or 3");
    break;
}
```

注意，case 的值必须是常量表达式——不允许使用变量。

但这有一种例外情况。如果一个 case 子句为空，就可以从这个 case 子句跳到下一个 case 子句上，这样就可以用相同的方式处理两个或多个 case 子句了。

```
switch(country)
{
  case "au":
  case "uk":
  case "us":
    language = "English";
    break;
  case "at":
  case "de":
    language = "German";
    break;
}
```

在 C#语言中，switch 语句的一个有趣的地方是 case 子句的排放顺序是无关紧要的，甚至可以把 default 子句放在最前面！因此，任何两个 case 都不能相同。这包括值相同的不同常量，所以不能这样编写：

```
// assume country is of type string
```

```
const string england = "uk";
const string britain = "uk";
switch(country)
{
    case england:
    case britain:        // 引起编译错误;
        language = "English";
        break;
}
```

上面的代码还说明了在 C#中，可以把字符串用做测试变量。

2. 循环语句

C#提供了 4 种不同的循环机制(for、while、do…while 和 foreach)，在满足某个条件之前，可以重复执行代码块。for、while 和 do…while 循环与 C++中的对应循环相同。这里我们介绍常用的 for、while 和 do…while 循环。

1）for 循环

C#的 for 循环提供的迭代循环机制是在执行下一次迭代前，测试是否满足某个条件，其语法如下：

```
for (initializer; condition; iterator)
    statement(s)
```

其中：

- initializer 是指在执行第一次迭代前要计算的表达式(通常初始化为一个局部变量，作为循环计数器);
- condition 是在每次迭代循环前要测试的表达式(它必须等于 true，才能执行下一次迭代);
- iterator 是每次迭代完要计算的表达式(通常是递增循环计数器)。当 condition 等于 false 时，迭代停止。

for 循环是所谓的预测试循环，因为循环条件是在执行循环语句前计算的，如果循环条件为假，循环语句就根本不会执行。

for 循环非常适合用于一个语句或语句块重复执行预定的次数。下面的例子就是使用 for 循环的典型用法，这段代码输出从 0～99 的整数：

```
for (int i = 0; i < 100; i = i+1)
                    {
    Response.Write (i);
}
```

这里声明了一个 int 类型的变量 i，并把它初始化为 0，用作循环计数器。接着测试它是否小于 100。因为这个条件等于 true，所以执行循环中的代码，显示值 0。然后给该计数器加 1，再次执行该过程。当 i 等于 100 时，循环停止。

实际上，上述编写循环的方式并不常用。C#在给变量加 1 时有一种简化方式，即不使用 i = i+1，而简写为 i++：

```
for (int i = 0; i < 100; i++)
{
```

```
}//etc.
```

嵌套的 for 循环非常常见，在每次迭代外部的循环时，内部循环都要彻底执行完毕。这种模式通常用于在矩形多维数组中遍历每个元素。最外部的循环遍历每一行，内部的循环遍历某行上的每个列。下面的代码可以用做 NumberTable 例子，显示数字行：

```
static void logbottom_click(object sender, EventArgs e)
{
// This loop iterates through rows...
for (int i = 1; i < 50; i+=5)
{
for (int j = i; j < i + 10; j++)
{
Response.Write("  " + j);
}
Response.Write("</p>");
}
}
```

尽管 j 是一个整数，但它会自动转换为字符串，以便进行连接。

上述例子的结果是：

```
10 11 12 13 14 15 16 17 18 19
20 21 22 23 24 25 26 27 28 29
30 31 32 33 34 35 36 37 38 39
40 41 42 43 44 45 46 47 48 49
50 51 52 53 54 55 56 57 58 59
```

尽管在技术上，可以在 for 循环的测试条件中计算其他变量，而不计算计数器变量，但这不太常用。此时，可以考虑使用 while 循环。

2）while 循环

while 是一个预测试的循环，while 循环只有一个表达式：

```
while(condition)
  statement(s);
```

与 for 循环不同的是，while 循环最常用于下述情况：在循环开始前，不知道重复执行一个语句或语句块的次数。通常，在某次迭代中，while 循环体中的语句把布尔标记设置为 false，结束循环，如下面的例子所示。

```
bool condition = false;
while (!condition)
{
DoSomeWork();
condition = CheckCondition();  // assume CheckCondition() returns a bool
}
```

所有的 C#循环机制，包括 while 循环，如果只重复执行一条语句，而不是一个语句块，都可以省略花括号。许多程序员都认为最好在任何情况下都加上花括号。

3）do…while 循环

do…while 循环是 while 循环的后测试版本。该循环的测试条件要在执行完循环体之后执行。因此 do…while 循环适合于至少执行一次循环体的情况：

```
bool condition;
do
{
  // this loop will at least execute once, even if Condition is false
  MustBeCalledAtLeastOnce();
  condition = CheckCondition();
} while (condition);
```

4）break 语句

前面简要提到过 break 语句——在 switch 语句中使用它退出某个 case 语句。实际上，break 也可以用于退出 for、foreach、while 或 do…while 循环，循环结束后，立即执行后面的语句。

如果该语句放在嵌套的循环中，就执行最内部循环后面的语句。如果 break 放在 switch 语句或循环外部，就会产生编译时错误。

5）continue 语句

continue 语句类似于 break，也必须用于 for、foreach、while 或 do…while 循环中。但它只从循环的当前迭代中退出，然后在循环的下一次迭代开始重新执行，而不是退出循环。

6）return 语句

return 语句用于退出类的方法，把控制返回方法的调用者，如果方法有返回类型，return 语句必须返回这个类型的值，如果方法没有返回类型，应使用没有表达式的 return 语句。

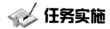 **任务实施**

8.3.1 按顺序输出相应的数字

单击按钮，在屏幕上显示一个 5*6 的表格，表格中按顺序输出相应数字，如图 8.10 所示。

1	2	3	4	5	6
7	8	9	10	11	12
13	14	15	16	17	18
19	20	21	22	23	24
25	26	27	28	29	30

显示表格

图 8.10　显示表格界面

（1）生成 aspx 文件。在代码窗口中，最上面添加语句如下所示：

```
<%@ Page Language="C#" ContentType="text/html" ResponseEncoding  "utf-8"
codefile="biaoge.aspx.cs" inherits="biaoge"%>
```

在网页中加入一个按钮，输入：

```
<asp:Button ID="compute" runat="server" Text="显示表格" OnClick=" compute_
click" />
```

Button 的 ID 为 "compute"，单击事件的名称为"compute_click"。将文件保存为

"biaoge.aspx"。

（2）aspx.cs 文件。

① 引用命名空间。在代码窗口中，输入：

```
using System;
using System.Data;
using System.Configuration;
using System.Web;
using System.Web.Security;
using System.Web.UI;
using System.Web.UI.WebControls;
using System.Web.UI.WebControls.WebParts;
using System.Web.UI.HtmlControls;
```

② 编写实现功能的代码。要实现显示内容，需要用到循环嵌套的结构，也就是表格的每一行是一个循环，表格中每一个列是一个循环。下列代码就是我们使用的循环结构：

```
for(int i=1;i<=5;i++)
    {
        for (int j=1;j<=  6;j++)
        {
        }
    }
```

使用 Response.Write 语句不仅可以向网页中输出字符，也可以输出 html 的标签。比如：

```
Response.Write("<table border= 1>");
```

在循环过程中需要显示的地方就使用 Response.Write 来完成显示输出的功能。把下面的代码输入到代码窗口中，将文件保存为"biaoge.aspx.cs"。

```
public partial class banjing : System.Web.UI.Page
{
protected void compute_click(object sender, EventArgs e)
{
    int j;
    Response.Write("<table border= 1>");
    for(int i=1;i<=5;i++)
    {
        Response.Write("<tr>" );
        j=1;
        while(j<=6)
        {
            Response.Write("<td>" );
            Response.Write((i-1)*6+j);
            Response.Write("</td>" );
            j++;
        }
Response.Write("</table>" );}
 }
 }
```

在 IIS 6.0 中浏览 biaoge.aspx，单击按钮就能得到图 8.10 的结果了。

 **拓展知识**

本节介绍编写 C#程序时应注意的规则。

1. 用于标识符的规则

本节将讨论变量、类、方法等的命名规则。注意本节所介绍的规则不仅是规则，也是 C#编译器强制使用的。

标识符是给变量、用户定义的类型(例如类和结构)和这些类型的成员指定的名称。标识符区分大小写，所以 interestRate 和 InterestRate 是不同的变量。确定在 C#中可以使用什么标识符有以下两个规则。

（1）它们必须以一个字母或下画线开头，但可以包含数字字符；

（2）不能把 C#关键字用做标识符。

C#包含如表 8.10 所示的保留关键字。

表 8.10   C#中的保留关键字

Abstract	Do	In	protected	true
As	Double	Int	public	try
Base	Else	Interface	readonly	typeof
Bool	Enum	Internal	ref	uint
break	Event	Is	return	ulong
byte	Explicit	lock	sbyte	unchecked
case	Extern	long	sealed	unsafe
catch	False	namespace	short	ushort
char	Finally	new	sizeof	using
checked	Fixed	null	stackalloc	virtual
class	Float	object	static	volatile
const	For	operator	string	void
continue	Foreach	out	struct	while
decimal	Goto	override	switch	
default	If	params	this	
delegate	Implicit	private	throw	

如果需要把某一保留字用做标识符(例如，访问一个用另一种语言编写的类)，可以在标识符的前面加上前缀@符号，指示编译器其后的内容是一个标识符，而不是 C#关键字(所以 abstract 不是有效的标识符，而@abstract 是)。

最后，标识符也可以包含 Unicode 字符，用语法\uXXXX 来指定，其中 XXXX 是 Unicode 字符的四位 16 进制代码。下面是有效标识符的一些例子，例如 Name、uberfluß、_Identifier、\u005fIdentifier。

最后两个标识符是相同的，可以互换(005f 是下画线字符的 Unicode 代码)，所以在相同的作用域内不要声明两次。注意虽然从语法上看，标识符中可以使用下画线字符，但在大多数情况下，最好不要这么做，因为它不符合 Microsoft 的变量命名规则，这种命名规则可以确保开发人员使用相同的命名规则，易于阅读每个人编写的代码。

2. 用法约定

在任何开发环境中，通常有一些传统的编程风格。这些风格不是语言的一部分，而是约定，例如，变量如何命名，类、方法或函数如何使用等。如果使用某语言的大多数开发人员都遵循相同的约定，不同的开发人员就很容易理解彼此的代码，有助于程序的维护。

使程序易于理解的一个重要方面是给对象选择命名的方式，包括变量名、方法名、类名、枚举名和命名空间的名称。

显然，这些名称应反映对象的功能，且不与其他名称冲突。在.NET Framework 中，一般规则也是变量名要反映变量实例的功能，而不是反映数据类型。例如，Height 就是一个比较好的变量名，而 IntegerValue 就不太好。但是，这种规则是一种理想状态，很难达到。在处理控件时，大多数情况下使用 ConfirmationDialog 和 ChooseEmployeeListBox 等变量名比较好，这些变量名说明了变量的数据类型。

名称的约定包括以下几个方面。

1）名称的大小写

在许多情况下，名称都应使用 Pascal 大小写命名形式。 Pascal 大小写形式是指名称中单词的第一个字母大写，例如 EmployeeSalary、ConfirmationDialog、PlainTextEncoding。注意，命名空间、类、以及基类中的成员等的名称都应遵循该规则，最好不要使用带有下画线字符的单词，即名称不应是 employee_salary。其他语言中常量的名称常常全部都是大写，但在 C#中最好不要这样，因为这种名称很难阅读，而应全部使用 Pascal 大小写形式的命名约定：

```
const int MaximumLength;
```

还推荐使用另一种大小写模式：camel 大小写形式。这种形式类似于 Pascal 大小写形式，但名称中第一个单词的第一个字母不是大写：employeeSalary, confirmationDialog, plainTextEncoding。下面两种情况可以使用 camel 大小写形式。

① 类型中所有私有成员字段的名称都应是 camel 大小写形式，代码如下：

```
public int subscriberID;
```

但要注意成员字段名常常用一个下画线开头，代码如下：

```
public int _subscriberID;
```

② 传递给方法的所有参数都应是 camel 大小写形式，代码如下：

```
public void RecordSale(string salesmanName, int quantity);
```

camel 大小写形式也可以用于区分同名的两个对象—— 比较常见的情况是属性封装一个字段，代码如下：

```
private string employeeName;
public string EmployeeName
{
  get
    {
      return employeeName;
    }
  }
```

(左侧竖排) Dreamweaver CS5 动态网站设计与实现案例教程

如果这么做，则私有成员总是使用 camel 大小写形式，而公共的或受保护的成员总是使用 Pascal 大小写形式，这样使用这段代码的其他类就只能使用 Pascal 大小写形式的名称了（除了参数名以外）。

还要注意大小写问题。C#是区分大小写的，所以在 C#中，仅大小写不同的名称在语法上是不同的，如上面的例子。但是，程序集可能在 VB.NET 应用程序中调用，而 VB.NET 是不区分大小写的，如果使用仅大小写不同的名称，就必须使这两个名称不能在程序集的外部访问。（上例是可行的，因为仅私有变量使用了 camel 大小写形式的名称）否则，VB.NET 中的其他代码就不能正确使用这个程序集。

2）名称的风格

名称的风格应保持一致。例如，如果类中的一个方法叫 ShowConfirmationDialog()，其他方法就不能叫 ShowDialogWarning()或 WarningDialogShow()，而应是 ShowWarningDialog()。

3）命名空间的名称

命名空间的名称非常重要，一定要仔细设计，以避免一个命名空间中对象的名称与其他对象同名。记住，命名空间的名称是.NET 区分共享程序集中对象名的唯一方式。如果软件包的命名空间使用的名称与另一个软件包相同，而这两个软件包都安装在一台计算机上，就会出问题。因此，最好用自己的公司名创建顶级的命名空间，再嵌套后面技术范围较窄、用户所在小组或部门或类所在软件包的命名空间。Microsoft 建议使用如下的命名空间：<CompanyName>.<TechnologyName>，例如：

```
WeaponsOfDestructionCorp.RayGunControllers
WeaponsOfDestructionCorp.Viruses
```

4）名称和关键字

名称不应与任何关键字冲突，这是非常重要的。实际上，如果在代码中，试图给某个对象指定与 C#关键字同名的名称，就会出现语法错误，因为编译器会假定该名称表示一个语句。但是，由于类可能由其他语言编写的代码访问，所以不能使用其他.NET 语言中的关键字作为对象的名称。

总结与回顾

本项目主要介绍了一些 C#基本语法，包括编写简单 C#程序需要掌握的内容。我们讲述了许多背景知识，本项目的主要内容包括：

- 声明各种数据类型的变量；
- 在 C#程序中控制执行流；
- 用法规则和命名约定，在编写 C#代码时应遵循这些规则，使代码符合一般的.NET 规范，这样其他人就很容易理解你所编写的代码了。

思考与训练

1．简答题

（1）选择分支语句都有哪几种，在使用时需要注意什么？

（2）循环语句都有哪几种，每种循环语句循环次数如何控制？

2. 实做题

（1）试着编写代码生成下面的内容。

3

4 5

5 6 7

6 7 8 9

7 8 9 10 11

（2）试着编写代码生成乘法口诀。

（3）试着在网页中显示杨辉三角法则，如下所示。

1

1 2 1

1 3 3 1

1 4 6 4 1

1 5 10 10 5 1

项目 9
动态文章发布系统

本项目综合运用本书讲述的知识制作一个完整的动态文章发布系统的网站。本项目依据软件工程的思想，按照动态网站开发的一般步骤，共分 3 个工作任务，工作任务 1 主要完成工作任务分析的工作以及站点的建立和配置;工作任务 2 主要完成模板的设计; 工作任务 3 根据系统分析的结果完成相应的功能。

通过本项目的学习，应达到以下的目标:

★　　根据需求完成系统分析;

★　　动态网站和网络数据库的设计、调试方法;

★　　掌握动态网站开发的基本方法和流程;

★　　掌握动态网站开发的常用技术和技巧。

工作任务 1　动态文章发布系统的工作任务分析

工作任务分析是做好软件开发工作的第一步，也是至关重要的一步。优秀的分析能为下一步的工作打下良好的基础;不合格的分析会给后面的工作带来很多麻烦甚至直接导致系统开发失败。因此尽管在分析的过程中不能得到任何软件结果，但为了开发工作任务的顺利完成，多花一点时间进行工作任务分析也是非常值得的。

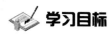 学习目标

通过本工作任务的学习，应该达到:

1．知识目标

● 了解工作任务分析的一般过程；
● 理解工作任务分析的普遍方法；
● 掌握一种工作任务分析的方法。

2．能力目标

能完成一些简单工作任务的工作任务分析。

引导案例

1．工作任务名称

对博客站点进行工作任务分析。

2．工作任务背景

小博经过 8 个项目的学习，已经掌握了网页编辑、动态网页的设计以及数据库技术。小博决定将所掌握的知识综合起来，完成一个完整的网站系统开发。

3．工作任务分析

做好一个工作任务的第一步必须要进行工作任务分析，工作任务分析是将用户需求转化为计算机专业语言（如 UML 而不是程序语言），作为工作任务分析的结果可以是一些图表、文档等。

4．条件准备

Windows Server 2003、IIS 6.0、Dreamweaver CS5。

相关知识

工作任务分析与设计的方法主要包括结构化生命周期法（又称瀑布法）、原型化方法（迭代法）、面向对象方法。

按时间过程来分，开发方法分为生命周期法和原型法，实际上还有许多处于中间状态的方法。原型法又按照对原型结果的处理方式分为试验原型法和演进原型法。试验原型法只把原型当成试验工具，试了以后就抛掉，根据试验的结论做出新的系统。演进原型法则把试好的结果保留，成为最终系统的一部分。

按照工作任务的分析要素，可以把开发方法分为三类：

● 面向处理方法（Processing Oriented，PO）。
● 面向数据方法（Data Oriented，DO）。
● 面向对象方法（Object Oriented，OO）。

任务实施

9.1.1　任务需求分析

本系统是为了完成作者在网上发布文章，浏览者在网上阅读并对文章进行留言或评价，同时实现管理员对文章进行管理的功能。

（1）文章管理。管理员可以将自己的文章上传到网站上，网页用户可以通过网站浏览到文章；同时实现管理员对作者上传的文章进行分类或删除等功能。

（2）管理员信息和系统信息管理。管理员信息包括管理员密码、管理员头像等；系统信息包括系统名称、版权内容、页面显示属性等。

（3）留言管理。实现当网页用户阅读完文章后，可以对该文章进行评价并给作者留言的功能。

9.1.2 功能分析

根据上述需求分析，系统功能项目应包括信息管理功能项目和内容管理功能项目。其具体功能如下所示：

（1）管理员管理应包括栏目管理、文章管理、评论管理、个人信息管理。

（2）分类管理应包括文章类型的添加、修改、删除。

（3）文章管理应包括文章的修改、删除。

（4）评论管理应包括评论的删除。

（5）留言管理应包括留言的删除和回复。

管理员用户功能项目如图 9.1 所示。

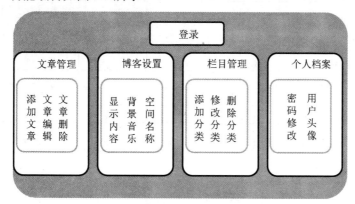

图 9.1　普通用户功能模块图

9.1.3 数据库的建立

为了实现系统的各项功能，存储操作的数据需要使用数据库技术。我们选用 Microsoft公司的 SQL Server 2005 作为后台数据库系统。

根据上面的系统功能分析，设计如下数据表。

（1）管理员信息包括用户名、密码、基本信息（电子邮件、电话）、登录时间等信息。存储这些信息内容，需要按照表 9.1 中的定义建立管理员信息表。

（2）文章信息包括编号、标题、内容、分类等基本信息。存储这些信息内容，需要按照表 9.2 中的定义建立文章信息表。

表 9.1　管理员信息表（NS_BlogAdmin）的定义

字　段　名	属　性	长　度	允　许　空	说　明
UserID	Nvarchar	50	False	用户编号
UserName	Nvarchar	50	False	用户名
Realname	Nvarchar	50	True	真实姓名
Password	Nvarchar	50	False	密码
Email	Nvarchar	50	True	电子邮箱
Telphone	Nvarchar	50	True	电话
Logdate	Datetime		False	登录时间
Logcount	int		False	登录次数
Lastlogip	Nvarchar	50	True	上次登录地址
Lastlogdate	daatetime		True	上次登录时间
State	bit		True	状态
Adminlogo	varchar	255	True	头像

表 9.2　文章信息表（NS_BlogArticle）

字　段　名	属　性	长　度	允　许　空	说　明
ID	int	10	False	文章编号
Title	varchar	255	True	文章标题
Content	ntext		True	文章内容
classID	int		True	类型编号
isDiscuss	Bit		False	是否评论
IsOpen	bit		False	是否打开
Writetime	Datetime		True	编辑时间
Author	varchar	50	True	作者
Hits	int		True	点击次数
className	nvarchar	20	True	类型名称

（3）类型信息包括编号、类型名称。存储这些信息内容，需要按照表 9.3 中的定义建立类型信息表。

表 9.3　类型信息表 （NS_BlogClass）

字　段　名	属　性	长　度	允　许　空	说　明
classID	int		False	类型编号
classname	nvarchar	20	False	类型名称

（4）评论信息包括编号、标题、内容、分类等基本信息。存储这些信息内容，需要按照表 9.4 中的定义建立评论信息表。

表 9.4　评论信息表（NS_BlogDiscuss）

字　段　名	属　性	长　度	允　许　空	说　明
ID	Int		False	编号
articleID	Int		Fasle	文章编号
classID	int		True	分类编号
Author	varchar	20	False	作者
UserIP	varchar	20	True	用户 IP 地址
Email	varchar	20	True	电子邮箱

字 段 名	属 性	长 度	允 许 空	说 明
Content	ntext		False	评论内容
WriteTime	Datetime		False	编写时间
Reply	Ntext		False	回复内容
ReplyTime	datetime		False	回复时间

（5）系统设置信息是存储系统的一些设置信息，包括标题、显示内容、版权等基本信息。存储这些信息内容需要按照表 9.5 中的定义建立系统设置信息表。

表9.5　系统设置信息表（NS_BlogSystem）

字 段 名	属 性	长 度	允 许 空	说 明
ID	Int		False	编号
BlogName	Varchar	255	True	空间名称
BlogURL	Varchar	255	True	空间地址
BlogPage	Int		True	每页显示文章
BlogDisplay	Int		True	显示内容
BlogMusic	Ntext		True	背景音乐
BlogCopyRight	Ntext		True	版权信息

启动 Microsoft 的 SQL Server Management Studio 工具，在对象资源管理器的数据库位置单击鼠标右键弹出快捷菜单，运行"新建数据库"命令，如图 9.2 所示；弹出"新建数据库"对话框，在常规选项卡中输入数据库的名称："blog_com"，单击"确定"按钮完成新建数据库的工作，如图 9.3 所示。

图 9.2　新建数据库

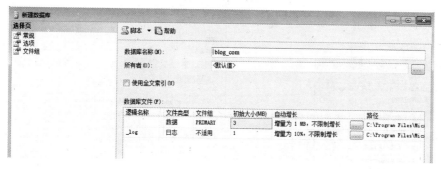

图 9.3　"新建数据库"对话框

完成了新建数据库的任务后，就要在数据库中新建需要的表了。单击对象资源管理器中数据库前面的"+"，再单击新建数据库 blog_com 前面的"+"，打开数据库 blog_com 的内容，在表的节点处单击鼠标右键，选择快捷菜单中"新建表"的命令，如图 9.4 所示。

系统自动进入新建表的界面，按照数据库分析的内容，建立表 NS_BlogAdmin，如图 9.5 所示。

图 9.4　新建表

图 9.5　新建 NS_blogAdmin 表

将表名保存为 NS_BlogAdmin。其他数据表的新建过程类似，在此不再赘述。

9.1.4　站点设置

任何高级程序都要在它指定的平台下运行，运行 ASP.NET 程序就需要 Internet 信息管理器（以下简称 IIS）平台。

正确建立站点是完成 Web 系统开发的第一步。首先运行 IIS。在连接中鼠标右键单击"网站"，运行"添加网站"命令，如图 9.6 所示。打开"添加网站"对话框如图 9.7 所示，输入网站名称、选择网站存放的物理路径。如果需要在互联网上发布还要给这个站点分配一个 IP 地址。设置完成后单击"确定"按钮完成站点设置。

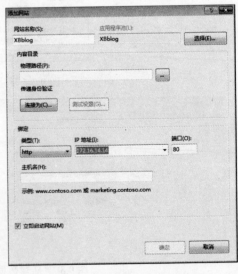

图 9.6　添加网站

图 9.7　"添加网站"对话框

9.1.5 新建站点

首先按照下列步骤新建站点。

（1）打开"站点设置"对话框，请选择"站点|新建站点"或选择"站点|管理站点"。

（2）单击"新建"命令以设置新站点，或选择现有的 Dreamweaver 站点并单击"编辑"命令。

（3）在"站点设置"对话框中，选择"服务器"并执行下列操作之一：单击"添加新服务器"按钮，添加一个新服务器选择一个现有的服务器，然后单击"编辑现有服务器"按钮；图 9.8 显示已填充文本字段的"服务器"的"基本"选项。

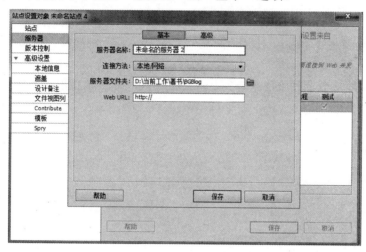

图 9.8 站点设置

（4）在"服务器名称"文本框中，指定新服务器的名称。该名称可以是所选择的任何名称。

（5）从"连接方法"弹出菜单中，选择"本地/网络"。

（6）输入服务器文件夹的地址。

默认情况下，Dreamweaver 会保存密码。如果您希望每次连接到远程服务器时 Dreamweaver 都提示输入密码，请取消选择"保存"选项。

（7）如果仍需要设置更多选项，请展开"更多选项"部分。

（8）单击"保存"按钮关闭"基本"对话框。然后在"服务器"中，指定刚添加或编辑的服务器为远程服务器、测试服务器。

9.1.6 创建数据库连接

（1）打开 web.config 文件。

（2）在<configuration><connectionStrings/>之间添加下面的代码：

```
<connectionStrings>
<appSettings>
  <add key="ConnectionString" value="Server=(local);database=blog_com;uid
=sa;pwd=12345;"/>
</appSettings>
<connectionStrings/>
```

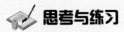 思考与练习

1. 简答题

工作任务分析的方法有哪些？

2. 实做题

（1）分析典型论坛网站并对网站进行数据库设计。
（2）用代码的方式实现数据库连接，还可以连接其他的数据库，例如 Access 等。

工作任务 2　构建模板

使用模板可以一次更新多个页面。从模板创建的文档与该模板保持连接状态。可以修改模板并立即更新基于该模板的所有文档中的设计。

 学习目标

通过本工作任务的学习，应该达到：

1. 知识目标

- 了解模板的基本概念和相关知识；
- 掌握在 Dreamweaver CS5 中模板的修改和使用方法。

2. 能力目标

能创建、修改和应用模板方法。

 引导案例

1. 工作任务名称

为文章发布系统创建模板。

2. 工作任务背景

经过前面分析，小博发现依次创建多个页面是很麻烦的事情，而且还不能保证所有的页面统一。那么如果能把每个页面中的相同元素放到一起，用起来就方便多了。

3. 工作任务分析

小博发现在 Dreamweaver CS5 中提供了模板的功能，非常适合网站开发使用，只需要在新建文件的时候使用模板就可以了。

242

4. 条件准备

Dreamweaver CS5。

 **相关知识**

模板是一种特殊类型的文档，用于设计"固定的"页面布局；然后可以基于模板创建文档，创建的文档会利用模板的页面布局。设计模板时，可以指定在基于模板的文档中哪些内容是用户"可编辑的"。模板创作者可以在文档中包括数种类型的模板区域。

1. 创建 Dreamweaver 模板

创建一个新的模板可以基于现有文档（如 HTML、Adobe ColdFusion 或 Microsoft Active Server Pages 文档），也可以基于新文档创建模板。创建模板后，可以插入模板区域，并为代码颜色和模板区域高亮颜色设置模板的首选参数。

1）基于现有文档创建模板

① 打开要另存为模板的文档。

② 选择"文件|另存为模板"菜单；或者在"插入"面板的"常用"类别中，单击"模板"按钮，然后从弹出菜单中选择"创建模板"。

③ 从"站点"弹出菜单中选择一个用来保存模板的站点，然后在"另存为"框中为模板输入一个唯一的名称。

④ 单击"保存"按钮。Dreamweaver 将模板文件以文件扩展名 .dwt 保存在站点的本地根文件夹中的 Templates 文件夹中。如果该 Templates 文件夹在站点中尚不存在，Dreamweaver 将在您保存新建模板时自动创建该文件夹。

2）使用资源面板来创建新模板

① 在"资源"面板中，选择面板左侧的"模板"类别，如图 9.9 所示。

② 单击"资源"面板底部的"新建模板"按钮。一个新的、无标题的模板将添加到"资源"面板的模板列表中。

2. 模板中的可编辑区域

1）插入可编辑区域

① 在文档窗口中，选择想要设置为可编辑区域的文本或内容。

② 插入可编辑区域：选择"插入|模板对象|可编辑区域"命令。或者在"插入"面板的"常用"类别中，单击"模板"按钮，然后从弹出菜单中选择"可编辑区域"。

③ 在"名称"框中为该区域输入唯一的名称如图 9.10 所示。

④ 单击"确定"按钮。

可编辑区域在模板中由高亮显示的矩形边框围绕，如图 9.11 所示，该边框使用在首选参数中设置的高亮颜色。该区域左上角的选项卡显示该区域的名称。如果在文档中插入空白的可编辑区域，则区域的名称会出现在该区域内部。

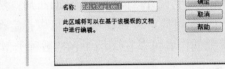

图 9.9　资源面板图　　　　　　9.10　新建可编辑区域　　　　　　图 9.11　可编辑区域

在插入可编辑区域之前，必须将要插入该区域的文档另存为模板。用户可以将可编辑区域置于页面的任意位置，但如果要使表格或绝对定位的元素（AP 元素）可编辑，需要考虑以下几点：

① 可以将整个表格或单独的表格单元格标记为可编辑的，但不能将多个表格单元格标记为单个可编辑区域。如果选定 <td> 标签，则可编辑区域中包括单元格周围的区域；如果未选定，则可编辑区域将只影响单元格中的内容。

② AP 元素和 AP 元素内容是不同的元素；将 AP 元素设置为可编辑便可以更改 AP 元素的位置和该元素的内容，而使 AP 元素的内容可编辑则只能更改 AP 元素的内容，不能更改该元素的位置。

2）选择可编辑区域

在模板文档和基于模板的文档中，都可以方便地标识和选择模板区域。

① 在文档窗口中选择可编辑区域。单击可编辑区域左上角的选项卡，就能选择模板中的可编辑区域。

② 在文档中查找和选择可编辑区域。选择"修改|模板"，然后从该子菜单底部的列表中选择区域的名称。可编辑区域在文档中被选定。

3）删除可编辑区域

如果已经将模板文件的某个区域标记为可编辑，现在想要重新锁定该区域（使其在基于模板的文档中不可编辑），请使用"删除模板标记"命令。

① 单击可编辑区域左上角的标签以选中它。

② 选择"修改|模板"中的"删除模板标记"。

4）更改可编辑区域的名称

插入可编辑区域后，可以在以后更改它的名称。

① 单击可编辑区域左上角的标签以选中它。

② 在属性检查器（"窗口|属性"）中，输入一个新名称。

3．在模板中创建重复区域

模板用户可以使用重复区域在模板中重制任意次数的指定区域。重复区域不必是可编辑区域。要将重复区域中的内容设置为可编辑（例如，允许用户在基于模板的文档的表格单元格中输入文本），必须在重复区域中插入可编辑区域。

（1）在文档窗口中选择想要设置为重复区域的文本或内容。

（2）选择"插入|模板对象|重复区域"，如图9.12所示。

当插入的重复区域是表格时，可以使用重复表格创建包含重复行的表格格式的可编辑区域。可以定义表格属性并设置哪些表格单元格可编辑。

（1）在文档窗口中，将插入点放在文档中想要插入重复表格的位置。

（2）选择"插入|模板对象|重复表格"。

（3）指定表格中的行数和列数选项，然后单击"确定"按钮，如图9.13所示。

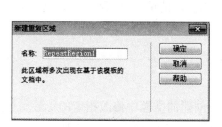

图9.12　新建重复区域

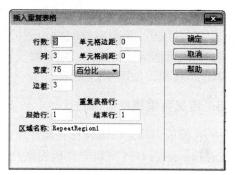

图9.13　插入重复表格

说明：

● 单元格边距决定单元格内容与单元格边框之间的像素数。

● 单元格间距决定相邻的表格单元格之间的像素数。

如果没有为单元格边距和单元格间距明确赋值，则多数浏览器按照单元格边距设为1；单元格间距设为2来显示表格。若要确保浏览器显示表格时不显示边距或间距，就将"单元格边距"和"单元格间距"设置为0。

● 宽度以像素为单位或按占浏览器窗口宽度的百分比指定表格的宽度。

● 边框指定表格边框的宽度（以像素为单位）。

如果没有为边框明确赋值，则多数浏览器按边框设为1来显示表格。若要确保浏览器显示的表格没有边框，请将边框设置为0。如果要在边框设置为0时查看单元格和表格边框，请选择"查看|可视化助理|表格边框"。

● 重复表格的行指定表格中的哪些行包括在重复区域中。

● 起始行将输入的行号设置为要包括在重复区域中的第一行。

● 结束行将输入的行号设置为要包括在重复区域中的最后一行。

● 区域名称用于设置重复区域的唯一名称。

4．在模板中的可选区域

1）插入不可编辑的可选区域

① 在文档窗口中，选择要设置为可选区域的元素。

② 选择"插入|模板对象|可选区域"，如图9.14所示。

③ 输入可选区域的名称；如果要设置可选区域的值，请单击"高级"选项卡；然后单击"确定"按钮。

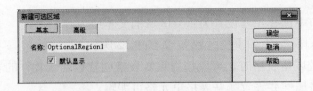

图 9.14　新建可选区域基本选项卡

2）插入可编辑的可选区域

① 在文档窗口中，将插入点置于要插入可选区域的位置。

不能环绕选定内容来创建可编辑的可选区域。插入区域，然后在该区域内插入内容。

② 选择"插入|模板对象|可编辑的可选区域"。

③ 输入可选区域的名称；如果要设置可选区域的值，请单击"高级"选项卡；然后单击"确定"按钮，如图 9.15 所示。

5. 定义可编辑标签属性

1）在模板中指定可编辑标签属性

Dreamweaver CS5 可以允许模板用户在根据模板创建的文档中修改指定的标签属性。

例如，可以在模板文档中设置背景颜色，但仍允许模板用户为它们创建的页面设置不同的背景颜色。用户只能更新指定为可编辑的属性。

还可以在页面中设置多个可编辑属性，这样，模板用户就可以在基于模板的文档中修改这些属性。支持的数据类型有文本、布尔值 (true/false)、颜色和 URL。

创建可编辑标签属性时将在代码中插入一个模板参数。该属性的初始值在模板文档中设置；当创建基于模板的文档时，它将继承该参数。模板用户便可以在基于模板的文档中编辑该参数。

（1）在文档窗口中，选择想要为其设置可编辑标签属性的项目。

（2）选择"修改|模板|令属性可编辑"，如图 9.16 所示。

图 9.15　新建可选区域高级选项卡

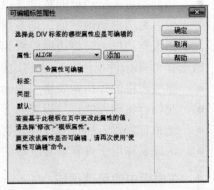

图 9.16　可编辑标签属性

（3）在"属性"框中输入名称，或者在"可编辑标签属性"对话框中选择属性。

（4）在"标签"框中，输入属性的唯一名称。

（5）在"类型"菜单中，设置下列选项之一以选择可供此属性使用的值的类型。

① 若要让用户为属性输入文本值，请选择"文本"。例如，可以使用带有 align 属性的文本；然后，用户就可以将该属性的值设置为左对齐、右对齐或居中对齐。

② 若要插入元素的链接（如图像的文件路径），请选择"URL"。使用此选项可以自动更新链接中所用的路径。如果用户将图像移动到新的文件夹，则"更新链接"对话框将会出现。

③ 若要使颜色选择器可用于选择值，请选择"颜色"。

④ 要使用户能够在页面上选择 true 或 false 值，请选择"真/假"。

⑤ 若要让模板用户可以输入数值以更新属性（例如，更改图像的高度或宽度值），请选择"数字"。

（6）"默认值"框显示模板中所选标签属性的值。在此框中输入一个新值，以便为基于模板的文档中的参数设置另外一个初始值。

2）将可编辑标签属性设置为不可编辑

可以将先前标为可编辑的标签标为不可编辑。

（1）在模板文档中，单击与可编辑属性相关联的元素，或使用标签选择器来选择标记。

（2）选择"修改|模板|令属性可编辑"。

（3）"属性"弹出菜单中，选择您要影响的属性。

（4）取消选择"使属性可编辑"，然后单击"确定"按钮。

（5）更新基于该模板的文档。

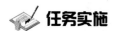 任务实施

9.2.1　创建模板

创建模板可以基于现有文档（如 HTML、Adobe ColdFusion 或 Microsoft Active Server Pages 文档），也可以从 Dreamweaver CS5 中选定合适的模板。

为了更快捷地使用模板，我们使用已经制作好的主页框架来完成模板的创建。

（1）打开要另存为模板的文档：打开 defult.aspx 文件，如图 9.17 所示。

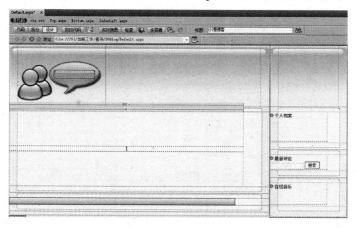

图 9.17　Defult.aspx 文件

（2）选择"文件|另存为模板"，输入文件名为"template"，保存类型为"Template file(*.dwt)"，如图 9.18 所示。

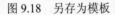

图 9.18　另存为模板　　　　　　　　图 9.19　编辑和使用模板

（3）在插入面板的"模板对象"类别中，单击"创建模板"按钮，然后从弹出菜单中选择"保存"。

（4）从"站点"弹出菜单中选择一个用来保存模板的站点，然后在"另存为"框中为模板输入一个唯一的名称（如 template）。

（5）单击"保存"按钮。Dreamweaver 将模板文件以文件扩展名 .dwt 保存在站点的本地根文件夹中的 Templates 文件夹中。如果该 Templates 文件夹在站点中尚不存在，Dreamweaver 将在保存新建模板时自动创建该文件夹。

9.2.2　使用模板

单击"文件|新建"命令，选择"模板中的页"，单击"创建"按钮就能生成一个和模板一样的页面，如图 9.20 所示。

图 9.20　使用模板

 拓展知识

1．在"设计"视图中识别模板

在"设计"视图中，可编辑区域出现在"文档"窗口的预设高亮颜色的矩形外框中。

每个区域的左上角都会出现一个小的标签，其中显示该区域的名称。

通过查看"文档"窗口中的标题栏，可以识别模板文件。模板文件的标题栏中包含单词 Template，并且模板文件的扩展名为.dwt。

2. 在"代码"视图中识别模板

在"代码"视图中，使用以下注释标记 HTML 中的可编辑内容区域：

```
<!-- TemplateBeginEditable> 和 <!-- TemplateEndEditable -->
```

可以使用代码颜色首选参数设置自己的配色方案，以便在"代码"视图中查看文档时可以轻松地区分模板区域。

这些注释之间的任何内容都可以在基于模板的文档中编辑。可编辑区域的 HTML 源代码可能类似于如下形式：

```
<table width="75%" border="1" cellspacing="0" cellpadding="0">
<tr bgcolor="#333366">
<td>Name</td>
<td><font color="#FFFFFF">Address</font></td>
<td><font color="#FFFFFF">Telephone Number</font></td>
</tr>
<!-- TemplateBeginEditable name="LocationList" -->
<tr>
<td>Enter name</td>
<td>Enter Address</td>
<td>Enter Telephone</td>
</tr>
<!-- TemplateEndEditable -->
</table>
```

3. 在"设计"视图中识别基于模板的文档

在基于模板的文档中，"文档"窗口的"设计"视图中的可编辑区域处周围会显示预设高亮颜色的矩形外框。每个区域的左上角都会出现一个小的标签，其中显示该区域的名称。

除可编辑区域的外框之外，整个页面周围也会显示其他颜色的外框，右上角的选项卡给出该文档的基础模板的名称。这一高亮矩形提醒我们相应文档基于某个模板，不能更改可编辑区域之外的内容。

 **思考与训练**

1. 简答题

（1）在 Dreamweaver CS5 中如何建立模板？

（2）模板在开发过程中如何提高效率？

2. 实做题

试着使用模板建立一个 BBS 站点。

工作任务 3　系统功能实现

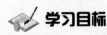
学习目标

通过本工作任务的学习，应该达到：

1. 知识目标

- 了解数据库网站的开发方法；
- 掌握对数据库表的增、删、改、查的基本操作方法；
- 掌握 FileUpLoad 的使用方法；
- 掌握 GridView、GridList 等数据控件的一般使用方法；
- 掌握 Session 的使用方法；
- 掌握富文本编辑器的使用方法。

2. 能力目标

能够完成简单的数据库 Web 应用程序的开发任务。

引导案例

1. 工作任务名称

编写动态新闻发布系统的功能代码。

2. 工作任务背景

小博已经完成了对动态新闻发布系统的工作任务分析工作，下一步小博就要根据分析的结果，利用所学到的知识完成各个功能了。

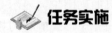

图 9.21　管理员登录

3. 条件准备

Windows Server 2003、IIS 6.0、Dreamweaver CS5。

任务实施

9.3.1　系统登录

为了保证系统设置的安全性，在修改系统设置前应该提供一个用户的登录界面，如图 9.21 所示。

（1）完成界面的编辑。从模板中新建一个文件，保存为 Login.Aspx。按照图 9.21 所示设计界面。

（2）完成功能。用户单击"登录"按钮后，系统需要判断用户名和密码是否与数据库中的信息一致，如果正确，将登录的用户名存入 Session（Session 是用于保持状态的基于 Web 服务器的方法。Session 允许通过将对象存储在 Web 服务器的内存中在整个用户会话过程中保持任何对象）。

其语句是："Session["UserName"] = this.AdminName.Text;"。如果用户名和密码错误，提示用户输入错误。下面就是完成这个功能的代码。

```
 1    protected void LogBottom_Click(object sender, EventArgs e)
 2    {
 3    string AdminName = repString(Request.QueryString["AdminName"]);
 4    string PassWord = repString(Request.QueryString["AdminPassword"]);
 5    SqlConnection Sqlconn = new SqlConnection(ConfigurationManager. App
Settings["ConnectionString"].ToString());
 6    Sqlconn.Open();
 7    string StrSQL = "select * from NS_BlogAdmin where UserName= @AdminName
and PassWord=@PassWord";
 8    SqlCommand com = new SqlCommand(StrSQL, Sqlconn);
 9    com.Parameters.Add("@AdminName", SqlDbType.VarChar).Value = this.
AdminName.Text;
 10    com.Parameters.Add("@PassWord", SqlDbType.VarChar).Value = this.
AdminPassword.Text
 11    SqlDataReader rs = com.ExecuteReader();
 12    if (rs.Read())
 13    {
 14        Session["UserName"] = this.AdminName.Text;
 15        rs.Close();
 16        com.Clone();
 17        Sqlconn.Close();
 18        Response.Redirect("default.aspx");
 19    }
 20    else
 21    {
 22    Response.Write("<script>alert('用户名和密码错误')</script>");
 23    }
 24    }
```

上述代码中第 5 行至第 11 行是读取数据库的语句。其中第 7 行是 SQL 语句，运行该语句得到用户名和密码都一致的记录，如果记录数为零则说明用户名密码错误，第 12 行至第 23 行的选择分支结构进行了判断。

9.3.2　用户信息

1）界面设计

从模板中新建一个文件，保存为 AdminSystem.Aspx，添加用户账号、用户密码、确认密码等文本和文本框，将"密码"的文本框的文本模式设置成"密码"。如图 9.22 所示。

图 9.22　个人档案

下面程序是编辑 ASP 对象后得到的相应的代码。

```
    用户账号： <asp:TextBox ID="UserName" runat="server" class="put3" Width="
350px" MaxLength="200"></asp:TextBox>
    <asp:RequiredFieldValidator ID="RequiredFieldValidator0" runat=" server"
ErrorMessage="用户账号不能为空" ControlToValidate="UserName"> </asp:Required
FieldValidator><br>
    用户密码： <asp:TextBox ID="Password" runat="server" class="put3" Width="
350px" MaxLength="200" TextMode="Password"></asp:TextBox>
    <asp:RequiredFieldValidator ID="RequiredFieldValidator1" runat=" server"
ControlToValidate="Password"ErrorMessage=" 密码不能为空" Display ="Dynamic">
</asp:RequiredFieldValidator><br>
    确认密码： <asp:TextBox ID="RePassword" runat="server" class="put3" Width="
350px" MaxLength="200" TextMode="Password"></asp:TextBox>
    <asp:RequiredFieldValidator ID="RequiredFieldValidator2" runat=" server"
ControlToValidate="RePassword" Display="Dynamic" ErrorMessage= "确认密码不能为
空"></asp:RequiredFieldValidator>
    <asp:CompareValidator ID="compw" runat="server" ControlToCompare= "RePass
word" ControlToValidate="Password"
    ErrorMessage="密码不一致" OnDisposed="pwcom"></asp:CompareValidator>
```

2）功能实现

完成界面设计后，下一步需要实现图片上传和信息保存功能。

① 数据库连接。我们在工作任务中已经完成了连接数据库时的连接字符串的设置，在此只需要打开数据库连接，建立数据库对象并将数据库中的记录显示在文本框中，下面的代码能够完成以上功能。

```
1    SqlConnection Sqlconn = new      SqlConnection(ConfigurationManager.
AppSettings["ConnectionString"].ToString());
2    Sqlconn.Open();
3    string StrSQL = "select * from NS_BlogAdmin where UserID=1";
4    SqlDataAdapter myApter = new SqlDataAdapter(StrSQL, Sqlconn);
5    DataSet myDS = new DataSet();
6    myApter.Fill(myDS, "NS_BlogAdmin");
7    DataRowView rowView = myDS.Tables["NS_BlogAdmin"].DefaultView [0];
8    this.UserName.Text = Convert.ToString(rowView["UserName"]);
9    this.Password.Text = Convert.ToString(rowView["Password"]);
10   this.RePassword.Text = Convert.ToString(rowView["Password"]);
11   this.AdminLogo.ImageUrl = Convert.ToString(rowView["AdminLogo "]);
12   Sqlconn.Close();
```

上述代码中，第 1 行建立一个新的 SQL 数据库连接对象 Sqlconn；第 4 行至第 7 行将数据库中的 NS_BlogAdmin 表打开，将表中的记录放到了 myDS 数据集中，并对应地显示到文本框中。

② 信息更新。信息更新的过程是用户单击"保存修改"按钮，将修改的信息上传到数据库中。下面的代码是完成这个功能。

```
1    protected void Button_Click(object sender, EventArgs e)
2    {
3    string txtUserName=repString(this.UserName.Text);
4    string txtPassword=repString(this.Password.Text);
```

```
5      SqlConnection Sqlconn = new SqlConnection(ConfigurationManager.
AppSettings["ConnectionString"].ToString());
6    Sqlconn.Open();
7    string StrSQL = "update NS_BlogAdmin set UserName='" + txtUserName +
"',Password='" + txtPassword + "',AdminLogo='" + this.AdminLogo. ImageUrl + "'
where UserID=1";
8    SqlCommand Res = new SqlCommand(StrSQL, Sqlconn);
9    Res.ExecuteNonQuery();
10   Sqlconn.Close();
11   Response.Write("<script> alert('档案信息修改成功! ')</script>");
12     Response.Write("<script>location. href='AdminSystem.aspx'</ script>");
   }
```

其中第 7 行生成了 SQL 的 Update 语句,在运行对数据库表进行操作不需要返回值的情况下, 使用数据库记录集的 ExecuteNoQuery()函数,因此运行第 9 行的语句完成修改。

③ 图片上传。由于图片格式不一、大小不同,在数据库表中存储图片一直是开发小型数据库系统的难点。我们这个系统是把图片的相对路径存储在数据库中,而文件存储到一个文件中,因此开发起来相对简单些,但如何将图片上传到服务器中是我们在这里需要掌握的一项新的用法。

ASP.NET 中的 System.Web.UI.WebControls 类中 FileUpLoad 函数提供了上传文件的功能。使用前应先声明使用 System.Web.UI.WebControls。

```
using System.Web.UI.WebControls;
```

运行下面的代码就能完成文件上传并能对上传文件进行检查的功能。

```
1    protected void pwcom(object sender, EventArgs e)
2    {
3      compw.Enabled = true;
4    }
5      protected void Button2_Click(object sender, EventArgs e)
6    {
7      if (FileUpload1.PostedFile.FileName == "")
8      {
9         Label1.Text = "您还没有选择图片! ";
10        return;
11      }
12     else
13      {
14        string filepath = FileUpload1.PostedFile.FileName;
15        string filename=filepath.Substring(filepath.LastIndex Of("\\")
+1);
16     string fileEx = filepath.Substring(filepath.LastIndexOf (".") + 1);
17    string serverpath = Server.MapPath("File/") + filename;
18    if (fileEx == "jpg" || fileEx == "bmp" || fileEx == "gif")
19      {
20     FileUpload1.PostedFile.SaveAs(serverpath);
21     AdminLogo.ImageUrl = "File/" + filename;
22     Label1.Text = "上传成功! ";
23      }
24     else
25      {
```

```
26              Label1.Text = "只允许上传.bpm/.jpg/.gif 类型的图片！";
27          }
28      }
29  }
```

其中第 20 行的 FileUpload1.PostedFile.SaveAs(serverpath);是实现上传文件的语句。

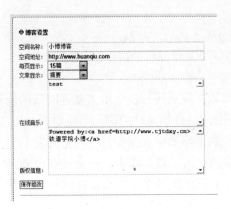

图 9.23　博客设置

9.3.3　博客设置

1）界面设计

博客设置是保存一些系统信息，比如空间名称、空间地址、每页显示文章篇数等信息。首先按照图 9.23 所示设计界面。

2）功能实现

① 判断是否具有修改权限。博客设置的操作只能具有权限的用户完成，因此首先要判断用户是否合法登录。合法登录的用户将登录名存入 Session 内，我们查看一下 Session 内是否存有用户名就能判定用户身份了。下面代码就是完成这个功能的代码。

```
if (Session["UserName"] == null)
{
Response.Write("<script>alert(\"对不起,您没有足够权限进行此操作! \"); </script>");
Response.Write("<script>location.href='Login.aspx'</script>");
}
```

② 显示保存的信息。用户正常登录后，需要将数据库中已经保存的系统信息显示出来，供用户浏览或修改。下面代码完成显示信息的功能。

```
1   {
2   SqlConnection Sqlconn = new SqlConnection(ConfigurationManager. AppSettings["ConnectionString"].ToString());
3   Sqlconn.Open();
4   string StrSQL = "select * from NS_BlogSystem where ID=1";
5   SqlDataAdapter myApter = new SqlDataAdapter(StrSQL, Sqlconn);
6   DataSet myDS = new DataSet();
7   myApter.Fill(myDS, "NS_BlogSystem");
8   DataRowView rowView = myDS.Tables["NS_BlogSystem"].DefaultView [0];
9   this.BlogName.Text   = Convert.ToString(rowView["BlogName"]);
10  this.BlogURL.Text    = Convert.ToString(rowView["BlogURL"]);
11  this.BlogPage.Text   = Convert.ToString(rowView["BlogPage"]);
12  this.BlogDisplay.Text= Convert.ToString(rowView["BlogDisplay"]);
13  this.BlogMusic.Text  = Convert.ToString(rowView["BlogMusic"]);
14  this.BlogCopyRight.Text = Convert.ToString(rowView["BlogCopyRight"]);
15  Sqlconn.Close();
16  }
```

③ 修改信息。用户完成修改后，将信息保存到数据库中，使用 SQL 的 Update 语句，下面代码完成保存修改信息内容。

```
1    protected void Button_Click(object sender, EventArgs e)
2    {
3     string txtBlogName=repString(this.BlogName.Text);
4     string txtBlogURL=repString(this.BlogURL.Text);
5     string txtBlogMusic=this.BlogMusic.Text;
6     string txtBlogCopyRight=this.BlogCopyRight.Text;
7     SqlConnection Sqlconn = new SqlConnection(ConfigurationManager. App
Settings["ConnectionString"].ToString());
8     Sqlconn.Open();
9     string StrSQL = "update NS_BlogSystem set BlogName='" + txtBlogName +
"',BlogURL='" + txtBlogURL + "',BlogMusic='" +txtBlogMusic + "',BlogCopyRight='"
+ txtBlogCopyRight    + "',BlogPage='"   + this. BlogPage.SelectedValue+
"',BlogDisplay='" + this.BlogDisplay.Selected Value+ "' where ID=1";
10   SqlCommand Res2 = new SqlCommand(StrSQL, Sqlconn);
11      Res2.ExecuteNonQuery();
12      Sqlconn.Close();
13      Response.Write("<script> alert('基本设置修改成功! ')</script >");
14   Response.Write("<script>location.href='BlogSystem.aspx'</script>");
15   }
```

代码中第 9 行是生成 SQL 语句的代码，也是完成这个功能的重要部分。

9.3.4 栏目管理

1）界面设计

按照图 9.24 所示完成界面设计，将文件保存为 columnsManage.aspx。

其中动态显示类型的表格需要从数据库中获得数据。在 ASP.NET 中我们使用 GridView 控件可以直接绑定数据，而不必像 ASP 时代调用循环语句了。在绑定之前需要编写一些代码设计表格的属性，下面的代码完成了设计过程，绑定过程在文件 columnsmange.aspx.cs 中完成。

图 9.24 编辑分类界面

```
1    <asp:GridView    ID="GridView1"    runat="server"   AutoGenerateColumns
="False" CellPadding="10"
2    ForeColor="#333333" GridLines="None" OnRowDeleting="GridView1_ RowDele
ting" OnRowEditing="GridView1_RowEditing"
3    OnRowUpdating="GridView1_RowUpdating"
OnRowCancelingEdit="GridView1_RowCancelingEdit">
4    <FooterStyle BackColor="#990000" Font-Bold="True" ForeColor= "White" />
5        <Columns>
6          <asp:BoundField DataField="ClassID" HeaderText="分类 ID" Read
Only="True" />
7        <asp:BoundField DataField="ClassName" HeaderText="分类名称" />
8        <asp:CommandField HeaderText="选择" ShowSelectButton="True" />
9        <asp:CommandField HeaderText="编辑" ShowEditButton="True" />
10       <asp:CommandField HeaderText="删除" ShowDeleteButton="True" />
```

```
11      </Columns>
12      <RowStyle BackColor="#FFFBD6" ForeColor="#333333" />
13       <SelectedRowStyle BackColor="#FFCC66" Font-Bold="True" ForeColor="
Navy" />
14        <PagerStyle BackColor="#FFCC66" ForeColor="#000000" Horizontal
Align="Center" />
15        <HeaderStyle BackColor="#990000" Font-Bold="True" Fore Color="
White" />
16      <AlternatingRowStyle BackColor="White" />
17      </asp:GridView>
```

其中第 5 行至第 7 行是对 GridView 表基本信息和绑定数据需要的参数进行设置，其中第 8 行至第 10 行是对 GridView 表头的设计。

2）功能实现

① 绑定数据：下面代码完成了对 GridView 的数据绑定。

```
1    public void GridViewBind()//绑定 GridView 控件的自定义方法
2    {
3    SqlConnection Sqlconn = new SqlConnection(ConfigurationManager. AppSet
tings["ConnectionString"].ToString());
4    Sqlconn.Open();
5    string StrSQL = "select * from NS_BlogClass order by ClassID";
6    SqlDataAdapter myAdapter = new SqlDataAdapter(StrSQL, Sqlconn);
7    DataSet ds = new DataSet();
8    myAdapter.Fill(ds,"NS_BlogClass");
9    GridView1.DataSource = ds;
10   GridView1.DataKeyNames = new string[] { "ClassID" };
11   GridView1.DataBind();
12   Sqlconn.Close();
     }
```

② 添加分类：管理员可以在文本框中添加类别，下列程序代码完成向数据库中添加记录的功能。

```
1    protected void Button1_Click(object sender, EventArgs e)//添加栏目分类
2    {
3    string txtClassName=repString(this.txtClassName.Text);
4     SqlConnection Sqlconn = new SqlConnection(ConfigurationManager.
AppSettings["ConnectionString"].ToString());
5    Sqlconn.Open();
6    string StrSQL = "Insert into NS_BlogClass(ClassName) values('" + txtClass
Name + "')";
7    SqlCommand Res = new SqlCommand(StrSQL, Sqlconn);
8    Res.ExecuteNonQuery();
9    Sqlconn.Close();
10   Response.Write("<script>location.href='ColumnsManage.aspx'
</script>");
11   }
```

③ 删除操作：下面程序代码完成了删除操作。

```
1    protected void GridView1_RowDeleting(object sender, GridView Delete
EventArgs e)//删除栏目
2    {
3        SqlConnection Sqlconn = new SqlConnection(Configuration Manager.
```

```
AppSettings["ConnectionString"].ToString());
4        Sqlconn.Open();
5        string StrSQL = "delete from NS_BlogClass where ClassID='" + Grid
View1.DataKeys[e.RowIndex].Value.ToString() + "'";
6        SqlCommand Res = new SqlCommand(StrSQL, Sqlconn);
7        Res.ExecuteNonQuery();
8        string StrSQL2 = "delete from NS_BlogArticle where ClassID=" +
GridView1.DataKeys[e.RowIndex].Value.ToString() + "";
9        SqlCommand Res2 = new SqlCommand(StrSQL2, Sqlconn);
10       Res2.ExecuteNonQuery();
11       string StrSQL3= "delete from NS_BlogDiscuss where ClassID=" +
GridView1.DataKeys[e.RowIndex].Value.ToString() + "";
12       SqlCommand Res3 = new SqlCommand(StrSQL3, Sqlconn);
13       Res3.ExecuteNonQuery();
14       Sqlconn.Close();
15       GridViewBind();//绑定自定义方法GridViewBind
16   }
```

在这里读者要注意删除过程不仅要删除表 NS_BlogClass 中的记录，还要删除 NS_BlogArticle（文章）和 NS_BlogDiscuss（评论）中该类别的记录。避免将来数据的混乱，以保证数据完整性。

④ 修改操作：下面程序代码完成修改操作的功能。做完修改操作后，其中第 10 行重新调用绑定过程，以刷新数据库。

```
1    protected void GridView1_RowUpdating(object sender, GridView Update
EventArgs e)//修改栏目
2    {
3        SqlConnection Sqlconn = new SqlConnection(Configuration Manager.
AppSettings["ConnectionString"].ToString());
4        Sqlconn.Open();
5        string StrSQL = "update NS_BlogClass set ClassName='" +
((TextBox)(GridView1.Rows[e.RowIndex].Cells[1].Controls[0])).Text.ToString()
.Trim() + "' where ClassID=" + GridView1.DataKeys[e.RowIndex].Value.ToString()
+ "";
6        SqlCommand Res2 = new SqlCommand(StrSQL, Sqlconn);
7        Res2.ExecuteNonQuery();
8        Sqlconn.Close();
9        GridView1.EditIndex = -1;
10       GridViewBind();//绑定自定义方法GridViewBind
11   }
```

9.3.5 在线 HTML 编辑器

随着 Web 技术的发展，文本不再局限于传统的文字内容了，具有一定格式或包含图片等信息的富文本形式已经很普遍了。如果开发这样的功能是很复杂的。幸好很多 HTML 编辑器能够完成这样的功能。这里我们选用一款简单易用的叫做 eWebEditor 的编辑器。eWebEditor 是一个基于浏览器的在线 HTML 编辑器，Web 开发人员可以用它把传统的多行文本输入框 textarea 替换为可视化的富文本输入框。

eWebEditor 非常容易与现有的系统集成，将 eWebWditor 程序下载并安装到计算机上。然后只需要一行代码就可以完成 eWebEditor 的调用。下面程序代码就是调用 eWebEditor 的方法。

```
    <asp:TextBox ID="txtContent" runat="server" style="display:none;"> </asp:
TextBox>
        <IFRAME src='/eWebEditor/ewebeditor.htm?id=txtContent&style =mini'
frameborder='0' scrolling='no' width='80%' height='350'></IFRAME>
```

1）界面设计

按照图 9.25 所示完成界面设计。

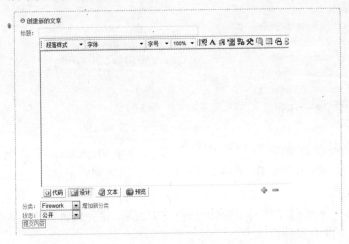

图 9.25　创建新文章界面

2）功能实现

单击"提交内容"按钮，能够完成保存功能，下面的程序代码实现保存的功能。

```
1    protected void Button_Click(object sender, EventArgs e)
2    {
3    string NewsTitle=repString(this.Title.Text);//字符串过滤
4    string NewsContent =new Common().GetText(repString(txtContent. Text));
5    int ID = Convert.ToInt32(repString(Request.QueryString ["ID"]));
6      SqlConnection Sqlconn = new SqlConnection(Configuration Manager.
AppSettings["ConnectionString"].ToString());
7      Sqlconn.Open();
8      string StrSQL = "update NS_BlogArticle set Title='" + NewsTitle +
"',Content='" + NewsContent + "',IsOpen='" + this.IsOpen. SelectedValue+
"',ClassID='" + this.DropDownList1.Selected Value+ "' whereID=" + ID + ".";
9      SqlCommand Res2 = new SqlCommand(StrSQL, Sqlconn);
10     Res2.ExecuteNonQuery();
11     Sqlconn.Close();
12     Response.Write("<script> alert('文章修改成功! ')</script>");
13     Response.Write("<script>location.href='Default.aspx'</script>");
    }
```

9.3.6　文章显示

1）界面设计

根据数据库中的内容显示相关内容，图 9.26 所示的是文章显示的效果。

图 9.26　文章显示效果

使用 Datalist 控件来显示文章内容，下面程序代码是显示文章的 HTML 代码。

```html
<asp:DataList ID="DataList1" runat="server"><ItemTemplate>
<DIV class=Content>
<P align=left><IMG src="images/030307system693.gif">
<A        class=WritingTitle        href="ArticelDetail.aspx?ID=<%#Eval("ID")
%>"><%#Eval("Title") %></A> <%#Eval("WriteTime")%></P>
  <a href="ClassList.aspx?ClassID=<%#Convert.ToString(Eval("ClassID "))%>">
类别： <%# GetClassName(Convert.ToString(Eval("ClassID")))%> </a> | 浏览
(<%#Eval("Hits")%>) | <a href="ArticelDetail.aspx?ID= <%#Eval(" ID")%>#comment"
>评论 (<%# TotalComment(Convert.ToString(Eval ("ID"))) %>)</a> <%# IsLogin
(Convert.ToString(Eval("ID")))%>
  <HR style="BORDER-TOP-WIDTH: 0px; BORDER-LEFT-WIDTH: 0px; BORDER- LEFT-COLOR:
#cccccc; BORDER-TOP-COLOR: #cccccc; BORDER-BOTTOM: #cccccc 1px solid; BORDER-
RIGHT-WIDTH: 0px; BORDER-RIGHT-COLOR: #cccccc" SIZE=1 width="700"></DIV> </
ItemTemplate> </asp:DataList>
```

2）功能实现

下面程序代码完成绑定数据的功能。

```
1     public void BindData()//显示留言列表
2     { string dateValue1 = repString(Request.QueryString["date- Value"]);
3        SqlConnection Sqlconn = new SqlConnection(ConfigurationManager.
AppSettings["ConnectionString"].ToString());
4        Sqlconn.Open();
5        string StrSQL = "select * from NS_BlogArticle Where CONVERT (char(8),
WriteTime, 112) like '%" + dateValue1 + "%' order by ID Desc";
6        SqlDataAdapter myAdapter = new SqlDataAdapter(StrSQL, Sqlconn);
7        DataSet ds = new DataSet();
8        myAdapter.Fill(ds, "NS_BlogArticle");
9        int CurPage;
10       if (Request.QueryString["Page"] != null)
11          CurPage = Convert.ToInt32(Request.QueryString["Page"]);
12       else
13          CurPage = 1;
14       PagedDataSource ps = new PagedDataSource();
15       ps.DataSource = ds.Tables["NS_BlogArticle"].DefaultView;
16       ps.AllowPaging = true;
17       ps.PageSize = 5;        //每个页面显示的留言数
18       this.onepage.Text = ps.PageSize.ToString(); //求留言总数
19       this.allmsg.Text = ps.DataSourceCount.ToString();
20       ps.CurrentPageIndex = curPage - 1;
21       this.allpage.Text = ps.PageCount.ToString();//求总页数
22       this.allpage1.Text = ps.PageCount.ToString();
23       this.nowpage.Text = CurPage.ToString();
```

```
24        this.DataList1.DataSource = ps;
25        this.DataList1.DataBind();
26        if (!ps.IsFirstPage)
27            prepage.NavigateUrl = Request.CurrentExecutionFilePath +
"?dateValue="+dateValue1+"&Page=" + Convert.ToString(CurPage - 1); //上一页
28        if (!ps.IsLastPage)
        nextpage.NavigateUrl = Request.CurrentExecutionFilePath + "?dateValue
="+dateValue1+"&Page=" + Convert.ToString(CurPage + 1);//下一页
29        Sqlconn.Close();}
```

9.3.7 评论管理

1）界面设计

评论功能的界面要完成网友评论的功能，如图 9.27 所示。

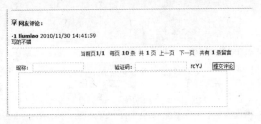

图 9.27 评论界面

评论功能并不复杂，但为了防止用户恶意攻击，我们设计了验证码功能。这也是目前大多数网站都采取的办法。在 ASP.NET 中使用 CompareValidator 控件来完成这项任务，CompareValidator 控件将由用户输入到输入控件（例如 TextBox 控件）的值与输入到其他输入控件的值或常数值进行比较。如果输入控件的值符合 Operator、ValueToCompare 或 ControlToCompare 属性指定的条件，CompareValidator 控件便可通过验证。在 aspx 文件中加入下面代码调用 CompareValidator 的方法。

```
<asp:RequiredFieldValidator ID="RequiredFieldValidator20" runat=" server"
ControlToValidate="m_pass" Display="Dynamic" ErrorMessage="请填写验证码"></asp:
RequiredFieldValidator>
<asp:CompareValidator ID="CompareValidator1" runat="server" ErrorMessage="
验证码错误" ControlToCompare="pwdpic" ControlToValidate ="m_pass" Display="
Dynamic"></asp:CompareValidator>
```

2）功能实现

评论内容的存储就是向数据库写入记录的过程，下面程序代码完成存储功能。

```
1    protected void Button1_Click(object sender, EventArgs e)//游客发布留言
2    {
3        string ID =repString(Request["ID"].ToString());
4        string txtAuthor =repString(this.Author.Text);
5        string TexContent=repHtml(this.TexContent.Text);
6        SqlConnection Sqlconn = new SqlConnection(Configuration- Manager.
AppSettings["ConnectionString"].ToString());
7        Sqlconn.Open();
8        string StrSQL = "Insert into NS_BlogDiscuss(Author,UserIP, Content,
ArticleID,ClassID) values('" + txtAuthor + "','" + Request. UserHostAddress +
```

```
"','" + TexContent + "','" + ID + "','" + txtClassID.Text + "')";
      9        SqlCommand Res = new SqlCommand(StrSQL, Sqlconn);
      10       Res.ExecuteNonQuery();
      11       Sqlconn.Close();
      12       Response.Write("<script>alert(\"留言成功\");</script>");
      13       Response.Write("<script>location.href='ArticelDetail.aspx?ID=" +
ID + "'</script>");
      14   }
```

拓展知识

　　富文本编辑器是能在网页中编辑文档，并使该文档带有字体、字号、颜色等信息的软件。常见富文本编辑器有 eWebEditor 和 KindEditor。

　　eWebEditor 是基于浏览器的、所见即所得的在线 HTML 编辑器。它能够在网页上实现许多桌面编辑软件（如 Microsoft Word）具有的强大可视编辑功能。Web 开发人员可以用它把传统的多行文本输入框 textarea 替换为可视化的富文本输入框，使最终用户可以可视化地发布 HTML 格式的网页内容。eWebEditor 已基本成为网站内容管理发布的必备工具。

　　另外，KindEditor 是一套开源的 HTML 可视化编辑器，主要用于让用户在网站上获得所见即所得的编辑效果，兼容 IE、Firefox、Chrome、Safari、Opera 等主流浏览器。KindEditor 使用 JavaScript 编写，可以无缝地与 Java、.NET、PHP、ASP 等程序接合。

　　我们可以使用 KindEditor 来完成文本编辑器，也可以在互联网上搜索更多的文本编辑器，并试着加入自己的网页。 其主要特点有：

　　（1）体积小，加载速度快，但功能十分丰富。

　　（2）内置自定义 range，完美地支持 span 标记。

　　（3）基于插件的方式设计，所有功能都是插件，增加自定义和扩展功能非常简单。

　　（4）修改编辑器风格很容易，只需修改一个 CSS 文件。

　　（5）支持大部分主流浏览器，比如 IE、Firefox、Safari、Chrome、Opera。

思考与练习

1．思考题

回归整个开发历程，想一想在开发中获得了哪些开发技巧？

2．实做题

（1）使用 FileUpLoad 函数编写一个简单的文件上传程序。

（2）使用富文本编辑器编写一个文档在线编辑系统。

（3）使用数据库连接的方法，编写一个基于 Web 的电话通讯录。

参 考 文 献

[1] (美)洛厄里，Dreamweaver CS3 宝典．李波等译．北京：人民邮电出版社，2009．

[2] (美)Bill Evjen.C#2005&.NET3.0 高级编程(第 5 版)．北京：清华大学出版社，2007．

[3] 恒逸资讯，孙三才，张智凯，许熏伊．C#与.NET 技术平台实战演练．北京：中国青年出版社，2002．

[4] (美)Greg Buczek．ASP.NET 技术与技巧．北京：机械工业出版社，2003．

[5] (美)微软公司．MICROSOFT VISUAL C#.NET 语言参考手册．北京：清华大学出版社，2002．

[6] 文渊阁工作室．DREAMWEAVER MX2004 扩展程序与密技．北京：中国铁道出版社．2005．

[7] (美)桂思强．ASP.NET 数据库开发圣经．北京：中国青年出版社，2001．

[8] (美)Adobe 公司．Adobe Dreamweaver CS5 中文版经典教程．北京：人民邮电出版社，2011．

[9] 龙马工作室．Dreamweaver CS5 完全自学手册．北京：人民邮电出版社，2011．

[10] 胡崧，李海，刘芬芬．DreamWeaver CS5 中文标准教程．北京：中国青年出版社，2011．